岩 波 文 庫

31-042-6

あ め り か 物 語

永 井 荷 風 作

目　次

『あめりか物語』

『あめりか物語』余篇

『あめりか物語』

明治三十六年の秋十月の頃より米国に遊びて、昨四十年の夏七月フランスに向いて、ニューヨークを去るに臨み、日頃旅窓に書き綴りたるものを取り集めて、「あめりかものがたり」と題し、つつしんで、わが恩師恩友なる小波山人巌谷先生の机上に呈す

永井荷風

Mais les vrais voyageurs sont ceux-là seuls qui partent
Pour partir ; cœurs légers, semblables aux ballons,
De leur fatalité jamais ils ne s'écartent,
Et, sans savoir pourquoi, disent toujours : Allons !

(Le Voyage—Ch. Baudelaire.)

ただ行《ゆ》かんがために行かんとするものこそ、真個《まこと》の旅人なれ。心は気球の如くに軽く、身は悪運の手より逃れ得ず、如何なる故とも知らずして常に唯《た》だ、行かん哉《かな》、行かん哉と叫ぶ。

(旅——ボードレール)

船室《キャビン》夜話

何処《いずこ》にしても陸を見る事の出来ない航海は、殆ど堪え難いほど無聊《ぶりょう》に苦しめられるものであるが、横浜から亜米利加《あめりか》の新開地シアトルの港へ通う航海、これもその一ツであろう。

出帆した日、故国の山影《さんえい》に別れたなら、もうそれが最後、船客《せんかく》は彼岸の大陸に達するその日までは、半月あまりの間、決して一ツの島、一ツの山をも見る事は出来ない。昨日も海、今日も海――いつ見ても変らぬ太平洋の眺望《ながめ》というのは、ただ茫漠として、人きな波浪《なみ》の起伏《おきふし》する辺《あたり》に、翼《はね》の長い、嘴《くちばし》の曲った、灰色の信天翁《あほうどり》の飛び廻《めぐ》っているばかりである。その上にも天気は次第に北の方《かた》へと進むに連れて、心地よく晴れ渡る事は稀になり、まず毎日のように空は暗澹たる鼠色の雲に蔽《おお》い尽さるるのみか、ややもすれば雨か霧になってしまうのだ。

私は今や計らずもこの淋しい海の上の旅人になった。そして早くも十日ばかりの日数《ひかず》を送り得た処である。昼間ならば甲板で環投《わなげ》の遊び、もしくは喫烟室《きつえんしつ》で骨牌《かるた》を取りなぞして、どうかこうか時間を消費する事が出来るけれど、さて晩餐の食卓《テーブル》を離れてからの夜になると、もう殆ど為す事がなくなってしまう。且つ今日あたりはよほど気候も寒くなって来たようだ。外套なしでは、とても甲板を歩いて喫烟室へも行かれまいと思う所から、私はそのまま自分の船室《カビン》に閉じ籠って、長椅子《ソフワー》の上に身体《からだ》を横《よこた》え、日本から持って来た雑誌でも開こうかと思っていると、その時室《へや》の戸を指先でコトコトと軽《かろ》く叩くものがある。

「お這入《はい》んなさい。」と私は半身を起しながら呼掛けた。

戸が開《あ》いて、「どうした。また少し動くようじゃないか。弱っとるのかね。」

「何に、些《ちっ》と寒いから引込んでしまったのさ。まア掛け給え。」というと、

「全く寒いさねえ。アラスカの海を通るんだというからな。」と余り濃くない髯《ひげ》を生した口元に微笑しながら、長椅子《ソフワー》の片隅へ腰を下したのは、柳田君といって航海中懇意になった紳士である。

中肉中丈《ちゅうぜい》の、年は三十を一ツ二ツも越えているらしい。縞地の脊広の上に褐色の外套を纏い、高い襟《カラー》の間からは華美《はで》な色の襟飾《ネキタイ》を見せている。どことなく気取った様子で、

膝の上に片足を載せ、指環を穿《は》めた小指の先で葉巻《シガー》の灰を払い落しながら、

「日本なら今頃は随分好い時候なんだがね……。」

「そう、全くだよ。」

「何か思出す事でも有りゃしないかね。」

「ははは。それア君お隣りの先生へいう事だ。」

「うむ。お隣りの先生といえばどうしている？ また例の如く引込んでいるんだろう。呼んで見ようじゃないか。」

「よかろう。」と私は壁をトントンと二、三度叩いて見た。少時《しばし》は答えがなかったが、やがて隣りの船室にいる岸本君というのが、

「何です。」と力のない例の調子で、私の船室《へや》

の戸口へ顔を出した。

「ハロー！　カムイン！」とハイカラの柳田君は早速気取った発音で呼掛けると、

「有難う。こんな風をしているですから……。」と岸本君はそのままなお佇んでいる。

「君。馬鹿な遠慮をし給うな。僕の室《へや》だもの、裸体《はだか》だって何だって構やせんよ。さ、這入り給え。」と私は長椅子から立って、立掛けてある畳椅子《たたみいす》を広げた。

岸本君というのは、矢張《やはり》三十近くの、やや身丈《せい》の低い男で、紬の袷《あわせ》とフラネルの一重《ひとえ》を重着《かさねぎ》した上に、大島の羽織を被《はお》っている。

「じゃ、失礼します。」とちょっと腰を屈めて、椅子に坐りながら、「洋服はどうも寒くていかんですから、もう寝衣《ねまき》で寝ようかと思っていたですよ。」

すると柳田君は、岸本君の顔を見ながら、

「洋服は寒いですか。」と如何にも不審だという語調《ちょうし》で、

「私なんぞは、そうすると全く反対ですね。ましてこんな航海中なんか日本服を着ようものなら、襟首が寒くて忽ち風邪を引いてしまうです。」

「そうですかなア。それじゃア、私はまだ洋服に慣れないんですな。」

「いや。どんな着物を着たって、寒い時はやっぱり寒いですよ。」と私はただ笑いなが

ら二人を見遣って、

「柳田君、君は飲《いけ》る口なんだから、どうです、命じましょうか。」

「いや。今夜は余《あんま》り欲《ほ》しくはないです。ただ退屈だから談話《はなし》に遣って来たです。」

「だから、話をするにはやっぱりコップがないと趣味が起らないですよ。」と私は鈴《ベル》を押しながら、

「また例の気焔を聞こうじゃありませんか。ねえ、岸本君。」

しかし岸本君は返事をせず、傾けた顔を起して、

「また、大分動いているようですね。」

「君。何にしても太平洋だよ。」と柳田君は再び薄い髯を拈《ひね》った。

「これが出帆した二、三日なら随分苦《くるし》むんだろうけれども、もう馴れてしまうと何とも感じないですね。」私がいう折から、ボーイが戸を開けた。

「柳田君、君は例の如くウイスキーですかね。」

「勿論《オフコース》」という返事を聞いて、ボーイは静《しずか》に戸を閉めて立去ったが、その時、吠えるような太い汽笛の響に続いて、甲板へ波の打上げる音がした。

「なるほど、少し動揺するね。まアいいさ。今夜は一ツ愉快な雑談会《ぞうだんかい》を催したいもん

だな。」と柳田君は安楽そうに足を踏み伸したが、和服の岸本君は明《あか》るい電気燈の輝《ひか》っている室《へや》の天井を見廻しながら、

「どうしたです。非常に汽笛を鳴らすじゃありませんか。」

「霧でも深くなったためでしょう。」と柳田君は説明し掛けたが、ボーイは早や命じた酒類を盆にのせて持運んで来た。そしてベッドの傍《そば》の小《ちい》さいテーブルの上に置きコップへ酌《つ》いだ後、再び室《へや》を出て行くと、まず柳田君が、

「グッドラック!」とコップをささげたので、私らも同じように笑いながら、グッドラックを繰返した。

何時になったのか、遥に時間を知らせる淋しい鐘の音《ね》が聞える。波は折から次第に高まり行くと見え、今はベッドの上の丸い船窓へ凄じく打寄せる響がすると甲板の方に当って、高い檣《マスト》を掠める風の音が、ちょうど東京でいう二月のカラ風を聞くようで、それに連れては、どことも知らずギイギイと何か物の輾《きし》む響も聞え始めた。しかし、噸数《とんすう》の少からぬ大《おお》きい船の事なので、動揺は極めて緩かに、且つ私らももはや航海には馴れてしまったところから、少しも心地を悪くする虞《うれい》はない。窓や戸へ帷幕《カーテン》を引き、蒸気《スチーム》の温度で狭い船室《へや》の中を暖かにして安楽に長椅子《ソファー》へ凭れながら外部《おもて》の暴風雨《あらし》を聞いていると、

かえってそれともなしに冬の夜に於ける炉辺の愉快が思い出されるのだ。ハイカラの柳田君も同じ感情に誘われたのであろう、ウイスキーの洋盞《コップ》を下に置いて、

「ねえ、君。自分の身体《からだ》が安全だという事を信じていると、外を吹いている暴風雨《ストーム》というものは、何となしに趣味のあるように聞えるですな。」

「真実《まったく》、これが大船《おおふね》に乗った心持というのでしょうな。しかしもしか、帆前船見たようなものだったら、どうでしょう、随分難船しないともいえませんぜ。」と岸本君は真面目らしくいった。

「何事に寄らず皆なそうですよ。一方で愉快を感ずるものがあれば、そのために一方ではきっと苦痛を感ずるものが起るです。火事なんぞは焼かれるものこそ災難だが、外《ほか》のものには三国一の見物《みもの》だからね。」とウイスキーの酔が廻ったのか、私は何か分らぬ屁理窟《へりくつ》をいうと、

「真理だよ。実際真理だよ。」と柳田君は深くも何か感じたらしい様子になって、

「君の比喩に従うと、僕なんぞは正に焼出された方の組なんだね。焼出されて亜米利加《あめりか》三界《さんがい》へ逃げ出すんだ、僕は実際去年日本へ帰ったばかりなんだからな、行李《トランク》を開けるか開けない中《うち》、またぞろ海外へ行こうなぞとは、全く自分でも意外な心持がするです

よ。」

私も岸本君も、ともども熱心に、柳田君が今回の渡米に付いての抱負を質問した。ちょっとした話にも、柳田君は必ず大陸の文明、島国《とうごく》の狭小という事を口癖にせられるので、定《さだ》めし大抱負を有《も》っておらるる事と想像したからである。

「はははは。そんな抱負なぞという大したものはないです。しかし……。」と濃くない髯を拈《ひね》って、柳田君はまず自家《じか》の経歴を述べ始めた。

彼は最初或る学校を卒業した後、直様《すぐさま》会社員となって、意気揚々と濠洲の地へ赴いたのである。そして久振《ひさしぶり》に故郷の日本へ帰って来たが、満々たる胸中の得意というものは、出立した時の比ではない。旧友の歓迎会を始めとして、彼は到る所、逢う人毎に、大陸の文明、世界の商業を説き且つ賞讃した。豆のような小い島国《しまぐに》の社会は、必ず自分を重く用いてくれるに違いないと深く信じて疑わなかった。ところが事実は本社詰めの翻訳掛《がかり》にされてしまったその月給、幾何《いくばく》かと問えば、本位の低い日本銀貨の僅か四十円というのだ。しかし、彼はよくよく日本の事情を考えて、まず黙してこれを受取ったものの、胸中には絶えず不平が蟠《わだかま》りやすい。で、この不平を慰むべく、彼はやがて才色優れた貴族の令嬢をでも妻にしようと、大《おおい》にこの方面へ運動しはじめた。心中では、洋行帰り

――という この呼声が、確《たし》かに娘や母親の心を惹くであろうと信じたが、事実は増々反対して来る。彼が目掛けた或る子爵の令嬢というのは、彼が最も冷笑する島国《とうごく》の大学卒業生と結婚してしまった。彼は二度まで得意の鼻を折られたばかりではなく、今度は確に遣瀬《やるせ》なき失恋の打撃をも蒙ったのだ。

しかし柳田君は、なお全く絶望してしまいはせぬ。苦痛の反動として、以前よりも一層過激に島国《とうごく》の天地を罵倒し始めた。そして再び海外へ旅の愉快を試みようと決心したのである。

「日本なんかにおったら、とても心の底から快哉を呼ぶような事ア有りゃせんからね。ちょうどいい塩梅《あんばい》に横浜の生糸商で、亜米利加《あめりか》へ視察に行ってくれというものがあるから、これ幸いに依頼されて出掛けて来たですよ。事業《ビジネス》という事に付いちゃ、どうしても海外へ行かなければいかんですからね。僕は同胞諸君が渡米されるのを見ると、実際嬉しく思うです。」と、洋盃《コップ》を取って、咽喉《のど》を潤したが、身体《からだ》の方向《むき》を一転させて、

「岸本君。君は米国《あっち》へ行ってから学校へ這入るとかいわれたですね？」

「そうです。」岸本君は和服の襟を引合せた。

「大学へでも這入られるですか。」

「さ。その心算《つもり》ではあるのですが、今のところじゃまるで語学が出来ないですし、まだ事情も分らんですからな……」

「柳田君。岸本君は妻君や児供までを残して学問に出て来られたのだそうですよ。」と私がいい添えると、柳田君は身体を前へ進ませながら、

「岸本君。君はもうお子様《こさん》があるんですか。」

「ええ。」とばかり岸本君はややその頬を赤らめた。

「それじゃ、非常な大決心を以って出て来られたのですな。」

「まア、これまでにして、出て来るには随分奮発したつもりなんです。親類なぞには激《きび》しく止めるものもありましたよ。」と今度は岸本君が語るべき順序となった。

この人はやはり東京の或る会社に雇われていたが、将来に出世する見込のないばかりか、いつも人の後《しりえ》に蹴落されてのみいた、というのは、畢竟《ひっきょう》どこの学校をも卒業した事がない、乃《すなわ》ち肩書というものを有《と》っていないためであろう。とつくづく考え始めた折から、今度社内の改革に遇って解雇される事となった。けれども、幸いその妻君の身には尠《すくな》からぬ財産が付いていたので、普通の人の遭遇するような憂目は見ずに済んだのである。否、その妻君は寧《むしろ》好い折であるというように、こんな喧《さわが》しい東京にいるよりか、自

分の身に付いている財産で、何所《どこ》か静な田舎へ行き、可愛《かあい》い小供の三人暮しで、安楽に暮した方がといい出した。

けれども、岸本君はこの優しい妻の語《ことば》に従うどころではない。妻君がその亡父《なきちち》から譲られた財産で、自分は出来る事なら、一年なり二年なり、米国へ行って学問して来たいと相談し掛けた。すると、妻君は決して金を惜むためではなく、ただただ愛する夫に別れるのが可厭《いや》さに、堅くそれには反対したのである。無理な出世なぞはしてくれなくもよい。書生上りの学士さんに先を越されても少しも恥《はず》る事はない。人はその力相応の働きをして、平和にその日を送れさえすればよいではないか。というのが妻君の語《ことば》であったが、是非飽くまでもという夫の決心に到頭妻君も涙ながらに、岸本君を万里の異郷に出立させる事になったというのである。

「ですから、私の考えではなるだけ時間を短くして、何なり学校の免状を持って帰りたいと思っているです。卒業免状がまず妻《さい》へ見せる一番の土産《みやげ》なんですからね。」

といいおわって、岸本君は自ら勇気を励ますためか、苦味《にが》そうな顔をしながらも、グッと一口ウイスキーを飲干した。

「うむ。全くお察し申すです、しかしそれと共に、僕は満腔の熱情を以て、君の壮挙

を祝するです。」と柳田君は続いてコップを上げたが、また調子を変えて、

「しかし、何かにつけて思い出しなさるでしょうな。僕は未《ま》だ女房の味は知らないですがね。」

「はははは。もう此所《ここ》まで踏出して、そんな意気地のない事が……はははは。」と殊更に笑ったが、その様子は如何にも苦し気に見受けられた。

カンカンと折からまたもや鐘を打つ音が聞えた。硝子《がらす》戸一枚で僅かに境されてある船《ま》窓《ど》の外には、依然として波と風とが荒れ廻っているけれど、閉切った船室《へや》の中《うち》は、酒の香気《かおり》煙草の烟《けむり》に、もう暖か過るほどになっている。早や談話にも疲れ掛けた私らは、船《へ》室《や》中に輝き渡る電燈の光を、今更のように眺め廻したが、柳田君はやがて思出したように、時計を引出して、

「もう十一時だ。」

「そうですか。大変お邪魔をしました。それじゃアもうお暇《いとま》しましょう。」と岸本君が先に座を立った。

「まアいいじゃありませんか。」

「有難う。今夜はお庇《かげ》で非常に愉快だったです。明日《あした》もまたこういう風に送りたいで

すな。それじゃ……。」と戸を開けながら、

「グッドナイト！」と柳田君は何か分らぬ英詩を口の中《うち》で唱《うた》いながら、早や己が船室《へや》の方へと、次第にその足音を遠くさせると、隣りの室《へや》では、同じく帰去った岸本君が、早や淋しい寝床にその身を横えるのであろう、ベッドの帷幕《カーテン》を引き寄せる音が幽《かすか》に聞えた。（完）

（三十六年十一月）

野路のかえり

タコマに滞在していた時分、その年も十月の確か最後の土曜日であった。秋は早や暮れ行くので、往来の両側に植えられた楓《もみじ》の並木を初め、公園や人家の庭に、一夏の涼しい影を作った樹木という樹木は、昨夜《ゆうべ》の深い霧で大概は落葉してしまった。このタコマばかりではなく、米国の太平洋沿岸はもう一週間を過ぎずして、いわゆる悲しい十一月《ノーベンバー》の時節となったならば、毎日霧と雨とに閉《とざ》されて来年の五月になるまでは、殆ど晴れた空を見る事は出来ない。今日の晴天は、恐らく今年の青空の見納めであろうという。私はこの地の事情を熟知している或る友の忠告で、彼と共にこの日一日を、晩秋の曠原《プレヤリー》に自転車を馳《はし》らする事とした。

家を出で、タコマ通という山の手の一本道を東へ走る。首を回《めぐ》らして眺むれば、タコマの市街はビューゼットサウンドと呼ぶ出入の激しい内海《うちうみ》に臨んで、著しい傾斜をなしているので、無数の屋根と煙筒、広い埋立地、波止場、幾艘《いくそう》の碇泊船、北太平洋会社の鉄道……全市街はただ一目に見下されてしまう。そして入江を隔つる連山の上には、日本人がタコマ富士と呼ぶ白雪を戴くレニヤー山が巍然《ぎぜん》として聳《そび》え、夜明の晩《おそ》い北方の朝日がちょうどその半面を真紅の色に染めている。

　我らは忽《たちま》ちにして、街端《まちはず》れの大きな谷の上に架けてある橋を二ツばかり越えた後《のち》、特別に造られた広い自転車道を四哩《まいる》ばかり馳《は》しり、南タコマと呼ぶ一小村落を後《あと》にして、直ちに広漠たる野原をば、道の通ずるままにあるいは上りあるいは下る事、あだかも波に揺らるる舟の如く、遂に行き尽して樫《オーク》の林に這入《はい》った。道はやや険しくなり、この地方、殊にワシントン州の各所に黒い深い森林を造っている真直な松の木は、樫《かし》の林に引続いてここにも忽ち我らの行手を遮った。私らは漸くに苔むす一条の小道を見出し、その導くがままに、林間の湖水アメリカン、レーキの畔《ほとり》に休み、更に転じて遂にスチルカムと呼ぶ海角《かいかく》の孤村を訪《と》うたのである。

「帰り道にこの山の上の癲狂院《てんきょういん》を案内しよう。ワシントン州の州立癲狂院《ステートアサイラム》だから、この辺ではちょっと有名だよ。」

　この時、友はこういったので私は彼の後に続いて後《うしろ》の高地へ上ると、遠くの彼方《かなた》には気も晴々する牧場《まきば》を望み、近くは幽邃《ゆうすい》な林を前にして、高宏《こうこう》な煉瓦造の建物は、直《す》ぐ様《さま》それと知られるのであった。

白いペンキ塗の低い垣で境された広い構内《かまえうち》は、人の歩む道だけを残して、一面に青々とした芝生がその上に植えられた枝の細《こまか》い樹木や色々な草花と相対して目も覚めるばかりの鮮明《あざやか》な色彩《いろ》を示している。裏手の方には大きな暖室の硝子張《がらすばり》の屋根が見え、小径《こみち》の所々には腰掛《ベンチ》、広場の木蔭には腰掛付の鞦韆《ぶらんこ》なぞも出来ていたが、見渡す限り森閑として更に人の気色《けはい》もない。

私らは鉄の門前を過ぎる一条の砂道をば、ゆるゆると自転車を進ませ、もと来た牧場《まきば》の方へと下りて行く道すがら、友は色々と説明を与えたついでに、何の事もないように、

「この瘋狂院《アサイラム》には日本人も二、三人収容されているよ。」

といったが、私にはこれが何という訳もなく、非常な事件であるように思われた……同時に友は、

「皆な出稼ぎの労働者さ。」と付加えた。

出稼ぎの労働者という一語は、またしても私の心を動《うごか》さずにはいない。思返すまでもなく、過《す》ぐる年故郷を去ってこの国に向う航海中、散歩の上甲板から、彼ら労働者の一群を見て、私は如何なる感想に打れたか。

彼らは人としてよりはむしろ荷物の如くに取扱われ、狭い、汚い、臭い、穴倉の中に満載せられ、天気の好い折を見計っては、船の底からもくもく甲板へ上って来て、茫々たる空と水とを眺める、といって心弱い我らの如く、別に感慨に打るる様子もなく、二人四人、五人六人と一緒になって、何やら高声に話し合っている中《うち》、日本から持って来た煙管《きせる》で煙草をのみ、吸殻を甲板へ捨て、通り過ぎる船員に叱責せられるかと思うと、やがて月の夜なぞには、各自《めいめい》の生国を知らせる地方の流行唄《はやりうた》を歌い出す。私は彼らの中に声自慢らしい白髪の老人の交っていた事を忘れない。

彼らは外国で働く三年の辛苦は、国へ帰って有福な十年を作る楽の種であるという、この望み一つで、自分の先祖が産れてそして土になった畠を去り、伊太利《いたりや》の空よりも更に美しい東の天に別れ、移民法だの健康診断だのと、いろいろな名目の下に行われる幾多の屈辱を甘受して、この新大陸へ渡って来るのである。

しかし、この世は世界のいずこへ行こうとも、皆な同じ苦役の場所である。彼らの中《うち》の幾人《いくたり》がその望みを達し得るのであろうと、色々な物悲しい空想の湧起るにつれて、私の目には今まで平和と静安の限りを示していた行手の牧場《まきば》は、忽ち変じていわん方なき寂寥を感ぜしめ、松の森林は暗澹として奥深く、恐怖と秘密の隠家であるように思われた。

友は或る木蔭に車をよせて休息するのを幸いと、私は近寄って、

「君は知っているかね。どうして狂気《きちがい》なぞに成《な》ったのだろう。」

「あの……労働者の事かね。」と友は暫《しば》くした後、初めてその意を得たものの如く、

「大概はまず失望という奴が原因になるんだが、一人はそればかりじゃない……実に可《か》哀想《あいそう》な話さ。しかしそういったような話しはアメリカには珍らしくもないよ。」

「聞かしてくれ給え。どういうんだね。」

「僕も人から聞いた話しなんだが……いくら日本人の社会が無法律だったからッて、これなんぞは随分激しいといっていいね。もう六、七年前の事だっていう話だが……。」

と友は衣嚢《かくし》から煙草の袋を取出し、指先で巧《たくみ》に巻煙草を作りながら話した。

その頃には、ちょうどシアトルやタコマへ日本人が頻りと移住し始じめた当時の事で、今日のように万事が整頓していないから、種々《いろいろ》の罪悪が殆ど公然に行われていた。カリフォルニヤの方から彷徨《さまよ》って来た無頼漢や、どこの海から流れて来たのか出所《しゅっしょ》の知れない水夫あがりの親方なぞ、少しく古参の滞米者は、争って案内知らぬ新渡米者の生血《いきち》を吸ったもので。こういう危険な悪所へと、彼――発狂者の一人は、その妻と二人連で日

本から出稼ぎに来たのである。

最初、いずれも労働者が渡米の野心を起す最大の原因は、新帰朝者の誇大な話を聞く事であるが、彼も正しくその中《うち》の一人であった。彼は蕎麦《そば》の花咲く紀州の野に住んでいたが、ちょうどその村へ十五年目で布哇《ハワイ》島から帰って来た男があって、アメリカといえば金のなる木がどこにも、生えているような話をするところから、ふいとまだ見ぬ極楽へ行く気になり、殊に女の労働賃銀は男よりもよいというような案内から、とうとう夫婦連の渡米が実行される事になったのである。シアトルというその地名さえ発音するには舌が廻らぬほどな不知案内《ふちあんない》の土地へ上陸する。と波止場の上には船の着くのを待っている労働口の周旋屋《しゅうせんや》、宿屋の宿引、醜業婦《しゅうぎょうふ》密輸入者なぞいう、いずれも人並よりは鋭い眼《まなこ》を持っている輩《てあい》が、それぞれ腕一杯の力を振《ふる》って各自《めいめい》の網の中へ獲物をつかみ入れるので、彼ら夫婦は宿屋の案内と称する一人の男に連れられて、大きな荷馬車と人相の悪い亜米利加《あめりか》の労働者が彼方此方《あっちこっち》にごろごろしている汚い町から、とある路地に入り、暗い戸口を押明けて、狭い階子段《はしごだん》を上《のぼ》るのではなく、地《じ》の下へと下《お》り、薄暗い一室に誘なわれた。

ここで、過分な周旋料を払った後、妻は市中の洗濯屋に働き、男は市《まち》からは十哩《まいる》ばかり離れた山林の木切《きこり》に雇われる事となり、昼もなお薄暗い林の中の一軒家に送り込まれた。ここには三人の日本人が同じく木切《きこり》となって寝起しているので、その中《うち》の親方らしい一人が、

「知らねえ国へ来たらお互いが頼りだ。これからは皆な兄弟のようにして働こうよ。」

というので、彼も事の外安心して、毎日それらの仲間と共に、西洋人の親方《ボッス》に監督されながら、一心に働いていた。

仕事から帰って来ると、寂しいこの木屋《こや》の中で、新参の彼が三人の仲間から問われるままに色々と身上話をする……と親方らしい一番強そうな男が眼をぎらぎらさして、

「嬶《かか》アをシアトルへ置いて来たッて……？　まア、何ていう不量見な事をしたもんだ。」と如何にも驚いたように大声で、他の仲間を見廻わした。

「だってお前さん、この国へ来たからにゃ稼ぐのが目的《めあて》だから、嬶《かかア》と別れている位な事は覚悟の上でさア。」

と新参の彼《か》れは、しかし悲しそうな調子でいうと、かの男は続いて、

「乃公《おいら》のいうのはそうじゃねえ。それアお前さんのいう通り稼ぎに来たからにゃそれ位の覚悟はなくちゃならねえが、女、一人をシアトルへ置くなア、川辺《かわツぷち》へ小児《こども》を遊ばし

とくよりも険呑《けんのん》だというのさ。」

「へーえ。どうして？」

「お前さん、まだ来たてだから知らねえのも無理はねえ。シアトルてえところは……シアトルばかりにゃ限らねえ、このアメリカへ来た日にア、何処《どこ》へ行ったって女一人を満足にさしとくところは有りゃアしねえ。まア瑕《きず》をつける位ならまだしもだ。お前さん、悪くするともう二度と嬶《かかあ》の顔は見られねえぜ。」

「全くさね。用心するがいいよ。」と他の一人が加付《つけくわ》えた。以前の男は暫く無言で、ただもう泣き出しそうな顔をしている新参者の様子をば、上目でじろじろ見遣っていたが、まず大きなパイプで煙草を一吹しながら、

「この国へ来たら、どんな尼《あま》ッちょでも、女という女は皆な生きた千両箱だ……千両じゃねえ千弗箱《どるばこ》だ。だから嬪夫《びんふ》てえ女衒《ぜげん》商買をしている奴が、鵜《う》の目鷹《たか》の目で女を捜しているんだが、時にゃ随分無慈悲な仕事をするよ。これア真実《まったく》の話だぜ。夫婦連で往来を歩いてるところを、いきなり後《うしろ》から行って亭主を撲り倒して、女房を掻攫《かっさら》って、それなり雲隠れをしちまった。この広いアメリカだもの、もう分るものか。一晩の中《うち》に何処《どこ》か遠い処へ行って女郎に売れア、千弗《どる》は濡手《ぬれて》で粟《あわ》の仕事なんだからね。お前さん、悪い

事はいわねえ。早くどうかしないと、飛んでもねえ事になるぜ。」

新参の彼はもう眼に涙を浮べていた。というものの、今の身分ではどうする事が出来よう。すると以前の男は他の仲間二人と暫く顔を見合して、何やら互いに合点《がつてん》したように目と目で頷《うなず》付き合いながら、

「こうしたらどうだね。一層《いつそ》の事、ここへ嬶《かかア》を呼び寄せたら……。」

「何ぼ何だって、そんな事が……。」

「出来ねえというのかね。それア表向は何《ど》うか知らねえが、この山の中の一軒家で、日本人は乃公《おいら》たち三人きりだもの。心配する事はねえ。ここへ来てくれりゃア、お前さんも毎日女房の顔が見られるし、乃公《おいら》たちだって煮焚《にたき》や洗濯もして貰えるし、食物《くいもの》の費用だって、乃公《おいら》たち四人で分けてやりゃア、女の一人位大した事は有りゃしねえよ。」

こういわれたが、しかし彼はこの意見に対して同意する力もなければ、また不同意を称《とな》える資格もないので、万事は直《す》ぐ様《さま》かの男のいうがままになった。乃ち次の日に、彼はかの男と共に市中《まち》に出て妻を連れて林の中の小屋に帰って来たのである。

四、五日は事もなく、彼は幸福に妻と共にその日を送っていたが、ちょうど今日は日曜日というのに、朝から雨が降出し、一同は外へ遊びにも出られず、一日小屋の中で酒

盛りを初めて、飲むやら唄うやら、いつしか夜も晩《おそ》くなった。もう寝床へ行こうという時になると、かの男は座を立ちかけた新参者をば、

「おい、ちょっと相談があるんだ。」呼び止めて他の仲間と目を合わせた。

小屋を蔽う深林は、雨と風とで物凄い呻《うな》り声を立てている。

「何です。」と何気なく振向く。

「ちょっとお願いがあるんだ。」

「何です。」

「外でもない。今夜一晩嬶《かかア》を貸して貰いてえんだが……。」

「ははははは、大変酔ッてますね。」

「おい。酔っていうんじゃない。冗談でもない、洒落《しゃれ》でもない。相談するんだが、どうだね。」

「ははははは。」と新参者は余儀なさそうに笑った。

「相談するのに笑うてえ奴があるかい。」と今度は他の一人が
「どうだね、兄弟の誼《よしみ》だ。今夜一晩乃公《おいら》たち三人に貸してくれまいか。」

「…………。」

「物は相談だ。どうだい。不承知なんかね。不承知ならまアいいや。しかしよく考えて見な。この山ン中で、四人こうして働いていてよ。お前一人いい目をしているからって、それでお前《めえ》は気が済むのかい。よくある事《こ》ッた、風の吹く晩に山火事が起ったら、乃公《おいら》たち四人は死なば一緒だ――一人ぼッち仲間を置き去りにして逃げる訳には行くめいし、本部からまかり間違って食料が届かない事でも有りゃア、お互いに食うものも半分ずつ分けなきゃアなるめい。人間は皆な兄弟分。自分ばかりが好きゃアそれでいいというもんじゃねえんだぜ。乃公《おいら》たちはな、このアメリカへ来てからもう五年になるんだが、たまに一遍だって柔《やわら》かい手に触って見た事もねえんだ。お前《めえ》の宝物《たまもの》は誰のものでもねえ、チャンとお前様《まえさん》の物だという事は分っていらア。だからな、乃公《おいら》たちはそれを無理無体に掠奪《ふんだく》ッて乃公《おいら》たちのものにしてしまおうといわねえんだぜ。いいか、ただ貸して貰おうとお願い申すんだ。」

「早い話しがよ。お前さんは乃公《おいら》たちの持っていねえものを持っているから、それを分けてくれというんだ。」

「どうだい。話が分ったら、早く返事を聞こうじゃねえか。」

男は死んだ人の如く真青になり、総身《そうしん》をぶるぶる顫《ふるわ》すばかり。女はその足元に泣き倒れて、早や救《すくい》を呼ぶ力さえない。

風雨はなお盛《さかん》に人なき深山の中《うち》に吠え狂う、この恐しい夜半。やがて小屋の中には一声女の悲鳴……それを聞くと共に、男は失心してその場に倒れてしまった。

彼は蘇生したが、それなり気が狂ッてもう再び元の人間には立返らない。彼は癲狂院《アサイラム》に収容さるる身となったのである。

＊　＊　＊

物語を聞いて、私は殆ど茫然としてしまった。友は早や草の上に横《よこた》えた自転車を引起し、片足をペダルに掛けながら、

「しかし仕方がないさね、そういう運命に遇ったのが不幸というより仕様がないさね。我々は自分より強いものに出遇ったら、もう何をされても仕方がないよ。」といって二三間《げん》車を馳《はし》らせながら、後《あと》なる私の方を振り向き、

「そうだろう、君。強いものには抵抗する事は出来ない、だから、我々はMighty God……乃ち我々よりは強い全能の神に抵抗する事は出来ない、服従していなければならないのだ。」

一人彼は愉快そうに笑ッて、もはや沈もうとする夕陽の光眩《まばゆ》き牧場《まきば》をば、一散に車の

速度を早めたので、私は無言のまま彼に遅れまじと、頻にペダルを踏みしめた。

どこからともなく、野飼の牛の頸《くび》につけた鈴の音《ね》が聞える。南の方《かた》ポートランド行の列車が野の端《はず》れを走っている。

（明治三十八年一月）

岡の上

一

最初この亜米利加《アメリカ》へ来た当座、私は暫《しばら》く語学の練習をする目的で、その時滞在していった市俄古《シカゴ》の都会《まち》からは、ミスシッピーの河岸に添うて、およそ百哩《まいる》あまり、人口四千に満たざる或る小さな田舎町に建てられた某《なにがし》と呼ぶ大学《カレッジ》へ辿って行った事がある。已に世の人も知っている通り、米国のカレッジといえば、大概は同じ宗教組織の私立学校で、誘惑の多い都会をば遠く離れた、景色の好い田舎に建てられ、教師は生徒と一緒に、まず理想的の純潔な宗教生活を営んでいる。今私の辿って行った学校もそれらの一つで、私は最初、こういう辺鄙な土地へ来たならば、もう日本人には会う事もあるまいと思っていた。ところが意外にも、私はここに不思議な煩悶の生涯を送っている一個《ひとり》の日本人に邂逅したのである。

市俄古《シカゴ》を出てから四時間ほど。いずこを見ても、眼の達《とど》く限りは玉蜀黍《とうもろこし》の畠ばかり。

茫々とした大平野の真中《まんなか》に立っている小さな停車場へ着くや否や、私は汽車を下り、重い手鞄《てかばん》を下げながら、雞《にわとり》や小供が沢山遊んでいる田舎街の一筋道を行尽して、小高い岡の上、繁った樹木の間に在る学校を訪問《おとず》れると、如何にも親切らしい老《とし》った校長は、私が市俄古《シカゴ》の西洋人から貰って来た紹介状をも見ぬ中《うち》に、もう極く親しい友達同志であるかの如く、顔中を皺にして笑いながら、

「よく訪ねてお出でなすった。渡野《わたの》氏はさぞ貴下《あなた》を見て喜ぶ事であろう。何しろ、あの人は私共のところへお出でになってから、ちょうど三年近く、一度も日本人にはお会いなさらないのですから……。」

私は茫然として、何の事かその意を解し兼ねているにも関らず、老人はなお満面に笑《えみ》を浮べて、

「ミスター渡野とは日本においでの時から御存じなのですか、または米国《こちら》へ御出でになってから御交際なすったのですか。」

校長は、私が日本人であるところから、この学校における同国人の渡野君を訪ねて来たものとのみ早合点してしまったので。しかしこの誤解は直様《すぐさま》無邪気な一場の笑いと化《な》り、私は続いて、ミスター渡野なる人に紹介されたのである。

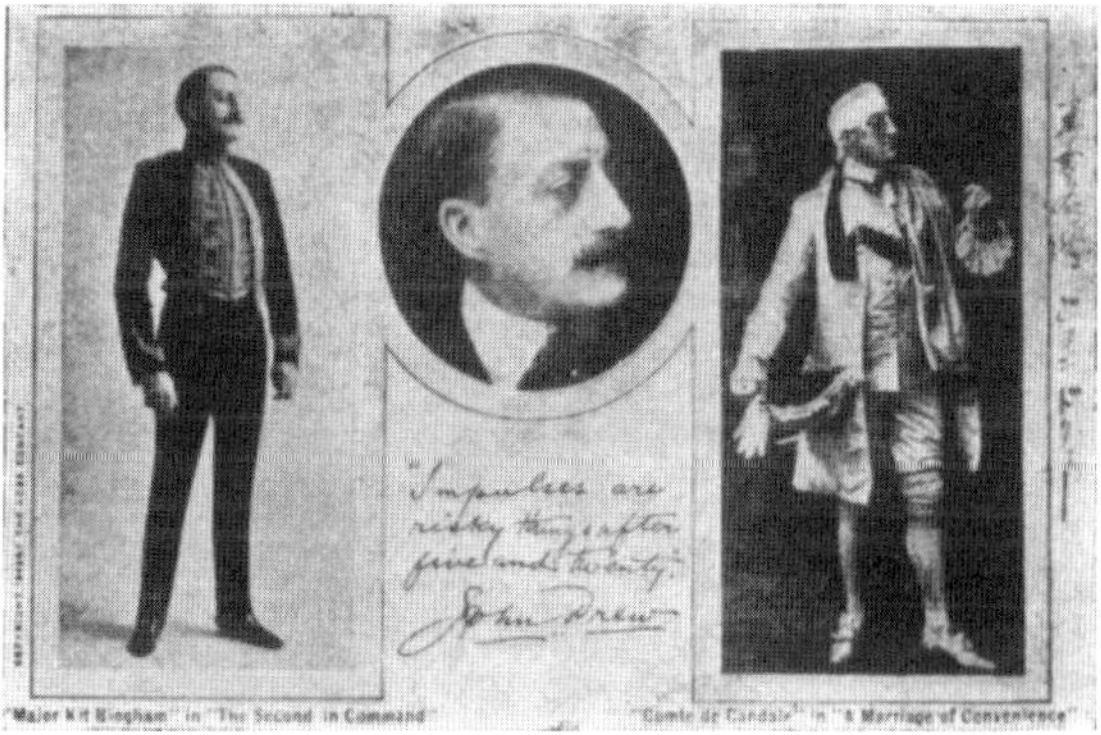

年は三十七、八でもあろう。破れぬばかりに着古した縞の脊広に、色の褪せた黒い襟飾——華美《はで》な市俄古《シカゴ》の街なぞでは見られぬ位な質素《じみ》な風をしていたが、黒い光沢《つや》のある頭髪《かみのけ》を、亜米《アメ》利加《リカ》風《ふう》に長く生《のば》して、金の鼻眼鏡を掛けた細面《ほそおもて》の容貌は、最初一目見た時、直《ただち》に私をして彼は美男であると思わしめた。顔色は白いよりは蒼白い方で、その大きい眼の中《うち》にはどこか病的に神経過敏な事が現れている。

　彼は、校長が私にいった言葉とは全然《まるで》違って、最初私を見ても、別に嬉しいという色も見せず、また意外だと驚く気色もなく、無言で握手した後は、殊更《ことさら》らしく天井を見ていた。こういう風で、私の方も彼に劣らず、極く人好きの悪い無愛想な性質であるところから、私はただ、彼がこの学校の哲学科で東洋思想史の研究に関する材料蒐集の手助けをしている傍《かたわら》、折々聖書研究の講義室へ出席するというの外は、如何なる経歴を有《も》っている人物か、一向聞き知る機会がなかった。

しかし三月ほど経った或る土曜日の午後である。私がこの地へ来たのはまだ暖い九月の末であったから、その頃には緑色の海を作った玉蜀黍の畠も今は暗澹たる灰色の空の下に一望遮るものなき曠野となっている。

時はなお午後の四時を過ぎたのみであるが、太陽は早く見渡す地平線下に没し去り、灰色の空の間に、低く一条の、力なき紅色《くれない》を残すばかり。空気は沈静して、骨々に浸渡《しみわた》る寒気は、しんしんと荒野《あれの》の底から湧起って来る。私は停車場内の郵便取扱所へ行った帰途、学校近くの岡を上って行くと、一本枯木の立っているこの岡の頂きに、悄然と立ちすくみ、いうにいわれぬ悲痛な顔容《かおつき》をして、寒さに凍る荒野の面《おもて》、まさに消え去らんとする夕陽の影を見詰めている渡野君に出会った。渡野君は私の姿を認めると、ただ一言、

「何という荒れ果てた景色だろう。」とじッと私の顔を見詰めた。

私は異様な様子に驚いて、速《すぐ》には何とも答えられなかった。渡野君は俯向《うつむ》いたが、今

度は独言《ひとりごと》のように、

「人は墓畔の夕暮を悲しいものだというけれども、それはただ「死」を聯想するばかりだが……見給え、この景色を。荒野《あれの》の夕暮は人生の悲哀《かなしみ》、生存《せいそん》の苦痛を思出させる……。」

それなり無言で、二人は静《しず》かに岡を下ったが、渡野君は突然と私を呼掛けて、

「一体、君はどう思っておられる。人生の目的は快楽にあるか、あるいはまた……。」

といい出したが、不意と自ら軽卒な問を発した事を非常に恐れた如く、鋭い眼で私の顔色を伺い、更に、

「君は基督教《キリストきょう》の神を信じておられる人かね。」

私は信じようとしていまだ信ずる事が出来ない。しかし信ずる事の出来た暁には、どんなに幸福であろうかと答えた。すると、渡野君は声に力を入れて、

「懐疑派だね。よろしいよろしい。」と腕を振動《ふりうご》かしたが、やがて静に、

「君の懐疑説はどういうのだね。私も無論アメリカ人見たような信仰は持っていないのだから……一つ君の説を伺おうじゃないか。」

ここで、私は遠慮なく私の宗教観や人生観なぞを語ったが、すると、それは不思議に

も彼の感想と大《おおい》に一致するところがあったのでもあろう。彼は生々させた目の色に、非常な内心の歓喜を現すと共に、頻《しきり》と私の才能を賞讃してくれた。

誰《たれ》に限らず、未知の二人が寄合って、幾分なりとも互《たがい》の思想の一致を見出し得る時ほど、愉快な事は恐らくあるまい。それと同時に、またこれほど相互《たがい》の精神を親密にさせるものも他には有るまい。

これからというもの、私ら二人は朝夕相論じ相談《あいだん》ずる親しい友達になったので、問わず語りに、私は渡野君の経歴も、まず大概は知る事が出来た。彼は故郷の日本に父から譲られたかなりの財産を持っている。七年ほど前に洋行して、東部の大学で学位を得、その後は暫くこれといって為す事もなく紐育《ニューヨーク》あたりに遊んでおったが、或る会合の席でこの学校の校長と知己《ちかづき》になり、ちょうど学校で東洋の思想風俗などの研究に関して、一人日本人が欲しいというところから、自ら望んでこの地へ来た。しかし彼自身はそれほど深く東洋の学問は知っておらぬ。辛うじて研究の材料を蒐集する手助をする位のもので、この地へ来た第一の目的は、他《ほか》でもない、持前の懐疑思想を打破り、深い信仰の安心を得たいために、特更《ことさら》選んで辺鄙な田舎の宗教生活に接近したのであるとの事。

彼は無論生活のために職業を求むる必要がないからとはいうものの、かくも真面目《しんめんもく》な心的煩悶のために、已に学業を終えた後も、なお故郷へは帰らず、独り旅の空に日を送っているのかと思った時には、私は心の底から非常な尊敬の念を生ぜずにはいられなかった。

二

私はこの畏敬すべき我友と、寒い寒い米国の一冬を、甚《はなは》だ平和に愉快に打過して、今は四月という復活祭《イースター》のその日から、折々暖い日光《ひかげ》に接するようになり、ほどもなく待ち焦れた五月の訪問《おとずれ》を迎える時となった。冬の寒気《さむさ》の忍び難いだけに、この五月の空の如何に楽しいか！　昨日までは、全く見るに堪えぬほど、寂しい不愉快な色をした平野の面《おもて》も、忽ち変じて一望限りなき若草の海となるので、その柔《やわら》かな緑の色を、麗かな青空の下に眺め見渡す心地。ああ！　何に譬えようか。

私は林檎《りんご》の花咲く果樹園を彷徨《さまよ》うやら、牧場《まきば》に赴いて野飼の牛と共に柔かな馬肥草《クローバー》の上に横臥《よこたわ》るやら、あるいは小流れの辺《ほとり》に佇んで、菫の花の香《か》に酔いながら野雲雀《のひばり》と共に歌うなど、少くとも毎日三哩《まいる》以上を歩まずにはいなかったであろう。富有な農夫の家族どもは、毎日の午後を待兼ねるようにして、馬車を馳《はし》らせて野遊《あそび》に出て行く。女や了供の笑い喜ぶ声は到るところに聞えるのであったが、ここにただ一人、かの渡野君ばかりは、この麗しい春の来ると共に次第次第に陰鬱になり、遂には一度として私の誘出す散歩に応じた事なく、自分の居室《へや》にのみ引籠ってしまった。

どうして怪まずにいられよう。私は或夜のこと、その居室《へや》に訪問《おとず》れて、無理にも想像しかねるその原因を聞ただし、出来るものなら幾分か慰めても見ようかと思って、彼の室借《へやがり》をしている下宿屋の門口《かどぐち》まで行って見たが、いざとなって見ると、何となく妙に気《き》怯《おく》れがしてしまった。事実私は、まだ瞭然《はっきり》と渡野君の人物を解釈する事が出来ないので、あだかも英雄偉人に対する時、吾々は尊崇の念に伴うて、或る畏懼《いく》の念を生ずる如く、私は今だに渡野君に対して何となく気味悪い感じを取除《とりの》ける事が出来なかったので、とうとう、彼が室《へや》の戸を叩く勇気がなく、なおさら進んでその胸中を聞こうなぞというに於てをや……そのまま私は方向を転じて彼方此方《あちらこちら》と春の夜を歩み歩み、来るともなしに去年の冬始めて渡野君と話をした岡の上に昇った。

その時には、痩せ衰えていた一株の枯木も、今は雪のような林檎の花が咲き乱れ、いうにいわれぬ香《かおり》の中《うち》に私の身を包んだ。柔かな草の上に佇み、四辺《あたり》を眺めると、これこそは地球の表面であると想像せらるる広々した大平野の上に、朧《おぼろ》の月が一輪。所々《しょしょ》の水溜りはその薄い光を受けて、幽暗な空の色を映《うつ》している。後《うしろ》の学校では女生徒の楽《たのし》み遊ぶ音楽が聞え、近くの田舎街には家々の窓に尽く静な燈火《ともしび》の光が見える。

ああ！　魔術が作出《つくりだ》したような、夢とも思わるる異郷の春の夜！

私は忽ち恍惚《うつとり》となり、自分では解されぬ寂しい空想に陥っていたが、突然、後から肩を叩いて、

「君！」と一声。思い掛けない渡野君である。彼は何か用あり気に、

「今、君の処をお尋ねしたのです。」

「私の処を……。それじゃ行違いになったのです。」と私は戸口を叩き兼ねた事はいわずにしまった。

「実は急にお話したい事がある。それで君の処へ出掛けたのですが……。」

「何です、どんな事です。」と私は頗る驚かされた。

「まアここへ坐ろうじゃ有りませんか……。」と彼は私よりも先に林檎の花の下に坐ったが、暫くは無言で。大方《おおかた》私と同じく、異郷の大平野を蔽う春の夜の神秘に打たれたのであろう。しかし忽ち我に返った如く、私の方に向直って、

「私は二、三日中に君とお別れするかも知れない。」

「え。どこへかお出でになるんですか。」

「もう一度紐育《ニューヨーク》へ行って見ようと思うです。或いは欧洲《ヨーロッパ》へ行って見るかも分らん……とにかくこの地を去る事に決心したのです。」

「何か急用で……?」

「いや、私の事だもの、別に用はない。ただ感ずるところがあったから……。」といったが力ない語調《ちょうし》であった。

「何をお感じなすったのです?」質問すると、彼はちょっと息をついて、

「それを今夜君にお話したいと思ったのです。君との交際はまだ半年にならないですが、何となくもう十年も交際《つきあい》したような心持がするのです。だから、私は万事残らずお話して、そしてお別れしたいと決心したのですよ。しかしまたどこかでお会い申す事でしょう。君もこれからアメリカを漫遊なさるというのだから。」淋しく微笑んだ後、彼は静に語り出した。

* * *

三

「日本の大学を卒業してから間もなく、私は父親に別れて、財産をそのまま譲受けたので、この財産と新学士という名前とで、この後は自分の思うままの方向に、浮世の道を進行《すすみゆ》く事の出来る、頗る幸福な身分となったのです。私の修めた学科は文学でしたから、私は自分の周囲に集って来る多くの友人の勧告するままに一つの会を組織し、人生救済と社会改良の目的で、立派な月刊雑誌を発行する事とした。

とにかく私の名前は、已に学生の時代から、折々投稿していた雑誌新聞などの所説で、多少一部の人には知られていたので、今や、父から譲られた財産というものを後楯にして、堂々と世の中へ押出した景気はまず大したものでした。私の代表した団体は、今度始めて世間へ出た若手の学士ばかりで組織されたのですが、その機関雑誌は広告を出したばかりで、まだ初号を発行せぬ以前から、もう世間一、二の有力な雑誌の中《うち》へ数えられていました。私の周囲には無論訶諛《あゆ》を呈する輩《ともがら》もあるので、この当時私は全く、自分に対する讃辞より以外《ほか》には、何にも聞く事が出来ないほどでした。

その時、私は年齢《とし》二十七、なお独身です。譃《うそ》か誠か、何々伯爵の令嬢は、私の演説する様子を見てから、恋煩いをしているとか、あるいは、何処《どこ》とかの女学校では私の人物評論から、女生徒の間に一場《いちじょう》の紛擾《ふんじょう》を起したなどいう噂は、少《すくな》からず耳にした。否《いや》、現に一、二通の艶《なまめ》かしい手紙さえ受取っていたのです。

で、私はとにかく、自分の持っている或力が、異性の心情に対して、微妙な作用を為すものだという事を自覚せずにはおられなくなった――自覚すると同時に何ともいえぬ愉快を感じたのです。そしてその愉快は自分の主義と自分の人格が、世間から重く迎えられているという事を自覚した時よりも、更に深い快感であった。何という事でしょう。私は如何に自分を辯護しようとしても致し方がない。その一瞬間、その刹那に、私の情がそう感じたのですから。

私は彼様《かよう》に深い愉快を感ずると、それに続いて、直様《すぐさま》この快楽を出来るだけ進ませて見たいものだと思った。すると心の中で、「それならば早く結婚してはいけない。まず汝ら、男の側から、世にこの上の美人はないという位な人の妻と、それほどではない処女《むすめ》とを比較《くら》べて見て、いずれがより強い空想を起させるか。お前の魔力もそれと同じ事だ」というような声を聞いたです。

私はもうこの声の奴隷です。出来るだけ自分の姿を綺麗にして、朝《あした》には若い貴族の夫人や令嬢の居間を訪問《おとず》れて、秋波の光と微笑の影に酔い、夕《ゆうべ》となれば燈火きらめく辺《あたり》に美人の歌を聞き、いつか二、三年の月日を夢のように送ってしまいました。

しかし或日の事、私は東京の人目を避けるために、或る閑静《しめやか》な海辺《かいへん》の小楼《しょうろう》に美人三人までを連れて遊びに行っていたが、それはちょうど冬の夕暮で、午後《ひるすぎ》の転寝《うたたね》からふと眼《め》覚《さ》めて見ると、私の最も寵愛している美人がただ一人、私のために膝枕をさせたまま、後の壁に頭を凭《よ》せ掛けて、うとうとと睡っているばかり、他《ほか》の二人は何処《いずこ》へ行ったのやら、室中《へやじゅう》は薄暗く、戸外《おもて》の方では物の叫ぶような、寛漫《だる》い潮《うしお》の声が遠くの沖に聞えるばかりです。

私はそのまま、再び目を閉じたが、考えるというでもなく、今頃こんな処で、こんな有様をしているとは、世の中に誰が知っていよう、世の中はただ、社会改良家という立派な名前の下にのみ自分のある事を知っているのだ――と考え出すと、私は可厭《いや》な、切ない感じに責められた。尤もこれは今始めて気付いたというのではないのです。最初から、私はこの種の快楽を決して賞讃もしくは奨励すべき善行ともしませんし、また、慈善事業の広告のように、公然《おおぴら》に発表すべき性質のものともしていません。即ち極めて秘密にすべきものとして、今日まで巧《たくみ》に世間の耳目を糊塗《こと》していたのです。この後とても秘密にして行く事は容易です。今の世の中に、これ位の秘密を保って行けないようでは、殆ど何事も為す事は出来ますまい。然り、私はこの点からいえば確《たしか》に、自ら才子と称しても差支はないでしょう。しかし、私の今感じたのは、もしや私がこういう秘密を有《も》たず、いわば青天白日の身であったら、どうであろう。世間が想像する通りの清い身分になる事が出来たら愉快であろうか、不愉快であろうか。

無論私は愉快であると決断したです。何故《なぜ》ですか。秘密は一つの係累《けいるい》も同じ事で、いわば荷厄介な物ですからね。

ここで、私はいよいよ悔悟の時期に入る事となり、この後は断じて浮世の快楽には近寄るまいと決心すると同時に、一日も早く独身生活の危険を避け、自分の決心を断行する助ともなるような、神聖な、そして賢明な妻を持とうという心を起したのです。

四

遂に私は如何なる婦人を、妻に選びましたか。

それは看護婦でした。

ちょうどその頃、私は劇烈な風邪《ふうじゃ》に冒されて、医士の注意するままに、一人の看護婦を雇い、その手に介抱されていた。看護婦はその時、二十七歳の処女で、身丈《せい》は低くなかった、非常に痩せた女で、容貌は何と評しましょうか……とにかく醜い方ではなかったですが、しかし決して男の心を惹くような愛嬌も風情もないのです。頰のこけた、痩せた顔の色はただ雪のように白いばかりで、いつも何事をか黙想しているというように、沈んだ大きな眼を伏目にさせています。幼い時に両親に別れたまま、痛ましい孤児《みなしご》の生涯をば、ひたすら神の信仰に献《ささ》げているとの事で。

私は病中しばしば夜半に眼を覚す事があったが、その時には必ず、私は黄《きいろ》いランプの火影《ほかげ》に聖書《バイブル》を読んでいる彼女の姿を見ぬ事はなかった。更け行く夜半《よわ》に端然と坐っている真白な彼《かれ》の姿は、いつも私をしていうにいわれぬ平和と寂寞の感を起させます――この感情の神々しく気高い事は、地上に住む人間以上のものとしか思われぬので。私は考えるともなく、もしこういう宗教心の深い神聖な婦人と結婚したらば、私は如何なる感化を受けるであろうか。私の妻と選ぶべき婦人はもう他には有るまいと思った。で、私は病気が全快すると直ぐ、この事を申出したのです。

彼女は驚く心をじっと押静めて、徐《おもむ》ろに辞退しました。しかし私は無理にその手を取り、今までの罪悪を残りなく懺悔して、私は神聖なる彼女の愛に因《よ》ってのみ、世の快楽、世の罪悪から身を遠ざけ、誠の意味ある生活に入る事が出来るのだ……という事を話すと、彼女はじっと聴入った後、忽ち感激の涙を零《こぼ》しながら、口の中《うち》で祈禱を繰返しました。人は笑うであろう、あるいは私の事を酔興とでもいうであろう。しかし私は全くその時は、彼女は私の身を救う唯一《ゆいっ》の天の賜物《たまもの》であるとのみ信じたのです。

ああ！　しかしそれは非常な誤りでした。単に誤りならばまだしも、それは一層私の身を不幸ならしむるようになった。私は彼女をば救《すくい》の神としてその手に頼りすがると共に、彼女に対して満身の愛情を注ごうと企てたが、しかしかの暖い柔《やわらか》い恋愛の情はどうしても湧いて来ないのです。単に彼女に対する尊敬の念を起し得るのみで、つまり二つの聖霊を一つに結付けてしまう心地には、どうしてもなれないのです。

ある春の日の事で、私は彼女とただ二人、強いて色々な談話《はなし》を私の方から仕掛けながら、家の庭園《にわ》を散歩した――夢のような麗かな春の日です。青空は玉のように輝き、桜や桃の花は今を盛りと咲乱れ、小鳥は声を限りに歌っている。若い血潮の燃える時はこの春ならずして、いずれにありましょうか。私ら二人は花の下の小亭《あずまや》に腰を掛けようとした時、私は彼女の手を握り締め、その頰の上に接吻して見た。彼女は私の為すままにさせました。しかし何という不思議な事でしょう。彼女の真白な頰は、その色ばかりではない、全く雪のように冷く、私の唇が感じたこの冷気は、強いて喚起した満身の熱を尽く冷《ひや》してしまったではありませんか。彼女は大理石の彫像です。私は握った手を放し、呆れたように、その顔を打目戍《うちまも》ると、彼女は私の顔を見返して、にッこりと淋し気に笑ったです――私は覚えずゾッとした。何のためか自分ながら解りません。ただ何という訳もなく、私の心の中《うち》にはいうにいわれぬ不快な嫌悪の情がむらむらと湧起ったのです。

私はそのまま、座を立って、独り木立の方へ歩いて行った。彼女は別に尾《つ》いて来るでもなく、やはり元の処に腰掛けて、例の如く沈んだ眼で折々空を見上げているのでしょう。やがて小声に讃美歌を歌うのを聞きましたが、その讃美歌の調子が、この瞬間には、何ともいえず不快に聞きなされた。私は実に自ら解するに苦《くる》しむ。讃美歌の調子といえば、私は以前の放蕩生活をしている最中でさえ、折々星の静な夕《ゆうべ》なぞ会堂の窓から漏れるその歌を聞く時には、如何にも人の心を休める静な音楽として、少くとも不快な感を起した事などはなかった。それが今、何たる理由であろう。私は幾分か情ないような心地にもなって、一度に訳も分らぬ色々な事を考えながら、樹立《こだち》の中を過ぎて裏庭の方へ歩いて来ました。

ここはかなり広い畠になっていて、夏の頃には胡瓜《うり》や豆の花なぞが美しく咲き乱れ、私は夕月の輝く頃など、殊更ここを愛しているのですが、今は種蒔をしたばかりの事とて、平《たい》らかに耕した一面の土を見るばかり。しかし何一つ遮るものがないので、大空から落ちる春の光は、目も眩《くらめ》くばかりに明《あか》るい。私は満身にこの光を浴びて、蒸されるように暖かく、額際《ひたいぎわ》には薄く汗かくほどとなった。もう彼女の歌う讃美歌も聞えず、空中を飛過ぎる燕の声を聞くばかり。春の日の日盛りは時として深夜よりも静な事があります。今までの混乱した考えもどこへか消去り、私はただもう茫然《ぼんやり》として、空の果に懶《ものう》く動いている白雲を見詰めながら、此度《こんど》は畠の端《はずれ》の勝手近い家の傍へ歩《あゆみ》を移した。

爛漫たる桃の花が目に着いた。まるで火の燃えているようです。すると、忽ちこの桃花の間に女の姿……私は覚えず立止った。桃の花は家の屋根を隠すほどに咲乱れているそのちょうど木蔭の低い肱掛窓《ひじかけまど》に、女は両肱を載せ、横顔をばひたとその上に押当てて、余念もなく午睡《ひるね》しているのです。すると、一面に落掛る春の日光《ひかげ》と、窓を蔽うた桃花の反映とで、女の半面はいい難い紅《くれない》の色を呈しているその風情。十歩ほど此方《こなた》から眺めると、どうしても一片の画《え》としか見えません。

一月ほど前に家へ行儀見習いとかで奉公に来た小間使、年は十九とやら。しかし私はそんな事を考える暇はない。ただもう、何という美しさであろう。その豊艶《ふくやか》な腕、その滑かな頬、何という血色《いろつや》であろう。忽ち綺麗な蝶が一つ、ひらひらと飛んで来て、紅色《くれない》を呈した女の愛らしい耳朶《みみたぶ》をば、何かの花瓣《はなびら》とでも思ったか、その上に棲《とま》った。春の蝶は何を彼女の耳に囁《ささや》くのであろう……快いといおうか甘いといおうか、何ともいえぬ味《あじわ》いのある空想は油然《ゆうぜん》として湧起り、恍惚たる夢の中《うち》に私の身を投じてしまった。

私はもう世の中の事も自分の身の上も、何もかも忘れています。無論、この瞬間には、自分はこの女を愛しているか否かという事も意識してはいません。ただ、その傍へ行って、そして燃えるような頬に触って見たいと、私の身中《みうち》を流れている血の温度が私にかく命令したでしょう、私はすッと傍へ近寄ろうとした。が、その時、女は不意と眼を覚すや否や、驚いて四辺《あたり》を見廻す途端に、私の姿を認めて、少時《しばし》は為すところも知らぬように……忽ち顔を蔽うて次の室《へや》の方へ逃げ込んでしまいました。

実に些細《つまら》ぬ事《こと》件である。しかし私の身には正しく非常な大事件です。私はこの日から、自分では意識せぬ間に、絶えず以前の華美《はなやか》な生涯を回想し初めた。私の耳には音楽や美人の囁《ささや》きが聞え、眼には紅裙《こうくん》の翻える様が見える。ともう、以前の決心は何処《どこ》へやら消滅してしまった。私は自分の身を救うてくれる神の化身とまで尊敬し、自ら強いて妻と選んだ彼女の事をば、露ばかりも脳中には置かぬようになった……単にそれのみならばまだよい。私は何という事であろう、漸々《ぜんぜん》彼女を嫌う程度を増して来たのです。私は一心にこの悪心を防遏《ぼうあつ》しようと試みたと同時に、彼女に対してこの精神の変化を知らすまいと非常に苦心した。しかし何も彼も無効《むだ》らしかったです。彼女は何もいわず、また少しも素振には現さなかったが、彼の沈《か》んだ伏目で、もう既《とう》に何も彼も、知り抜いているらしく見えました。私はやがて彼女を恐れるようになり、なるたけ彼女の眼から遠《とおざ》かろうとしたです。すると、どうでしょう。彼女はそれを、已に見抜いていると見え、向うからも、なるべく姿を見せぬようにと、終日、自分の居間に閉籠ってしまったです。私は実に何ともいえません。ただもう泣きたいような心持になりました。

といって、私はこのままに打捨てては置けない、一度《ひとたび》妻を選んだからには、どうしても彼女を愛さねばならないのですから、私はもう半分夢中で、どうにかして彼女に対する嫌悪の情を取去りたいと、焦せれば焦せるほど、事実は増々悪くなるばかりなので、遂には何となく気が変になったように思われました。或夜、私は睡眠中に不意と何か物音を聞き付けたように思って、吃驚《びっくり》して眼を覚したが、すると、いつの間にか彼女が真白な看護婦の着物を着て、チャンと私の枕元に坐っているような気がするかと思うと、忽ちどこからともなく、聖書を読むような声が聞える。いやその声の陰気な事、気味の悪い事といったら、もうお話にはなりません。私は覚えず寝床から飛起きるや否や、枕元のマッチを捜《さぐ》り取って、燈火《あかり》を点《つ》けた。誰《たれ》もいよう筈はない、ただもうしいんしいんとした夜です。

　これからというものは、毎夜のように陰気な聖書の声が聞え出して、もうとても安眠する事は出来ない。一層《いっそ》の事、結婚した当時のようにもう一度彼女と並んで寝て見たら如何《どう》であろう――こう思返して、私はそうやって見たが、益々いけないです。夜が更けると共に、眼はいよいよ冴えて来る。私の傍に横《よこた》わっている彼女の身体は、宛然《まるで》石のように冷たく感じられ、次第次第に私の身体の熱までが冷えて行くようで、もし今夜一晩、彼女と同衾《どうきん》しているならば、かの美しい花を見て愉快を覚え、暖い酒に触れて甘きを覚える私の神経はもう二度と再びそういう微妙な働をする事が出来ないように漸々に無感覚となって行くが如く思われる。私は一生懸命に掌《てのひら》で自分の皮膚を摩擦して、多少の熱度を得たいと試みたが、それも無効であった。私はもしここで眼を閉じて眠《ね》てしまったなら、きっとそのままに死んで行くに違いない――明日の朝暖い太陽が花園の花を照しても、鳥が歌いだしても、私はもうそれらを見聞《みきき》する事は出来まいというような心地がして、ただもう恐しくて眼を閉《つぶ》る事が出来ないのです。

　すると、夜の更け行くままに、糸のような彼女の寝息が耳につき始めます。絶えなんとしてはまた続くその呼吸につれて、彼女の肉体に宿っている霊魂は、次第次第に彼女が絶えず夢みている天国へと夜の静寂《しずけさ》に乗じて昇り行くのではあるまいかと思われ、触るともなく、私は窃《そっ》と片手を彼女の胸の上に載せてみた。彼女は仰向《あおむけ》に寝ているその胸の上に、犇《ひし》と両手を組合せて全く少しの身動きさえしません……忽ち氷の如く冷たいものが私の手に触った。覚えず私は手を引込めたが、漸くに再び手《て》捜《さぐ》りして見ると、それは彼女が何時も肌身離さず持っている金の十字架でした。

こういう風で、私は毎夜不眠の結果から身体は著しく疲《つか》労れて来て、辛くも昼間の転寝《うたたね》に、幾分かの休息を得るという有様。こうなってはもう生命を繋ぐために、是非とも彼女の傍を遠ざかる必要が出来て来ます。彼女と同じ屋根の下に生活している間は、到底如何なる手段も無効であると思い、余儀なく私は旅行という事を思い付いてから、遂に外国行という事に決心したのです。

で、私は早速、勉学のためと称して米国へ行く事を妻に話しました。彼女は例の如く、すっかり私の心中を見抜いているというように、何の異論も称えず、自分は再び元の看護婦となって月日を送るからといって、直様《すぐさま》承知してくれましたので、私は財産の三分の一を彼女の生活費として辞退するのを無理やりに受取らせ、飄然このアメリカへ来たのです。

もうその後の事は一々お話しする必要は有りますまい。御存じの通り、何しろこの米国という所は、人間社会の善悪の両極端を見る事の出来る所なのですから、人はどちらへなりと随意に好む方へ行く事が出来ます。昼というものなき秘密倶楽部《くらぶ》の一室、真赤な燈火《あかり》の下で、裸美人《はだかびじん》の肩を枕に鴉片《あへん》の夢を見るもよし、または浮世の栄華なぞはどこにあるかと思うような田舎の宗教生活、朝な夕な、平和の牧場《まきば》に響渡る寺院の鐘を聞くもよいでしょう。

私はとにかく一通り米国の一般を見た以上は、この上この地に止まる必要もない。いつでも日本へ帰ってそして以前よりはもっと花やかに私の好む如何なる事業をも為す事が出来るでしょう。しかし、私にはまだ一つの疑問がある。私は今後再び浮世の快楽を回想するような事はあるまいか。私は故国に帰って幸福に彼《か》の氷のように冷い我妻と生活する事が出来るだろうか。……という事で。無論、人は多少の差こそあれ、いずれも自制力を持っていますから、私だとて決して自《みず》からを制せられぬ事はない。が、しかし私はそれでは満足が出来ないのです。朝《あした》に聖書を展《ひろ》げた手で、夕《ゆう》べ窃《ひそか》に酒杯《しゆはい》を挙げたい位なら、(例え自制せられ得るにもせよ) むしろ進んで酒杯《さかずき》のみを手にするが好《よ》い。制欲ということは意志のやや強いことを示すより外には全く無意義のものですからね。牢獄《ろうや》の中の囚人は一番の聖人ですよ。彼らは牢獄《ろうや》の中にいる間は何一つ悪い事はしませんから。

こんな事を考えながら、私は自ら好んでこのイリノイの淋しい田舎に、もう三年近くを送ったのですが、私はまだ自分から安心する事は出来ません。私はもう一度都会《みやこ》の生活、都会《みやこ》の街に輝く燈火《ともしび》を見るつもりです。そして私は私のこの後の生活について最後の決断を与えるつもりです。

私は明日貴兄《あなた》とお別れする。しかし私は約束します、私は如何に決断するかをお知らせするために、この後遠からず三種の中何れ《うちいず》か一枚の写真をお送りしましょう。もし私にして、幸いにも自分の予想している如く、心の底から快楽の念を去ることが出来ていたならば、貴兄は私が看護婦と結婚した時の写真をお受取りなさるでしょうし、もしそうでなくば、私は……そうですね、仏蘭西《フランス》あたりの妖艶人《ようえん》を殺すような舞姫《まいひめ》の写真をお送りしましょう。それによって貴兄《あなた》は、私のこの後の生活の如何なるかを想像することが出来るでしょう。」

（三十七年三月）

酔美人

千九百四年の夏、聖路易《セントルイス》に開始された万国博覧会を見物するのに、私は望んでも得られぬほどな好い案内者を持っていた。

それはＳ――と呼ぶアメリカ人で、過る年市俄古《シカゴ》の町端《まちはず》れの同じ下宿に泊っていた事から、非常に懇意になった画家であるが、今度の博覧会には自分の作をも出品しているという上に、去る頃からちょうどセント、ルイスに程遠からぬミズリ州のハイランドという田舎に住んでおったので、私はまずその男に電報を打ッて置いた後、やがて北方のミシガン州から、汽車で十五、六時間の旅路――途中の景色といえば、米国大陸の常として、ただもう広漠とした玉蜀黍《とうもろこし》の畠と、折々は家畜が水を飲んでいる小川の辺《ほと》りや、百姓家が二、三間《げん》立ッている岡の上なぞに果樹園らしい樹の茂りが見えるばかり。それでも私はただ一人でいろいろと愉快な空想に、さほど倦み労《つか》れもせず、イリノイ州を横断し尽すと、もうイースト、セント、ルイスの町から、ミスシッピーの大河に架けられたイーヅ、ブリッヂという有名な橋をも後にした。

汽車の窓から河向うにセント、ルイス市の街端れの屋根が見え出す頃になると、北米新大陸の所々方々《しょしょほうぼう》から、この中部の都会を終点として集り来る鉄道の線路は、蜘蛛の巣を見るが如く、とてもその数を読む事は出来ない位である。砂塵と石炭の烟が渦巻いている中に、種々雑多《しゅじゅざった》な物音が一ツになって唸るように湧返ッている停車場の敷地へ這入《はい》ると、山のような大きな機関車が幾輛ともなく、黒烟を吐いて行きつ戻りつしている間をば、これは東部の方へ出発するのであろう二列の汽車が相い前後しつつ、我々の列車と擦《す》れ違ったかと思うと、向うの端《はずれ》の線路には、また我々と同じ方向に進んで行くのもある。あらゆる米国鉄道会社の列車は、この中央大停車場のプラットホームに相並んで着するのである。

私は列車を下りて群集と共に長いプラットホームを行き尽し、高い鉄柵の戸口を出ると、ここは高い屋根、下はセメント敷の広場に、男女《なんにょ》の帽子は海をなしている。しかしこういう混雑にはよく馴れているアメリカ人の事とて、早くもそれと見付けて馳《か》け寄たのは、私を出迎いに来てくれた彼《か》のS氏で、西洋人が紋分形《もんきりがた》の、「How do you do」と元気のいい声で、私の手を握った。

私は挨拶などはさて置いて、直様《すぐさま》どういう作を出品したのかと問い出すと、彼は如何にも満足したように、リンキューを二度も繰返したが、それは後の楽《たのし》みにゆっくり話そうから、いずれにしても彼の住んでいるハイランドまで来るがよい、市中の旅館《ホテル》はこの熱いのに上を下への混雑とても居《い》られたものではないというので、私は導かるるままに、

宏大な石造りの停車場を出で、照り輝く夏の日の下に、馬車《くるま》や人が押合っている往来をば二丁ほど歩いて行くと、S——氏は、

「あの青く塗ってある電車《カー》に乗るのだ。一時間ばかりでハイランドの僕の家の向う角で止る——。」といいながら、やがて行過ぎる一輛の電車を呼止めたので、私は直様《すぐさま》それに飛び乗ッて、次第にセント、ルイスの賑かな街を離れた。

汚い小屋と居酒屋《サルーン》や木賃宿《ロッヂング》なぞが、大きな煉瓦造の製造場と入り乱れている——どこへ行っても同じ眺めの——街端れを通り過すと、青々とした野草の上に繁合《しげりあ》う楓樹《かえで》と樫の林が、電車道の両側に現われて、行けども行けども更に尽《つ》る時がない。重合《かさなりあ》って細い木《こ》の葉《は》に射込《さしこ》む日の光と、折々枝の間から透いて見える青空の色の、何という美しさであろう。翻えって、かのカスケード山、ロッキー山、あるいは北米の西北岸一帯の地を占領している、暗黒な、湿気ある、大深林がただ人をして恐怖の念のみを起させる事を思出《おもいいだ》せば、このミゾリ州の林は何という優しい愛嬌を持っているのであろう。

私はこの林を愛する！と叫ぶと、S——氏は非常に嬉しそうな顔をして、

「僕の住んでいる処は、こういう楓樹《かえで》の林の中に立っている小な村で、青々とした草とリボンのような水の流、いつも青い空、これより外には何《なん》にもない所だ。しかし、私

の宿《とま》っている家の女房《おかみ》さんは、いい牝牛と羊を持っているから、手製の甘《うま》いクリームを御馳走しようよ。」

いいながらちょっと時計を引出して見て、「もうじきだ。これからカークウッドという林の間《なか》に村がある。それを一ツ通り越しさえすれば、もうハイランドなんだから。」という中《うち》に大方その村の事であろう、やはり青々とした樹の間に、石造りの大きな寺院《おてら》なぞが聳えている人家の中を過ぎて、道は緩《ゆるやか》に上ったり下りたり。暫くすると、S――氏は、私の肩を叩いて、

「此処《ここ》だ此処だ！」という。

下車《おり》て見ると、なるほど藍色の空と、青い木葉《このは》を眺めるばかりの静《しずか》な村で、セント、ルイス始め大きな街では百度以上の激しい夏も、ここは木葉に呟《ささや》く風の涼しさ。林を越して見晴す牧場《まきば》の方では、夏の午後をばさも懶《ものう》そうに鳴く牛の声が聞え、近く人家の裏畠では鶏が鳴き出す。先刻《さつき》、一時間前に通過ぎたセント、ルイス市中の喧騒を思起すと、ただもう夢のような心地である。

「博覧会《フエーヤー》へ行くのには少し遠いが、しかし電車《カー》に乗れば四十分ばかりで行けるんだから、僕と一緒にこの辺に宿を取る事にしては……。」

S――氏がこういうのに、何で私は反対しよう。ちょうどこの辺の村では、市中《まち》からの避暑客、特《こと》に今年は博覧会の見物人をも目当に、いずれの百姓家でも一番奇麗な室《へや》をば借間にと準備しているので、私はS――氏の室借《へやかり》をしている家から、一軒置いて隣りへ逗留する事とした。

その翌日からは直《す》ぐ様《さま》博覧会の見物である。否《いや》、見物よりはまず第一にS――氏の出品を訪わねばならぬ。

私は彼と共に電車で博覧会の裏門に着し、林の間を潜り抜けると直《す》ぐ様《さま》、三棟に分れている美術館に達する。中央の一棟が合衆国の出品で、この中《うち》に彼の作品も陳列されているという。私は直様《すぐさま》その場への案内を頼むと、彼は先に立って、陳列室を幾室も素通りした後、やがてやや狭く細長い一室に這入《はい》って、ちょっと立止りながら此方《こなた》を振向き、

「あれです。」と西側の壁に掛けてある一面の裸体画を指《ゆびさ》した。

埃及《エジプト》か亜剌比亜《アラビヤ》あたりの女をモデルにしたのであろう、黒い頭髪《かみのけ》と黒い眼の、肥えた女が、長椅子の上に仰向きに横わり、僅に顔だけを此方《こなた》に捩じ向け、その手には半分ほどになった葡萄酒の杯《さかずき》を持っている。洞然《ぱっちり》とした大きな黒い眼は、陶然たる微酔に早《は》や瞼も重たげになっていながら、なお何物をか見詰めていたらしく、いうにいわれぬ表情

を示《し》めしている。S――氏は暫く無言で、自作の裸美人《らびじん》に対していたが、やがて、

「私の一番苦心したのは、無論この微酔《ほろよい》の眼ですが、しかしそれよりもなお苦心したわりに、余り人が注意してくれないのは、有色人種の皮膚の色ですよ。私の心では、酒の暖気《あたたかみ》が全身に漲り渡ると共に、有りとあらゆる血管中には、いわゆる暖国の情熱が湧起って来る――その意味を私は眼の表情よりは、むしろ燈火《ともしび》の光を浴びたこの皮膚の色で現わしたつもりなんですが、どうです？　そう見えませんかね。」

私はいずれとも答えられずに、なお無言で見入っていると、彼は直《す》ぐ言葉を続けた。

「尤もこういう題目は美術の中《うち》に這入るべきものでないかも知れませんよ。私は以前懇意《こんい》だった仏蘭西《フランス》人の実話から、ふイとこういう作品を試みようという考えを起したんですから…………。」

なお語り続けようとしたのであるが、この時、室《へや》の中には五、六人の女連《おんなづれ》が、高声に話し合いながら這入って来たので、彼はちょっとその方を振向きながら、

「どうです。そろそろ見て歩きましょう……参考品の陳列場には、ミエーやコローを始め英仏の大家の作も少しく集めてありますよ。」

我々はその方へと歩いて行った。遂に中央館の出品も大概は見おわったので、今度は

東側の建物に這入り、ここに陳列せられた、英吉利《イギリス》、独逸《ドイツ》、和蘭《オランダ》、瑞典《スエデン》などの出品を見歩いていると、時間の経つのは驚くばかり早く、閉場時間の六時も早や間近くなったので、西側の建物に陳列せられた仏蘭西《フランス》、白耳義《ベルギー》、墺土利《オーストリヤ》、伊太利《イタリ》、葡萄牙《ポルトガル》、日本などの出品は他日に譲る事として、我々は群集と共に東側の美術館を出で、正面に広い三条の階段と大《おお》きな水盤から、漲落《みなぎりお》つる瀑布《ばくふ》をひかえた大音楽堂の下の腰掛に、労《つか》れきった腰を下した。

ここは周囲七哩《まいる》以上もある会場中、最も壮観を極むる処で。遥か彼方の正門から、高い紀念碑と幾多の彫像の立っている広場を望み、宏壮な各部の建物が城のように並び立っている間に、湖水とも見ゆる広い池が、我々の頭上に聳ゆる水盤から、高い階段の間を流れ流れて落ち込む瀑布の水を受けて、凄じい噴水の周囲《まわり》に、種々《さまざま》の小舟や画舫《ゴンドラ》を浮べている様まで、皆一目《ひとめ》に見下してしまうのである。

単にこれだけでも、随分驚くべき眺望《ながめ》であるのに、やがて太陽が場内のどこかで打出す鐘の音《ね》と共に、後方《うしろ》の森に沈み尽すと、望む限りの真白い建物は、一様に青く赤く取りどりのイルミネーションに飾られるので。蒼白い空の下に立並んでいる無数の裸体像は、この光を浴びて、階段の周囲や各館の屋根の上から、今しもその死せる眠りより覚め、彼方此方《かなたこなた》で奏し出す折からの音楽《バンド》につれて、皆な浮き出でて踊るが如くに思われる。驚くべき不夜城！　これは亜米利加《アメリカ》人が富の力で作り出した魔界の一ッであろう。

私は呆きれたように、ただ茫然として眺めていたが、S——氏は口の中で頻りと嚙《か》み煙草《たばこ》を嚙み砕きながら、階段を上って来る群集の姿をば一人一人眺めやる中《うち》にも、殊に若い奇麗な婦人《おんな》が通り過ぎると、独りで頷付《うなず》いてはその後姿までを精密に見送ッている。

「モデルになるようなのが有りますかね。」と訊くと、彼は嚙煙草の唾をば、無遠慮に吐きすてながら、

「滅多に有るものじゃない。しかしモデルには成らないまでも、とにかく肉付のいい若い女を見るのは、非常に愉快なものだ。この愉快は我々が神様から授与《さずか》った大特権の一つなんだから、我々男性は一生を女の研究に委ねる義務があるですよ。そこへ行くと流石《さすが》は仏蘭西《フランス》人ですね、私の極く懇意な友達に、仏蘭西《フランス》から出張していた新聞記者があったが、その男は、一体男性の身体《からだ》は女性からして、どれだけの愉快を感得する事が出来るものかという研究のために、とうとう中途で若死をしてしまったですよ。身を犠牲にしました。もうよほど以前の事ですがね、私はこの男の実験談の一つを、どうかして、

いつか一度自分の作品に現わして見たいと思っていたが、漸く今度ああいうものを描《か》いて見たのですよ。画題をお話しましたかね、微酔《びすい》の裸美人《らびじん》、……あれは「夢の前の一瞬間」という題ですよ。」

私はいい置く事を忘れたが、このS——氏は非常な仏蘭西好《フランスず》きの男で。しかしまだ仏蘭西《フランス》へ行った事もなし、その国語もそれほど深く知ってはいないが、自分は一世紀ほど前に新大陸に移住した純粋の仏蘭西《フランス》人の血統を受け、殊にその祖父なる人が仏蘭西《フランス》から来た女優と結婚したという事を以て、自分は確《たしか》に美術家たるべき血液を持っていると信じている。そして意志の強い、頭脳の余りに明瞭な亜米利加《アメリカ》人は、決して美術に成功すべきものではないと独断しているのである。

彼はもう嚙煙草をすっかり吐きすててしまって、今度は葉巻《シガー》を取りだし、私にも一本差出して、

「あの男の研究は、我々には実に価値あるものでしたよ。モツシュー、マンテローという男でしたがね、亜米利加《アメリカ》へ来た当座は、こんな殺風景な野蛮国にはとてもいられたものではない。意気な作りの女なぞはさて置き、鼻の突尖《とんが》ッた猶太《ゆだや》人と、唇の厚い黒坊《くろんぼ》ばかりで、午飯《デンナー》一ツ心持よく食えるところはない、なぞと頻に不平をいっていました

が、その中《うち》に、不思議も不思議、黒人《こくじん》の血が交っている或る雑種の婦人《おんな》に熱中し始めたです。

どうした原因《いわれ》かというと、或日の晩、彼は町の料理屋《レストランド》で夕飯を済した後、一人ぶらぶら散歩している中《うち》、ふと汚い小芝居の前を通り過ぎた。入口には彩色した種々《しゅじゅ》の看板や写真が出ている中で、一人小肥りの婦人《おんな》が片足を高く差上ながら踊っている画《え》があった。こんな画は本場の仏蘭西《フランス》では、ちょっと往来へ出さえすれば、一時間の中《うち》に何百枚、何千枚眼にするか知れないのですから、マンテロー君は無論深い注意を払いはしなかったが、しかしそのまま通過ぎもせず、切符を買って内へ這入ったです。

アメリカの街にはどこにでもある寄席《ボードビル》で、軽業《かるわざ》、道化踊り、種々《いろいろ》な楽器の曲弾《きょくびき》なぞ、やがてそれらが済むと、表の看板に出してあるその主人公であろう、大分黒人の血が交っている一人の女――短く切った頭髪《かみのけ》を真中から分け、半身を現わした裾の短い衣裳を着《つけ》たのが、舞台の後から馳出《かけで》るや否や、盛《さかん》に踊始めたです。しかし彼の眼には何の珍しい事もない。忽ち咽喉元へ込上げて来る欠《あくび》を、漸《やっ》と呑込んでいるものの、まさか外《わき》の方を向いている訳にも行かないので、彼は拠所《よんどころ》ないように茫然《ぼんやり》と舞台の方を眺めていたが、する中《うち》に、彼はふと、黒人の娘の特徴ともいうべき、でッぷりした肉付の如何にも豊《ゆたか》であるのに気が付き、それに続いて一体白人の女の肉付とは何《ど》ういう点が違っているのかしら。今日までは別に注意していなかったが、これは研究すべき重大の問題であろう……と次第にその方へ気を奪われて来ると、舞台の女は踊りの一段毎に、ちょっと身体を休める度々、大きな黒い眼に情を持たせて、見物人の方を眺めるのが、またもや彼の新しい注意を引いた。あの眼付はどうも我々文明の人間の眼付でない。動物の眼付だ。馴れた家畜が主人に食物を請求《ねだ》る時の眼付である、と思うと、マンテロー君はもうその好奇心を押える事が出来なくなって来た……否《いや》、こういう好奇心は、強いても呼起そうとする彼の事とて、何の猶予するところがあろう、それから三晩ばかりは毎夜その寄席へ行き続けると、何の訳もない話。互《たがい》に最初の握手をしてから、一時間とは経《たた》ぬ中《うち》に、もう馴れ馴れしく腕を組んで、一所に女の宿《とま》っている家へと遊びに行ったのです。

彼はここで、容易《たやす》くこういう事を発見しました。この雑種の婦人《おんな》は文明国の婦人《おんな》のように、種々《いろいろ》な美術的の身振や様子、または思わせぶりな談話の中《うち》に余韻を残して、男の心を翻弄し、そして自ら愉快とするような野心は少しも持っていなかったが、その代りに、身体中の神経が感じ得られる愉快は、余すところなく、睫毛の細かい戦《そよ》ぎから微妙な指の先の働きに至るまで、出来得られる限り強い愉快を感じようと企だてているのでした。

その晩はちょうど寒冬《さむいふゆ》の事で、彼女はその室《へや》をばすっかりと閉め切り、火をドンドン焚《た》きます。そしてその傍近く天鵞絨《びろうど》張の柔かい長椅子を引寄せ、男と二人で長々と身体を延し、まず第一に靴と足袋を取ってしまった素足の指先から足の裏を暖め、次には後頭部《あたま》を抱えるように両手を後ろに組み、身体の全体が段々に暖められるに連れて、幾度か欠伸《のび》をするように力を入れて、彼方此方《あっちこっち》に身体を捻《ねじ》ッて見、これでもう充分に全身の筋肉が柔かくなったと思うと、最後にもう一度、手の先から足の指までに満身の力を籠めて見る。それからホッとばかり大きな息を吐《つ》くと共に、忽ちグッタリとなって男の上に半身を投倒し、さて徐々《ゆるゆる》と極く香《かおり》の強い土耳古《トルコ》煙草を燻《くゆら》しつつ、その青い烟《けむり》が、薄紅《うすあか》な火筒《ほや》を掛けた燈火《ともしび》の影に、動きもやらず棚曳く様を、余念もなく打眺めるのです。

已にして、彼女は男と二人して一、二本の巻煙草をも喫《の》みおわると、今度は、彼女の身にとっては宝石よりも尊《たっと》い三鞭酒《シャンパン》をば、一杯グッと飲み干す。すると忽ち、銘酒の暖《あたた》気《かみ》は身体の中《うち》から、煖炉の火はその外部から、一時に彼女が全身の血潮を、出来得る限りまで激しく湧返らしてしまうので、彼女はもう瞼も重気《おもげ》に、半ばその眼を開くのさえ退気《たいぎ》らしく、しかもじっと男の姿から四辺《あたり》の室中《へやじゅう》を眺め遣る。しかしそれも僅の間で、彼女は身中《からだ》の骨々がすっかり抜けてしまったというように、だらりとその片手を長椅子の上から、床の上に投落したまま、うとうとと夢に入るのですが、この夢に入る瞬間は、乃ち彼女がこの現世の上の天国と信じたところです。

マンテロー君は、この珍奇な発見に対して大《おおい》に満足するところがあったのでしょう。三月ばかりの間は、一晩とても欠《かか》した事なく、彼女の室《へや》を訪れていましたが、しかしこういう男の常として、ふいと気候が変り出すと同時に、もう何かしら他《ほか》に変ったものが見たくなって来たのです。で、彼女を見るのも、いよいよ今夜ぎりで止《や》めてしまおうと、こう決心したばかりではない、彼《か》れは明瞭《はっきり》と彼女に向って、

「当分の中《うち》、仕事が急《いそが》しいから、遊びには来られない。」

といい置いて帰って来たのですが、さてその翌日の夜になって、毎《いつ》も晩飯を準《ととの》える料理屋を出て見ると、街の上には燈火の光が美しく輝き、行きかう婦人《おんな》の姿が、昼間よりは更に風情あり気に見られるので、彼は少時《しばし》とある四辻の角に佇んでいました。すると、忽ち今まで覚えた事のない、妙に気が急《せ》くような心持がして、どこという目的《あて》もなく、頻と早足に歩き出したが、やがてふと心付いて見ると、こは如何に、いつの間にか彼《か》の女の宿《とま》っている家の前に来ているのです。

こうなっては今更引返す訳にも行かない。そのまま女の室《へや》の戸を叩くと、出迎えた彼女は、もう今夜ぎり来られない。といった彼が前夜の言葉に対して、少しは驚くかあるいは喜びでもするかと思いの外、ただもう平素《いつも》の通りに、直《す》ぐ様《さま》、例の二人して座る長椅子へと、男の手を取って連れて行く、その様子は如何《どう》しても最前からチャンと彼の来るのを知り抜いていたものとしか思われない。

それでこそ、前夜もう来られないといった時も、別に残り惜しいという様子もせず、如何にも沈着《おちつ》いた風で、「はい、そうですか。」と答えたが、さては、もうその時から已に自分が此処《ここ》へ来べきものたる事を知り抜いていたのではないかしら。と思い出すと、彼は訳もなく無暗《むやみ》と心怖《こころおそろ》しい気がして来て、一層《いっそ》室《へや》から飛出そうかと、危《あやう》く腰を上げ掛けると、その途端に女は彼の手を握るや否や、重い半身を彼の膝の上に投掛けました。

女の身体の熱い事、まるで燃える火のようです。彼はその熱度をば、握り締められた手で直接に一分間とは感ぜぬ中《うち》に、その胸は忽ち息苦しいほど喘《はず》んで来るばかりか、已れの身体中の熱度まで、次第次第に女の方へ吸取られてしまうような心地がするのです。この時、女はその大《おおき》な真黒い眼の瞳子《ひとみ》を定めて、じーッと少時《しばらく》彼の顔を見入りながら、

「今夜ぎりお出でなさらないんですか。」と極めて沈着《おちつ》いた声でいいましたが、彼はも

う答える気力がありません。

じーッと見詰めたその眼には明かに、お前は如何に逃げようと急《あせ》っても、私が一度見込んだからには、どこまでもお前を自由にせずには置かないのだから……という激しい情の力が現われているように思われたので、彼は全身を通じて一種の顫《ふるえ》を感ずると共に、もうどんな事をしても駄目である。自分はこの女の餌《えじき》である――鼠が猫の前に出たような、あるいは狼の前に小羊が立すくんだような、果敢《はか》ない犠牲《いけにえ》の覚悟が、我知らず心の底に起って来るのでした。

哀むべし。マンテロー君は最初の中《うち》こそ、自分は男である、主人であるという自信を持って、彼女をば馴れた柔順な家畜として愛し戯むれていたのですが、いつの間にやら、知らず知らず、彼女の身体を包んでいる、怪しい見えざる力の下に圧せられて、到底それから脱する事が出来ないものとなってしまったので、こういう話は、貴君《あなた》も已に御存《ごぞんじ》かも知れない、ペルシャとか土耳古《とるこ》などの古い伝説に、動物が若い奇麗な妃《きさき》を見込んで、到頭それを取殺してしまったなぞという事もある。して見るとこの仏蘭西《フランス》の紳士も、人間よりは動物の血を沢山に持っている黒人の娘にすっかり見込まれてしまったとでもいうのでしょう。

彼は次第に痩衰え眼ばかりを光らせて、どうかして彼女から遠《とお》ざかりたいと絶えず悶えていながら、依然としてその傍へと引寄せられている中《うち》、そうです、一年ばかりも過ぎた後の事でしょう。非常に健康を害したところから、米国の寒い冬を避けるため、一先《ひとまず》仏蘭西《フランス》へ帰り、伊太利《イタリヤ》の暖地へ行きましたが、ふと例の南方の風が持って来る熱病にかかったので、衰弱している身体ではとてもたまりません。とうとうそこで死んでしまいましたよ。」

S——氏は語りおわると共に、微笑みながら私の顔を眺めて、

「君はどう思います、マンテロー君は軍人が戦争で死ぬと同じく、己の好む道に倒れたのですから、私は彼を悲しむと共に賞讃しますよ。

もう大分晩《おそ》くなりましたね。我々は今夜は彼の主義にならって、この舌の神経が感じ得られる限りの、美《うま》い肉美《うま》い酒を味おうじゃありませんか。我々が喜べば、我々を作った神様も無論喜びます。どこの料理屋がいいかしら。先《ま》アそろそろ下りて行きましょう……。」

S——氏は久しく腰を下した腰掛《ベンチ》から立上ったので、私もそれに続いて、ともどもに広い階段を一つ一つ、幾個《いくつ》かの大《おお》きい裸体像の下を降りて行った。

夏の夜の涼しさに、池の辺《ほと》り、広場の木影には、幾組の男女、その数を知らず、今やイルミネーションに輝き渡る不夜城は、あらゆる音楽と、あらゆる歓喜の人声に湧返っている最中である。（完）

長　髪

　春来れば花咲き鳥歌う田園とは事変《ことかわ》り、石と鉄、煉瓦とアスパルトで築上《きずきあげ》られた紐育《ニューヨーク》では、帽子屋《ミリナリー》の硝子《がらす》戸に新形の女帽が陳列せられるのを見て、人は春の近きを知るのである。

　風は吹く三月は過ぎ、折々驟雨《ゆうだち》の来る四月、その復活祭が更衣《ころもがえ》の日という例になっているので、よしや順ならぬ時候の少し位寒い事はあっても、この日を遅しと待っている気早い紐育《ニューヨーク》の女連中は、飾りの多い冬着を捨てて、洒々《しゃしゃ》たる薄衣《うすぎ》の裾軽く、意気揚々と馬車、自働車を走《はし》らする。

　自分は色彩の変化に富むこの国の流行を喜ぶ一人なので、晴れた日を幸いに出盛る人々を眺めんとて、ちょうど午後《ひるすぎ》の三時頃、一人飄然、一竿《かん》の細い杖《ケーン》を携えて、第五大通《フィフスアベニュー》から中央公園《セントラルパーク》の並樹道を歩む。と、幾輛とも数限りなく引続く馬車や自働車の、長閑《のどか》な春の日光《ひかげ》を浴びつつ、徐《おもむ》ろに動き行くさま、絵に見る巴里《パリー》のボア、ド、ブーロンユの午後《ひるすぎ》も実《げ》にかくやとばかり。

並樹道の両側に据付けたベンチには、この豪奢の有様《ありさま》をば見物の人々、列をなす中に、自分もやがて席を占め、一輛一輛と過行く車の主を眺めて、そが流行の選択、嗜好の善悪に、一人尽きせぬ批評を試みていた。

する中《うち》、遠くの彼方《かなた》から、四つの車輪と馭者の衣服《きもの》から帽子までをば、一斉に濃い藍色にした一輛の車が、青々した木蔭を縫って進んで来る。

他所《よそ》ならばいざ知らず、この華美《はで》な藍色が、晴れた春の青空と、明《あか》い新緑の色に調和して、誠に好く人の目を惹くので、自分は近付くを待ち、この主こそは如何なる人かと眺めると、帽子を飾る駝鳥の毛をば同じ藍色に染め、それに釣合う華美《はで》な衣裳――しかし年はさほどに若からぬ一婦人で、その傍に相乗《あいのり》したのは、何処《いずこ》の国民とも知れず、真黒な頭髪《かみのけ》を、さながら十八世紀の人の如く肩まで垂し、短い赤い口髯にリボン付の鼻眼鏡を掛けた若紳士である。

居並ぶ腰掛《ベンチ》の人々は、いずれも奇異の思《おもい》に駆られたらしく、

「あの男は一体何処《どこ》の国の人だろう。」

「メキシコ人じゃあるまいか。」

長髪

「あの真黒な毛の色合は、どうしても西班牙《スペイン》の種《たね》だから、大方南亜米利加《みなみアメリカ》からでも来た人だろう。」といい合う者もある。

車は馭者の打振る鞭の下《もと》に、近く眼の前を行過ぎて、直様《すぐさま》後から引続く車と車の間に隠れてしまった。

見物の人々の話題《はなし》も、転々窮《きわま》りなき目前の有様につれて、次から次へと移り行くのであったが、自分ばかりは、もう一度あの藍色の車を見たいと、その行過ぎた大路《おおじ》の彼方《かなた》を見送ったままである。

これ、しかし、乗ったる婦人の故ではない。かの黒い頭髪《かみのけ》の紳士というは、最初ちょっと見た瞬間こそ、自分の眼にも等しく異様に思われたものの、間近《まぢか》く目前《めのまえ》を行過ぎる中《うち》に、よくよく見れば、如何に風采を粧うとも、争われぬは、眉と眼の間の表情は分明《ぶんめい》に自分と同人種、日本人たる事を証明していたからである。

そも彼は如何なる日本人であろう？　車を共にしていた金髪《ブロンド》の婦人はその妻であろうか？　あるいは単に親しい友達というに過ぎぬかしら？

幸いにも、一週日ならずして、自分はこの抑え切れぬ好奇心を満足せしむる事が出来た。そは或る処《ところ》で、去頃《さるころ》コロンビヤ大学を卒業し、今では紐育《ニューヨーク》の或る新聞社に関係している日本人の一友《いちゆう》に出遇ったので、いろいろと雑談《ぞうだん》の末に、何気なくその事を話すと、かの友は、さも予期していたといわぬばかりの語調《ちょうし》で、

「そうでしたか、あの男を御覧になったのですか、全くちょっと見には日本人とは見えますまい。」

「どういう人ですか、御存じですか。」

「よく知っています。ちょうど私と一緒の船でアメリカへ来たのですし、その後私がコロンビヤ大学に這入《はい》りました時も、やっぱり一緒になりましたから……。」

自分は次のような物語を聞いた。


かの男、その名を藤《ふじ》ケ崎国雄《さきくにお》といい、資産ある伯爵家の長子です。米国に留学して、コロンビヤ大学に這入りましたが、しかし教場へ出るのは、ほんのいい義理一遍で、米国の華美《はで》な自由な男女学生間の交際を専門に、春はピクニックや馬乗、冬は舞踏や氷滑りと、遊ぶ事のみに日を送っていたのです。

一年二年と過ぎ、三年目の夏休みが来た。私は学費を充分に有《も》たぬ身分故、夏休中に、講師某《ぼう》博士の家の蔵書類を整理して、幾何《いくばく》の報酬を得る事にしたが、そういう必要のな

い国雄は、多分の旅費も惜しまず、西の方《かた》遠く、米大陸の瑞西《スイス》ともいうべきコロラドの温泉地から、世界七勝の一に数えられてあるイェロー、ストーン、パークを見物にと出掛けて行きました。

間もなく秋になり、大学は再び開始され、学生は四方から帰って来たが、国雄はどこへ行ったのやら音沙汰がない。

私は想像した、国雄はもう学校が厭《いや》になってしまったに違いない。彼の性質としてはそれも無理はない。読書する事よりは遊ぶ事が好き――遊ぶというよりは、むしろ安逸無為に時間を消費する事が好きである。私は日頃、彼がその居室の長椅子、もしくは木蔭の青芝の上に身を安楽に横たえ、葉巻《シガー》の煙をゆったりと燻《くゆら》しながら、何を考えるともなく、何を為すともなく、悠然空行く雲を眺めているのを見る時には、ああ、この世にこんな怠惰な人間があろうかと思う事が度々でした。

忠告しても無論効《かい》はないとは思ったが、またどんな機会《はずみ》で復校する気になるかも知れないと、私は誠実な手紙をば二通ほど、しかし旅行先から帰って来たのやら来ぬのやら、居処《いどころ》が不明なのでやむをえず、夏休前の寓居に宛てて郵送しました。

しかし一向に返事がないので、私はやや失望しつつも或日、夕方、散歩がてらに、その家を訪問すると、出て来た宿の主婦《おんな》から、国雄は二週間ほど以前に、一先《ひとまず》帰って来るや否や、直様《すぐさま》公園西町の〇〇番地へ転居したとの事に、大《おおい》に力を得て早速その番地をたよりにして行くと、セントラル、パークに面した十階ほどの高いアッパートメント、ハウスに行き当ったです。

私は、紫色の制服《ユニホーム》に金釦《ぼたん》を輝かした黒奴《くろんぼ》の門番《ポルター》に訊くと、日本の紳士は八階目の室《へや》にいるとの事で、昇降器《エレベーター》に乗って、その戸口の鈴《ベル》を押して見た。

大きな建物の事なので、外界の物音は一切遮《さえぎ》られ、廊下の空気は大伽藍の内部のように、冷《ひや》やかに沈静しているので、私の押した鈴《ベル》の音《ね》が、遠く室《へや》の彼方《かなた》で響くのが、よく聞取れます。

取次の人の来るのを待つ事、やや暫くであったが、一向そのような気勢《けはい》もない。で、この度はやや長い間ベルを押試みると、漸くに静《しずか》な足音が聞え、やがて一人の婦人が、その顔ばかりを見せるように、戸を細目に開けた。

私は帽を脱《と》って叮嚀に礼をなし、

「藤ケ崎という日本人に面会したいのであるが……。」

いうと、婦人は直《ただち》に私を客間《パーロー》へと案内してくれたが、狭い廊下を行く時に、何か気遣《きづかわ》し気に、見て見ぬように私の顔を窺見《ぬすみみ》しました。

婦人はそうです……年頃はもう二十七、八かとも思われます。括《くく》り頤《あご》の円い顔で、睫毛の長いパッチリした碧《みどり》の眼には、西洋婦人の常としていわれぬ表情があるが、ブロンドの頭髪《かみのけ》をば、極く緩かに、今にもその肩の上に崩落《くずれおち》るかとばかり、後で束ねたのと、豊艶《ふくやか》な肩と腕とが見える室内用の寛《ゆる》いアフターヌーン、ガウンを着たためであろうか、婦人の姿は、私の眼には誠に厭《いや》らしく艶《なまめ》かしく見えた。

案内された客間に一人残されて、私は国雄の来るのを待っていると、隣の室《へや》で、大方国雄に語るらしい婦人の声が聞えたが、間もなく、戸を開けて這入って来たのは彼《か》れ国雄。

「どうも失礼しました！」

いったなりちょっと私の顔を見て、何か気まずそうに俯向《うつむ》いた。私は極く無頓着な調子で、

「さぞ愉快でしたろうね、旅行は……。時にどうです、学校の方は？」

「ア、学校ですか。つい行きそびれてしまったものですからね。」

「しかし今止《や》めてしまっては実際惜しいものですよ。もう後《あと》一年か二年も教場にさえ

出ていれば、とにかく学位ぐらいは取れるんですから……。」

「私もこれなり退学してしまう心じゃないのですが、つい朝……つい朝晩《おそ》くなってしまうものですから………。」

いってまた俯向いた。私もいうべき語《ことば》を失ってそのまま黙る。薄い霞のようなレースカーテンを引いた窓越には、公園の黄《きば》み掛けた木立に、午後の日光の静けさ。忽ち、隣の室《へや》で、如何にも徒然《つれづれ》らしく、洋琴《ピヤノ》を弾《たん》ずるというよりは鍵《キー》を弄《もてあそ》ぶ響が起るかと思うと、五分も立たぬ中《うち》にハタと止んで、また元の静寂《しずけさ》。

国雄は聞くともなく聴き澄ましていたが、忽ち何か決心したように、

「君の御深切は全く疎《おろそか》には思いません、御手紙も拝見したです。しかし当分……またその中《うち》に復校するかも知れませんが、まず当分は、学校は休むつもりです。」

「そうですか。それなら私も強てとはいわないですが、しかし君、一体如何《どう》してそんな決心をされたのです。」

何気なしにいったのであるが、私の「決心」という語《ことば》が、彼には深く意味あるものに聞えたと見え、彼は少時《しばし》、驚いたように私の顔を見詰めていたが、また何やら思返したらしく、

「いや、別に決心した訳でも何でもないです。ただ少し読書にも飽きましたからね、保養がてら暫く遊んでいたいと思うんですよ。」

この日はそのまま帰宅したが、四、五日過ぎて、晴れた秋の夕暮に、ハドソン河畔の大通りを散歩していると、偶然にも、私は彼とその家の婦人とが一輛の馬車に相乗《あいのり》しつつ行くのを見た。

この国では男女の相乗などは、何の珍しい事もないのであるが、私は殆ど何という意味もなく、もしや二人の間に何かの関係がありはせまいか？　国雄の廃学した原因もその辺に潜んではいまいか。と、疑うともなく、ふとこんな事を疑って見ると、誰でも一種の好奇心に駆られるが常で、私は自分の疑心が作り出した事実を確めたいばかりに、その後はそれとなく、引続いて国雄を訪問しました。

度重《たびかさな》るこの訪問は、国雄には定めし迷惑であったかも知れないが、私に取っては頗る有益で、私の推察の当らずとも遠からざる事が、次第次第に確められて来るようです。

私はいつも、取次に出て来る黒奴《くろんぼ》の下女に案内せられるまま、或日の事、その客間に這入《はい》ると、公園を見晴す窓際の長椅子に、二人が犇《ひし》と相寄って坐っているのを見たし、また、或時は、二人が一つの茶碗《コップ》から葡萄酒を呑み合っているようなところへ行き合わした事もあった。

二人が恋している事だけは明瞭になった。

私は進んで、その事の原因《おこり》と、婦人の身分、この二事《ふたつ》を知りたいと思い、機を見て、国雄を責めると、彼も今は、最初ほどには臆せず、夏休の旅行中、山間のホテルで懇意になったのが始りで、女の身分は離婚された富豪の寡婦との事。

「何《どう》して離婚《デボース》されたんです？」

私は更に問を進めると、

「畢竟《つまり》不品行だったから……。」

と彼は止むなくその知ってている限りを話す。

「一口にいえば浮気性とでもいうんでしょう。小説などを読んで面白いと思うと、直ぐ自分もそんな身の上になって見たくて堪らないというんですからね。結婚してから、一年と経ない中《うち》に、ポーランドから来た韃靼種《だったんだね》の音楽家に迷って密会したのが、つい大の耳に這入ったので、とうとう夫の財産の四分の一を貰って、離婚という裁判になったのだそうです。一度世間へ恥を曝出《さらしだ》されてしまっては、もう上等のソサイエテーには顔《かお》出《だし》が出来ませんからね、つまり、いくら金があって、容色《きりよう》がよくッても世間からは日陰のものです。こうなると、誰《たれ》でも却って自暴自棄になるもんで、夫人はそれからというもの、随分、種々雑多な男を玩弄《おもちゃ》にしたそうですよ。」

私は意外の驚きに打たれて、

「君、君は……そんな不徳な婦人と知っていながら、平気で彼《あ》の女を愛しているんですか。」

国雄は無論だといわぬばかりに、黙って微笑む。私はいよいよ驚いて、

「一体、君はあの夫人《おんな》から愛されていると思っているんですか。そんな恐しい女なら……一歩譲って愛されているとしても、ほんの一時《いちじ》で、直《じき》にまた、他《ほか》の男に手を出すかも知れないじゃありませんか。」

「それア何とも受合えません。しかし、私には一時でも関《かま》わない。その一時が苦しい事なら、ともかく、スイートな事である以上には、五分間でも一分間でも関《かま》いませんよ。つまり愉快な夢を見ただけが徳じゃありませんか。」

彼は再び微笑して、読書ばかりしている私には、学問以外の事は到底分るものじゃないと、寧《いっ》そ蔑むように私の顔を見ました。

私は少時《すこし》の間、全く解釈に苦《くるし》みました——聞くも恐しいような、敗徳極りない夫人の

身上を知りながら、国雄はどうして愛情を催す事が出来るのであろう。

他日私は、ドーデーのサッフォーなどを読んで男というものは、或る事情の下には、随分浅間しい経歴の女をも、非常な嫌悪の情と共に、また非常に熱烈な情を以て愛し得るものである事を知りましたが、国雄の彼《か》の夫人に対するのは、それとまた全く趣きを異にしているようです。

私は彼を見る度々、種々《しゅじゅ》なる方面から、遂にその真相を探り得た。一時《いちじ》私は一種厭《いや》な感に打たれて、彼の面《おもて》に唾したいようにも思ったが、更に一歩深く観察した後《のち》には、転じて私は、ああ、世にも不幸な性情に生れ付いた男であると、殆ど同情の涙を禁じ得ないようになったのです。

国雄！　彼には、堂々たる、強い、男性的の愛の感念が微塵もない。全く男女の地位を反対にして、男の身ながら女の腕に抱《いだ》かれ、女の庇護の下に、夢のような月日を送りたいという、俗に男妾《おとこめかけ》しも称すべき境遇、これが国雄の理想なのです。

日本に居た時分に、彼は多くの青年が誘惑されると同様に、なお丁年《ていねん》に達せぬ前から、早く狭斜《きょうしゃ》の地に足を入れた。金は有り、家柄はよし、それに美男と来ているから、随分向《むこう》から熱心になる。若い美しい女もあったけれど、彼はそれらには見向きもせず、己をば弟か何かのように取扱ってくれる、或る老妓の情人になって得々《とくとく》としていた。

世には金銭上の慾心から、年上の女に愛されたいと思うものが多いが、彼のみは、富よりもなお高価な名誉と地位とを擲《なげう》ってまで、その奇異な一種の望みを遂げようとする。一体彼は、如何なる理由から女に買われる役者の身上《みのうえ》や、女の帯を締めてやる箱丁《はこや》の幸福を羨むのか。彼自身にも恐《おそら》く説明する事は出来ますまい。

彼は一時家名を汚《けが》した罪で、勘当同様の身となったが、これは結句、その望む所、彼は春雨の朝晩《おそ》く女の半纏《はんてん》を肩に引《ひっ》かけ、朝風呂に出掛ける、江戸時代の放逸な生活を楽んだ。

これではならぬと、伯爵家では、遂に彼をば外国へ追やるに如《し》くはないと決して、ここに国雄は米国に遊学したのである。ああ、しかし運命の悪戯《あくぎ》とでもいおうか。我が伯爵の若殿は、幾千哩《まいる》の外国まで来て、再び美しい魔の捕虜《とりこ》になり、その身は愚《おろか》、今は家をも、国をも忘れてしまったのです。

私は繰返して運命の悪戯《あくぎ》といいましょう。国雄は今日《こんにち》で、かれこれ二年ほども、彼《か》の夫人の下に、養われていますが、その間、絶えず彼が、如何に飽かれまい、見捨てられまいと苦心しつつあるか。笑止というよりは、私には寧《いっ》そ涙の種です。

私はいうに忍びない話を沢山知っていますが、ここにその一《ひとつ》を話せば、貴君《あなた》が公園で御覧になったという彼の長い髪の理由《いわれ》です。

一体、女というものは、男が下手《したて》に出れば出るほど暴悪に専制的に成りやすいものであるが、殊に彼《か》の夫人のように、世間から排斥され、いわば長く逆境に在ると、とかく、神経が過敏になって、理由《わけ》もないのに腹立って、日頃は非常に大切にしている器物や宝石を壊して見たり、あるいは非常に愛している自分の恋人を打ったりする事がある。

しかし国雄は何事をも忍びます。或日、夫人は例の如く、国雄を散々に苛《さいな》んだばかりか、遂には、自分の美しく結んだ頭髪《かみのけ》までを、滅茶滅茶に挘《むし》って、挿した宝石入りの櫛を足で踏砕いた。その時の心地は何とも例えられぬ位、ちょうど夏の日に冷水を浴びたようであった……ふいと、これから思付いたのであろう、夫人は国雄に、ヘンリー四世の像のようにその頭髪を長くして見せて、くれといいました。

国雄は直様《すぐさま》、光沢《つや》ある黒い髪を房々と肩近くまで延し、その先をば美しく巻縮らした。貴君《あなた》は車上の彼が姿を御覧になって、あの長髪をば、定めし極端なハイカラ好みとでもお思いなすったかも知れぬが、その実は、夫人が癇癪を起した時、彼はその長い髪を引挘《ひきむし》らせ、そして狂乱の女に一種痛刻《つうこく》な快味を与えしめるために外ならぬのです。

春と秋

市俄古《シカゴ》、紐育《ニューヨーク》間の鉄道が西から東へと一直線にミシガン州の南部を横断している、その沿道の小《ちい》さい田舎町にK――某《なにがし》という大学《ユニバシテー》がある。数少からぬ男女《なんにょ》の学生中には、三人の日本人も交ッている。二人は男子《おとこ》、一人は婦人《おんな》であった。山田太郎《やまだたろう》と呼ばれるのは、女生徒の竹里菊枝《たけざときくえ》と同じく、神学科の生徒で、各自《おのおの》日本の或る教会から派遣されているのであったが、他の一人大山俊哉《おおやまとしや》というのは、宗教上には関係のない身分で、政治科に学籍を置いているのであった。

これらの三人は同じ年に渡米して、偶然にもこの学校へ来合せたので、初めて顔を見合せた時には、互《たがい》に眼を見張って暫《しばし》は挨拶もせずにいたほどであったが、殊更、法学生の俊哉には、この万里の異郷に、髪と瞳子《ひとみ》の黒い同人種の女を認め得た事が、殆ど在り得べからざるほど不思議に感ぜられたのである。彼は学校の廊下や食堂なぞ、菊枝の姿を見る時には、何という訳もなくその方へ頸《くび》を向けずにはいられないので、一月ほど経

つ中《うち》に、彼は頭から足の先まで菊枝の姿は悉《ことごと》く心の中《うち》に暗記《そらん》じてしまった。しかし彼は決して、かの姿を賞讃している訳ではなく、絶ず批評を加えているのであった。年紀《とし》は十九かなお二十《はたち》を越してはいまい。頭髪《かみのけ》は黒く光沢《つや》があるが、前髪に癖があり、生際《はえぎわ》が乱れている。色は日本人にしては白い方で、低からぬ鼻と、締りのある口元の愛嬌だけが、唯一《ゆいっ》の特徴であるが、何という円大《まんまる》な顔、何という小い眼、何という薄い眉毛であろう。日本製と覚しい粗末な洋服を着た狭い肩のあたりの肥え過ぎて、何か重い荷物でも背負っているように、半身を前に屈《かが》よしている姿勢は何と評しようか。その太くして短い腕、芋虫のように形を失ッた指の形。俊哉は仔細にこう論じ来ッて、日本の女学生というものには、如何《どう》してこのような模型《タイプ》の女が多いのであろう。日

本女性の智能と生理上の関係は、よろしく科学者の研究すべき重大の問題ではあるまいかと、何やら深い息をついて、彼は女学生の往来する本郷や麹町あたりの街の有様を思い浮べ出したが、その中《うち》に知らず知らず此度《こんど》は自分の過去の事に思《おもい》を移してしまう。

彼はその当時、世間の風潮につれて、大学と改称した或る法律学校を卒業したものの、しかし思わしい職業を得る事が出来ないところから、相当の資産ある家に生れた身を幸いに米国へ渡ったので。嘗て土曜日の晩といえば、必ずビーヤホールや牛肉屋の二階で給仕の女中に戯れた事やら、寄席《よせ》へ出る女藝人の批評に口角泡を飛ばした事、向島の運動会の帰りに初めて吉原へ入込《いりこ》んだ時の事、牛込の忘年会から初めて待合へ泊った時の事、それから、自分のために開かれた送別会の大騒……。遂に翻ッて現在の有様に思到《おもいいた》れば、来た当座こそ、学校の教場、学生の会合、往来の様子から、街端《まちはず》れの田圃《いなか》の景色まで、皆珍しからぬ物はなかったが、日を経《ふ》るままに見馴れてしまうと、いわゆる「異国に於ける異国人」の、何一ツ適当な娯楽を見出す事が出来ない淋しい単調極まる生活。

俊哉は読書に倦む折々は、詮方《せんかた》なしに、神学生の山田を訪れるので。すると、山田は毎《いつ》も黙読している聖書《バイブル》を閉じ、丁寧に、

「お掛けなさい。如何《いかが》です、英語はなかなか困難ですな。」

俊哉は無雑作に、「何か面白い事はないかね。」

「今夜演説があります。」山田は相手の質問に対して、最も適当な返答であると信じているらしく、即座にこう答えて、

「流石《さすが》クリスト教の国だけに、いい牧師の演説が聞けるのが、私には何よりの楽《たのし》みです。今夜は市俄古《シカゴ》のB――という長老が、下町の教会で演説するそうですから、貴兄《あなた》も是非……如何《いかが》です。アメリカでも有名な牧師です。」

俊哉には宗教上の事は少しも趣味がないので、

「しかし僕には分りますまいから……特《こと》に神学上の演説は…………。」

「そんな事はありません。」と山田はやや熱心な調子になり、足の短い割に、ズングリした胴の長い半身を前に出して、「貴兄、今夜のは別に宗教上の演説という訳ではない、禁酒と禁烟について何か話されるのだそうですから、誰れが聞いても分ります。学校の生徒たちも皆な出掛けるようです……。」

「生徒も皆な……竹里さんも行きますかね。」俊哉は返事に窮して意味もなく問うたのである。

「竹里さん……行かれるに違いありません。女の生徒たちも無論出掛けるのですか

ら。」

「また、男の生徒が各自《めいめい》に一人一人女の生徒を誘ッて行くのでしょう。米国流に貴兄《あなた》も一ツ、竹里さんを誘ッて、腕を組んで出掛けちゃ如何《どう》です。はははは。」

「しかし、どうも私には……。」山田は切口上で、少しく顔さえ赧《あか》めたが、俊哉はこんな冗談をいっている中《うち》、突然、菊枝を誘出して、アメリカ人のように腕を組んで歩いて見たいような気がしだして、どうやら抑制する事が出来なくなった。

山田は側《かたわ》らから、なおも頻りと講演を聞きに行く事を勧める。講演を聞く聞かないはともかく、ただ会堂へ這入《はい》ッて、風琴《オルガン》の音《ね》を聞くだけでも、精霊に偉大の感化を与えるものであると、誠実《まこと》を籠めた調子で勧めるので、今は俊哉も殆ど否《いや》とは拒絶《ことわ》り兼ねた。どうせ行くものならば、是非にも菊枝を誘ッて見ねば成らぬ――俊哉はいよいよこの日の夕暮、男女の学生が、両方の寄宿舎から晩餐の食堂に集る時、菊枝の来るのを見るや、静《しず》かに呼止めて、

「あなた、今夜下町の教会へお出になりますか。」と訊くと、菊枝はただ、

「はい。参ります。」

「いらっしゃるんですか。私も行くつもりですから、それじゃお誘いします。別に御

迷惑な事はありますまい。」

菊枝は案の定、返答に窮したらしく、手をもじもじさせて俯向いてしまう。

「学校の生徒も皆な誘い合って行くそうですから、日本人は日本人同志で、出掛けて見たいのです。山田さんにもその話をしたら、大いに賛成だという事なんですから、ね、竹里さん、どうせいらっしゃるなら、別に御迷惑じゃ有りますまい。」

全く別に迷惑というほどの事ではない。ただ菊枝は男女の交際を禁止されている日本の習慣上、意味もなく安からぬ気がするだけなので、とうとう、その夜の八時を約束に、迎いに来る俊哉に誘われて、寄宿舎を出る事になった。

教会までは三十分間ばかりの道のり、冷《ひや》やかな十月半《なかば》の夜は閑静《しめやか》である。菊枝は絶えず、安からぬ様子で四辺《あたり》を見廻すと、後にも先にも、同じ学校の女生徒が各自《おのおの》男生徒と腕を組み、早や黄葉し初《そ》めた並樹の下に、明《あか》る い電燈の光を浴びながら、歩調をそろえ、靴音高く敷石を踏鳴す、中には、口笛でマーチを奏しながら行くのもある。俊哉は犇《ひし》と寄り添い菊枝の手を取って、

「御覧なさい。竹里さん皆あの通り愉快にそろッて行くじゃありませんか。」

やがて教会に這入ッた。神学生の山田は先に来ていたので、三人は後側の腰掛を占め、

高い天井の模様、奥深い階段の上のパイプオルガン、隅々の窓の絵硝子なぞを見廻している中《うち》に、間もなく、フロックコートを着たこの教会の牧師と、鼻の先へ眼鏡をかけた大きな禿頭の、白い髯のある長老が現われて、牧師が聴衆に向って当夜の演題を紹介すると、老人は直様《すぐさま》、Ladies and gentlemen と、呼びかけて、演説し始めた。

俊哉は最初から宗教家の講演には趣味を持っていないので、近くの席に坐っている若い女の容貌《きりよう》の美醜《よしあし》から、帽子や上衣《うわぎ》、頭髪《かみ》や襟飾の結び方まで、仔細に眺め廻していたが、長い講演の続き行く中《うち》には、それも呆きてしまったので、今度は遣《や》り場のない眼を、熱心に聞き入ッている菊枝の顔に移した、いつも見る通りの円い円い顔である、が、しかしあの小い眼をもう少し大《おお》きくし、眉を濃くしたなら、高い鼻と締った口元の愛らしさに、或人は美人の名を許すかも知れない……と一々に容貌の欠点と特徴とを分析していた後、さらに一歩を進めて万一《もしや》、自分はこの女から愛されているとしたら、そも自分は如何なる態度を取るべきものであろうと、こんな途法もない空想に耽り出した途端、演壇の上の長老は、忽然《こつぜん》声を強めてハタと台を叩いた響に、俊哉は吃驚《びつくり》して夢から覚める。と、自分は今外国に来ているのだ。何処《どこ》を見ても異《かわ》った人種ばかり、自分の所有物といっては、自分の着ている物より外には何にもない。日本にいた時、下宿屋の二階から、往来を通り過る娘を批評するのとは、非常に境遇を異にしている。然《しか》るを、計《はか》ずしてここにこうして日本の女生徒と相並んで腰かけていられるとは、何たる不思議の運命であろう。自分はもう一も一もなく運命の前に平伏して、その賜物《たまもの》を感謝しつつ受けねばならない。俊哉は暫く眼を閉じ。更に明い電燈の光に菊枝の顔を見たのである。

二時間ばかりで、演説は終った。俊哉は来た時のように菊枝の手を取り、山田も共に打連れて、各《おのおの》その部屋に立戻ったが、寝床へ這入ってからも、俊哉は何やら、取り止めのない事を空想する。いつか、自分は已に菊枝と面白い間《なか》となってしまったような心持になると、淋しいこの頃の生活が俄に活気づき、日曜日の午後なぞ、二人で牧場《まきば》の草の上に坐って戯れる有様が目にありありと見える。そして、急に明日が日曜日であるような気もし出す。独《ひと》りで思わずはははははと笑ッて見て、忽ちころりと寝床《ベッド》の上に寝返りを打ち、何か決心したように、独りで頷付く。

俊哉は全く決心したのである。すると、直《ただち》に成功するか、どうかしらと、いう疑問が起ッて来る。でこの疑問を更に二分して、全然成功は不可能であるか、あるいは単に容易でないというに過ぎないか。俊哉は過去の経験から第一の疑問は否定する事が出来たが、第二に移り、成功は容易でないとすると、これは如何なる程度を意味するのであろう。意味が広いだけに、彼は大《おおい》にこの返答には窮してしまった。で、まず理論を離れ、自分の知っている実例の方面から解釈するに如くはないと思立ち、日本にいた時分、某《なにがし》が西洋料理屋のお何《なに》を手に入れた筋道、某《それがし》が女義太夫に失敗した逸話、及び誰それが思掛《おもいかけ》ない事から看護婦を得た奇譚。その他嘗て読んだ恋愛小説中の事件なぞ、数限りなく想起して見たが、その中《うち》に、作者も題目も忘れ果てている一篇の短い翻訳小説の趣向が、この場合大いに熟慮参考すべきものであると気付いた。

何でも、磁石力の理論から説き起して、或る男が久しい間或女を恋込《おもいこ》んでいたが、どうも迫って見る機会がない、一夜計らずも恋の成立ッた夢を見たので、男は驚き目覚めたが、もう如何にしても思《おもい》に堪えやらず、折好くも出合わせた女の姿を見るや、前後の思慮もなく、矢庭に駆寄って物もいわずに、女の手を握り締めると、不思議や女は久《ひさし》い以前から已にその男の情婦《おんな》であったように柔順《すなお》に男の心に従ったとやら。俊哉は篇中の主人公に対して非常に羨しくまた妬しくも感じたが、さて、この主人公が得た女というのは、一体どんな性質の女であったのかしら。菊枝とは人種が違っているとすれば、深い参考の材料にはなるまいが……………夜はいつか更けそめて、寄宿舎中は寂々《しんしん》として物音なく、運動場の樹木に風の戦《そよ》ぐ音と、遠くを過ぎる汽車の響が聞えるばかり。俊哉はいろいろと考えて見た末、手紙をやるにしても、時期がまだ少し早過る、とすると、まず第一に取るべき手段は、絶えず近寄ッて相互《おたがい》の間を親しくするより外はないとの、極々《ごくごく》平凡な結論に到着し、自分ながらもどかしく腹が立ッて来て、夜具の毛布《けっと》を足でハタと蹴返《けかえ》した。

＊　＊　＊

秋も早や行こうとする。俊哉が初めてこの地へ来た夏の盛りの頃には、高い楓《もみじ》の並樹が、青々とした大な広い葉で、静な学校の門前の往来をば、天幕《てんと》のように左右から蔽い冠《かぶ》せていたが、朝夕の冷かな霧のために、見る見る中《うち》に黄葉して、いささかの風にもばさりばさりと重そうに散りかける。寄宿舎の高い窓から、裏手の田舎を見渡すと、斜に小丘《おか》の半腹へと上りかける果樹園も、等しく落葉して、取り残された林檎の実が夕陽の光に照される折には、まるで大きな珊瑚の玉のように輝く。平《たいら》な牧場《まきば》だけにて、野草《のぐさ》がなお青々と生茂っているが、その間を流れる小川のほとりの水柳《みずやなぎ》は、もう細《こまか》い枝ばかり。

俊哉は毎週、土曜日と日曜日には必ず菊枝を誘い出して、自然の美を愛し、田園の風趣を味わうというので、成りたけ人の見えない静な野辺を撰んで歩くのであったが、菊枝も今は慣れるに従って、親しくアメリカの男女間に行われる交際を見ると、全く日本の習慣と違って、案外健全で神聖である事が分るので、俊哉に手を引れる事をば最初ほどには恐れぬようになった。

十一月の第二日曜の頃、俊哉は例の如く、牧場《まきば》の端《はず》れへ菊枝を誘い出し、かすかな音して流れる小川のほとり、柔かな野草の上に腰を下した。

この国ではインデアン、サンマーともいうべく、空は限りなく晴れ、午後の日光《ひかげ》はきらきら輝き渡っていたけれど、しかし、野面《のもせ》を渡る風は、静かながらに、もう何となく冷い。裏手の小山から、処々《ところどころ》に風車の立っている村の方を顧ると、樫《オーク》の森が一帯に紅葉していて、その間から見える農家の高い屋根には、無数の渡鳥が群をなして、時々一団一団に空高く舞い上る。程なく来べき冬を予知して、南の暖い地方へ帰って行くつもりなのであろう。

菊枝は余念もなく、この長閑《のどか》な詩景を眺めやる中《うち》、突然どこからともなく、からんからんと静かな鈴の音《ね》が聞え出す、かと思うと、つい四、五間先の、茂れる野草の間から、一匹の大きな牝牛が、その頸《くび》につけた鈴を振り動しながら、のそのそ歩み出した。

菊枝は繊弱《かよわ》い日本の女性の常とて、吃驚《びっくり》して我を忘れ、俊哉の方に寄添う。俊哉は早くも機に乗じて、菊枝の手を取ったが、しかしさあらぬ調子で。

「大丈夫ですよ。この近所の農家の乳牛《ちちうし》でしょう。馴れていますから大丈夫ですよ。」

牝牛は柔和な眼で二人の方を眺めたが、何か思出したという風で、再びその頸《くび》にぶらさげた鈴をば、からんからん音させながら、元、来た方へ立去って、やがてまたごろりと臥《ね》てしまう。

菊枝はこれを見済まして、始めて安堵したらしく息をついたが、此度は漸くに自分の手が堅くも男に握締められているのに気付き、以前よりも更に驚いた。手をば振払う勇気もなく顔を真赤にして俯向きつつ、息をはずます。

俊哉も今は胸の騒《さわぎ》を押え得ない。何といおう？　何といって百尺竿頭《ひゃくしゃくかんとう》に一歩を進めようか？

彼は火のようになっている女の耳に口を寄せ、日本語によらずして英語で囁《ささや》いた。すると、菊枝は声をも立て得ず、極度の恐怖《おそれ》と驚愕《おどろき》に打怖《うちおそ》われたと見え、真青な顔になり、総身をぶるぶる顫わせたばかりか、両眼から涙をはらはら。

俊哉は流石《さすが》途法に暮れた体《てい》。しかしその握った手はなおも放さずに、

「菊枝さん菊枝さん！　どうしたてのです？」とわざと沈着《おちつ》いた声音を作る。

菊枝はその場に俯伏して、なお身を顫わして忍泣くのである。

以前の牝牛が、またや歩み始めたのであろう。寂《しん》として牧場《まきば》の草の間《なか》で鈴の音《ね》が聞え始めた。

最初の失敗には懲《こ》りず、俊哉はどうかしてもう一度菊枝を静な野に誘い出したいと、一心にその機会を求めたが、以後菊枝は俊哉の姿さえ見れば、直様《すぐさま》それとなく逃げてしまう。

＊　　＊　　＊

次の日曜日は空しく過ぎ、その次の日曜日は待つかいもなく雨であった。

十一月の末、一度《ひとたび》空が曇って雨になれば、もう郊外に出ずべき秋は全く去り、一日一日と増《まさ》り行く寒気《さむさ》と共に、枯木《こぼく》を揺する風は次第に強く、間もなく灰のような雪が、この風にまじって降って来る。冬！　冬！　天地は以後三カ月間というものは、積る上に積り積る雪の中に埋尽《うずめつく》されてしまうのである。

俊哉の望も共に埋《うず》め去られてしまった。しかし一度《ひとたび》燃えたる若い胸の火は、毎日零度以下の寒気《さむさ》——北方の大湖《レーキ》地方から押寄せて来る寒気《さむさ》にも消え遣らず、彼は日課の如くに手紙を菊枝の下に書き送った。

遂に、書くべき文句の尽きた時には、書棚の上に載せてある詩集の中《うち》の一篇を、そのまま写し取って送った事もある。しかし、何の返事もない。俊哉はもう何通手紙を書いたか、自分ながらも覚えがないようになった。余りの事と、遂には自暴《やけ》半分、我が燃ゆる、千度《ちたび》百度《ももたび》の接吻を御身が冷たき頬の上に……という文句だけを、大く英文で書いた事もある。返事はなおさらない。

俊哉は遂に窮した、元気を失った。馬鹿らしいと笑った。そして忘れたように手紙を書く事を廃《よ》してしまった。する中《うち》、ある朝、ふッと空が青々と晴れ渡り、日光が微笑み、南の風が吹いて、岩よりも堅く凍っていた雪が解け始めた。

いつの間にか冬が過ぎて春が来たのである。

牧場《まきば》には去年のままに野草が青々と茂出す、小山を昇る果樹園には林檎や桃の花が咲き乱れ、若芽の輝く樫《オーク》や楡《エルム》の林には駒鳥が歌い始める。北国の冬と春との違いほど著しいものはあるまい。

若い男は若い女の手を引いて、再び野の花を摘みに行くではないか。しかし俊哉はもう菊枝のこの世にある事も忘れたかのよう。

或日の夕暮、例の如く食後の散歩から帰って来た時、彼は机の上に置いてある一通の手紙を見て、不審そうにその封を切った。

「やッ、菊枝さんの手紙だ！」

彼は遠い遠い昔の事でも思返《おもいかえ》すように腕組をして、さてその手紙を読むと、菊枝は去年から何通とも知れぬ男の手紙に対して、返事をしなかった詫言《わびごと》を繰返した後、重り重る男の手紙、男の熱情を思返すと、彼女はもはや自分を制する事が出来なくなった。愛の力は何物よりも強い、今はただ、御身の腕に我身を投げようとの意味を、長々と書いたのである。

俊哉は時ならぬ時分に、この予想外の返事を得て、暫くは呆返《あきれかえ》って、夢ではないかと思った。夢ではない、夢ではない。俊哉は二度三度と女の手紙を読み返した後、早速返書を送った。

彼は翌日《あくるひ》の午後、去年の秋の末に、二人腰を下した牧場《まきば》の小川の畔《ほとり》に、再び菊枝の手を取った。

その翌日《あくるひ》、またその翌日、俊哉は毎日の午後には必ず、菊枝と共に、村の小道、小山の果樹園、学校からは程遠からぬ墓地などを歩む、森の中で日が暮れ、木鼠《りす》がききと鳴く老樹の梢に星が輝き初《そ》めた時、俊哉は夕風が寒いからとて、菊枝を己れの外套の中に抱《いだ》きすくめた事もあるが、菊枝はもう拒《いな》むだけの力がない。二人野にさく菫を摘んだ時、男はその一束を襟にさしてやるとて、顔を近《ちかよ》せた拍子に、つとその頬を接吻して見たが、女はそれさえも、ただ恥し気に頬を赧《あから》めたばかり。

俊哉は一カ月ならずして、久しく夢みていた通《とおり》な幸福の人となった。幸福――それは若い新婚者のみが、窃《ひそか》に神に謝し運命に謝する幸福である。

二年の月日は過ぎ、後《あと》一年で卒業すべき前の年の夏、俊哉は暑中休暇の間、紐育《ニューヨーク》ボストンあたりを旅行するとて学校を去ったが、それなり秋の開校時期になっても帰って来なかった。

ただ一通の手紙をば菊枝の許に――小生《しょうせい》都合有之《これあり》、東部の大学に転校し此処《ここ》にて学位を得、明年は帰国するつもり、今日まで、数ならぬ小生に対して御厚情の段は深く深く感謝する処に有之《これあり》候――

＊　　＊　　＊

一年又一年。

俊哉は帰国して後、或会社の有望なる社員になっていたが、或時新橋《しんばし》の停車場で、偶然在米当初の学友、山田太郎という神学者に出遇った。

山田は親しく俊哉の手を取って如何なる事を物語ったか？

彼は目下牧師となり菊枝を妻にしているといった。菊枝は俊哉に見捨てられたというよりは、一時の慰物《なぐさめもの》にされた事を知った当時は、全く狂気となり、或る冬の夜――ミシガン州の恐しい雪嵐の夜に、森の中を彷徨《さまよ》って自殺しようとしたのを、計《はか》らず山田に助けられ、事の始末を懺悔《ざんげ》した。山田は悪魔の餌《えば》となった菊枝の身上《みのうえ》をば深《ふか》く憐れに思い、どうにかして、菊枝をばこの暗黒な絶望の穴から救い出し、元の幸福な女性にしたいと、あらゆる力を尽していたわった。

彼は学位を得てから、菊枝と共に帰朝した後、二人の属している或る寺院《チャーチ》の長老に計り、遂に十字の前で神聖の結婚を遂げた。

「大山さん。私は今日では決して貴君《あなた》の罪を咎めは致しません。菊枝さんは神の恵、私は愛の力で、昔の罪から救われ、以前の通りの温良な婦人となり、善良な家庭の主人《あるじ》となりました。ですから、貴方《あなた》も真情《まごころ》から神様に対して感謝なすって下さい。」

俊哉はこの後、会社などで、若い者共の間に、クリスト教はいいとか悪いとかいう議論が出ると、必ずこういう。「とにかくクリスト教は決して世に害を為すものでない事だけは明瞭だ――。」

そして彼は常に啣《くわ》えている葉巻《シガー》の烟を一吹しるのである。

雪のやどり

在留の日本人が寄集って、徒然《つれづれ》の雑談会が開かれると、いつも極って各自勝手の米国観――政治商業界から一般の風俗人情、その中にも女性の観察談が、まず第一を占める。西洋の女――特《こと》に米国《アメリカ》の女は教育があって、意志が強いから、日本の女のように、男に欺されたり、堕落したりする事は、非常に稀である……と、この夜の会合に、座中の一人が最後の断案を下した。

すると、忽ち他の一人があって、

「しかし、いくら米国《べいこく》だって、十人が十人、皆そう確固《しっかり》しているともいえないようだぜ。僕は、殆ど信じられないような話を沢山聞いているが……。」

「それア、どういう話だ、実際の話か？」と横槍を入れた。

「無論、実際だとも。嘘だと思うなら、僕はいつでも、その当人を見せてやろう！」

彼はビールを取って徐ろに咽喉《のど》を湿《うるお》して、

「去年の十二月、まだクリスマスの前で、その年に初めて雪が降った晩だ。尤も、宵の中《うち》には、空こそ曇っていたが、風も少く寒気《さむさ》もさほどでない。僕は知己《ちかづき》の或る家族《ファミリー》から、芝居見物に誘われていたんで、会社から帰ると、そうそう大急ぎで、髯を削《そ》り、顔を洗い、頭髪《かみ》を分け直して、さて、真黒な燕尾服《ドレッス》にオペラハット、真白な襟飾《ネクタイ》に、真白な手袋。いよいよ出掛けようという前に、もう一度昂然と姿見鏡《すがたみ》の前に立って、自分の姿に最後の一瞥を加える——いや、すっきり胸が透くようだ。見物した芝居は、例のミュージカル、コメデー。花形役者《スター》は独逸《どいつ》から来た女だっていうが、容貌《きりよう》よりは、好い咽喉を聞かしたね。

芝居がはねると、見物帰りの連中《れんじゆう》が入組《くりこ》む事に極っている、角の料理屋シャンレーで、ちょっと一口。雑談に時を移して、再び戸外《おもて》へ出たのはもう一時過ぎ、見るといつの間に降り出したものか、往来は真白、ひどい雪嵐だ。

僕を招待《しようだい》してくれた家族の連中《れんじゆう》とは、帰途《かえりみち》も違うところから、つい鼻先の地下鉄道の入口で別れ、僕は高架鉄道へ乗るつもりで、四十二丁目の角を曲ったが、すると、いや、真正面に吹付けて来る吹雪に、僕は目を蔽うばかりに帽子を引下げ、俯向いたなり、向うも見ずに歩いて行ったので、忽ち来る人にどっしり行き当った。

相手も同じく行先見ずに歩いて来たものと見えて、こっちがいうより先に、

「あらっ、御免なさいよ。」

投遣《なげや》った調子の、仇《あだ》ッぽい女の声じゃないか。吃驚《びっくり》して、顔を上ると、

「あら、Kさんだよ。まア何処《どちら》へいらしッたの。ひどいお天気だわね。」

僕の知ってる女だ。身分なんぞは、いわずとも分っていよう、夜中の一時過にブロードウエーを歩いている御連中《ごれんじゆう》だもの……。

「お前さんこそどちらへいらしったんだね、この大雪に。スイートハート筋も大概にしないと、命に触るよ。」

「ほほほほほ。私のスイートハートはここにいるからもう一人で沢山……。」とぴったり寄添って、

「真実《ほんと》にKさん、しばらくじゃ有りませんか。私はもう、きっとだんまりで日本へお帰りなすったのかと思ってたんですよ。」

「結句、日本人《ジャップ》の厄払をしたと思ってたところが……今夜はどうも、お気の毒さまだったね。」

「何ですッて。もう一度おっしゃい、承知しませんよ。」

女は掛けたベール越に睨む真似をして、

「さア、行きましょう。真実《ほんとう》にもう寒くッて堪りゃしない。こら、まるで氷のようでしょう。」とその片頰をぴったり僕の顔へ押付けた。

「何処《どこ》へ行くんだ。寒さ払いに一杯かね。」

「酒屋はもう晩《おそ》いから、私の家……私の家へ行きましょう。真実《ほんと》に久振だもの。」

もう一人で承知して、女は僕の腕を取り、ぽっちゃりした身体の重みを凭《もた》せ掛ける。

こう攻めかけられては仕方がない。僕は一緒にもと来たブロードウエーへ出ると、両側の建物に風を避けて、ここは大きに凌ぎよい。

僕は女と腕を組みながら、少時《しばらく》四角へ立止ったよ。不夜城ともいうべき芝居町、四ー二丁目の雪の真夜中。実に見せたい位の景色だった！

ずっと見渡す上手は、高いタイムス社、アストルホテルを始め、下手はオペラ、ハウスから遠くメーシー、サックスなどいう勧工場《かんこうば》のあるヘラルド広小路《スクエヤー》あたりまで、連なる建物は雪の衣を着て、雲の如く影の如く、朦朧として暗い空にその頂を埋《うず》め尽し、ただ窓々の灯《ひ》のみが高く低く蛍か星のようだ。燦爛《さんらん》たる色さまざまの電燈は、まだ宵のままに、彼方此方《あちらこちら》の劇場《しばい》の門々《かどかど》、酒屋、料理屋の戸口戸口に輝いているが、それさえ少しく遠いのは、激しい吹雪を浴びて、春の夜の燈火《ともしび》とでもいいたげな色彩《いろあい》。

両側の人道は等しく雪で真白なところへ、色電燈の光で、或処《あるところ》は青く、或処は赤く、リボンのように染分けられている上を、帰り後《おく》れた歓楽の男女、互《たがい》に腕を組みつつ右方《うほう》左方《さほう》へと、或ものは音もなく雪を分けて来る電車に乗り、或ものはその辺の自働車《オートモビル》や馬車を呼んで、一組、二組と、次第次第人影の消え行く態《さま》、僕はこの芝居町の夜更は、もう雪に限ると思ったね。歓楽尽きて、何となく疲労したような夜深の燈光と、如何なるものにも一種犯し難い静寂の感を催さしめる雪というものとが、ここに深い調和をなすからだろう。

僕は辻待《つじまち》の馭者どもが勧めるままに、行先はさほどに遠くもないが、女を扶《たす》けて一輛の馬車《カブ》に乗った。

日本でも雪の夜の相乗《あいのり》と来れば、何となく妙趣《おつ》なもの。増して乗心地のよい護謨輪《ゴムワ》の馬車、両方から手を握り、身を凭れ合せ、天地はただ我ものといわぬばかり、散々に巫山戯《ふざけ》散らして、間もなく女の家に着いた。

フラット、ハウスだから、表の大戸を這入《はい》ってから、三階目。女は手にさげたマッフの中から鍵を出して戸を明け、先に立って僕を突当りの客間《パーロー》に連れ込んだ。

壁には色刷の裸体画が二、三枚。室《へや》の一方にはピアノ、一方には安物の土耳古《トルコ》織《おり》で囲んだコージー、コーナー。ここで二人は身体を埋《うず》めて、飲んだり、歌ったり、さて接吻《きっす》したり、擽《くすぐ》り合ったり。ああ！ 諸君。したい限りの馬鹿を尽して遊ぼうと思ったら、遠慮がちな日本の女よりもまず西洋の女さね。

する中《うち》、軽く客間の戸を叩いて、この家の内儀《かみさん》の声と覚しく、

「ベッシー、ベッシー、ちょっと来ておくれな。」

さも煩《うるさ》いというように、僕の女ベッシーは甲高に、

「何か用ですか？」

「ああ、ちょっとで好《い》んだよ。またあの娘《こ》が駄々を捏《こね》るもんだからね。」

「煩《うるさ》いのね、私ゃもう酔ってるのよ。」

こうはいったが、ベッシーはそのまま立って出て行った。

隣りの室《へや》の方で、何やらぶつぶついう太い男の声が交って、ベッシーと聞慣れぬ若い女の声、如何様《いかさま》何か紛擾《ごたつ》いているらしい。

こういう処には珍しからぬ甚助筋《じんすけすじ》ででもあろう、暫くすると太い声の男は、止めるも聴かず帰って行くらしく、内儀《おかみ》の声も聞えて、遂に表の戸を開閉《あけた》てする音……それから家中は再び寂《しん》となった。

「ああ、もう煩《うるさく》って懲り懲りだ。家《うち》の内儀《おかみ》さんもまた何だってあんな女《もの》を背負込《しょいこ》んだんだろう。」

ぶつぶついいながら帰って来たベッシー。直様《すぐさま》僕の傍へ坐って、

「すみませんでしたね。大事の人を置去りにして行って……。」

「大分悶着《もめ》てたらしいね。」

「ええ。しようがないんですよ。つい四、五日前に来た娘《こ》だもんですからね。」

「お客をふるのかい。」

「ふるどころか、てんで受付けないんですよ。尤も自分が承知でここへ来たんじゃない、つまり欺されて来たんですからね。」

「欺されて……？　男にかい？」

「田舎からね、女を連出して金にしようッていう、悪い者に引掛ったですよ。」

「それじゃ、情人《いろおとこ》に欺されたッていう訳でもないんだね。」

「そうです。よくある話ですよ。」

「そうかい。それじゃアメリカにも女衒《ぜげん》がいるんだね。」僕は耳新しい話に興を得て、

「一体どうして連出して来るんだ。いくら女だからッて、そうむやみと欺されもしまいじゃないか？」

「それア、いろいろと時と場合で、ああいう悪い手合の事ですもの、手を変え品を変えするんですがね……。」と、ベッシーは段々に辯じ出した。まず踵の高い靴の裏でマッ

チを揩り、煙草の煙をぷーッと吹いて、

「家《うち》へ来た娘《こ》なんぞは……アンニーッていうんですよ……バッファローから何十哩《まいる》とかいう田舎にいて、その土地の薬屋か何かに働いていたんですとさ。ところが自分の家の近処に、紐育《ニューヨーク》のある保険会社の役員だっていう触込で、暫く下宿していた男が、どうだい私と一緒に紐育《ニューヨーク》を見物に行っちゃアッて、或日巧《うま》く勧め込んだんですとさ。田舎にいれア誰だッて、一度は紐育《ニューヨーク》を見たいと思いまさアね。それで、ふッと魔がさしたんですね、勧められるままに紐育《ニューヨーク》へ来て、それからは何処《どこ》か好い奉公口でも捜して貰うつもりのところが、もう穽《わな》に掛った鼠です。停車場《ステーション》へ着くといきなり、二、三軒宿屋を彼方此方《あっちこっち》と引廻された上句《あげく》に、ここの家《うち》へ送込まれて、男はどこへ行ったか、烟《けむ》見たように消えてしまったでしょう。さア親里へ帰るには金がない、ここの家《うち》にゴロゴロしてる中《うち》には、つまり商売でもしなきゃアならないようになるんでさアね。」

「そう行きゃアお手のものだが、もしか心立《こころだて》の堅い女で、死んでも身を落すまいとしたら、どうするね。」

「そんな堅い女が、滅多やたらに在《あ》るもんですか。」

ベッシーは、いわゆる海に千年の手合だ。一言《いちごん》に僕の語《ことば》を打消してしまった。

「初めは、誰だって堅いもんでさ。私だッて、昔は堅気でしたよ。家《うち》は今でもチャンとニューゼルシーにあります。私ア紐育《ニューヨーク》へ来てから久しく三十三丁目の勧工場《デパートメントストワー》で売子をしていたんですがね、一週間に、僅少《たった》五弗《ドル》や六弗《ドル》の給金じゃ、とても遣り切れやしませんわ。それアただ食べて行くだけなら、どうにか凌ぎも付きましょうが、それじゃ、まるで、死なずに生きているというだけの話で、若い身空《みそら》で、茫然《ぼんやり》とこの紐育《ニューヨーク》の賑かな騒が見ていられますか。人が流行《はやり》の衣服《きもの》を着れば自分も着たい、人が芝居へ行けば自分も行きたくなります。こんな贅沢がして見たいばかりに、私は誘われるなりに、一番最初が、同じ店に働いている或男のものになり、それから段々泥水に足を入れ始めたんです。それア或時は、私だって人間ですから、ああこんな事をしていちゃア行末が心細い。一層《いっそ》の事田舎へ帰ってしまおうかと、気の付かない事もないんですがね。一遍紐育《ニューヨーク》の風に吹かれたら最後、例え往来へ行倒れになるまでも、この土地から離れられなくなるのが、紐育《ニューヨーク》です。若いものにゃア、泣くも笑うも皆な紐育《ニューヨーク》でさ。

それですもの、アンニーだッて今に御覧なさい。よしんば物堅い家《うち》に行っていたからッて、そのままじゃいられません。この紐育《ニューヨーク》にいるからにゃいつか一度は自分から、若い中《うち》だ！　同じ事なら面白い目をした方がッて、分別を変るようになってしまいます……。」

果せる哉。僕はその後、ベッシーを訪ねる度々、初めは一緒に酒をのむ、次は笑談《じょうだん》をいう……段々に人摺れて来る少女アンニイの様子には、いつも驚かない事はなかったね。

今じゃ、君！　もう、立派なものだよ。後手にスカートを小意気に摑み上げ、細い仏蘭西形《ふらんすがた》の靴の踵で、ブロードウエーの敷石をコツコツやる様子。どうだい。お思召《ぼしめし》があるんなら、僕が一つ紹介しようかね。」

一同は更に笑い、更に飲み、更に煙草を喫して、さてまた更に談じはじめる。

林間

シカゴやニューヨークや、喧《かしま》しい米国北部の都会を見物した旅人の、一度南の方《かた》、首府なるワシントンに入れば、全都は一面の公園かとばかり、街々を蔽う深い楓《もみじ》の木立の美しさと、それに反しては、市内到《いた》る処《ところ》に徘徊する、醜い黒奴《ニグロ》の夥しさに一驚するであろう。

われも、新大陸を彷徨《さまよ》う身の、ある年の秋、同じくこの首府に到着して、已に二週日あまり、まず、大統領の官邸ホワイト・ハウス、議事堂、諸官衙から、市内の見るべき処は、大方見尽し、遂に遥なるポトマックの河上、マウント、ヴァーノンの山中に華盛頓《ワシントン》の墓をも弔いおわって、この頃は、酣《たけなわ》なる異郷の秋の色を、郊外の処々に訪《と》う。

忘られぬは、昨日見たマリーランド州の牧野の夕暮であった。

日沈んで半時間あまり、燃《もゆ》る夕陽《ゆうばえ》の次第に薄《うすら》いで、大空に漂う白い浮雲の縁にのみ、幽《かすか》な薔薇色の影を残すと、草生茂る広い野の面《おもて》は青い狭霧の海かとばかり、遠い地平線

の彼方《かなた》は、いずれが空、いずれが地とも見分け難い。が、それに反して、遠い彼方此方《かなたこなた》の真白な農家の壁や、四、五人連で野を越して行く牛追らしい女の白い裾、または処々《ところどころ》に黄葉している木の梢、名も知れぬ草の花なぞ、そういう白いものの色のみは、他分空の光線《ひかり》のためであろう、四辺《あたり》の薄暗く黄昏《たそが》れて行くに従いかえって浮出す如く鮮明《あざやか》になって、暫く見詰めていると、不思議にも、次第次第に自分の方に向って、動き近《ちかづ》いて来るように思われる。

何という幻影《まぼろし》であろう。それは単に見る眼のみならず、心の底までに一種いい難い快感を誘い出す。遂に自分は、冠《かぶ》っている帽子を取って振動《ふりうごか》し、四辺《あたり》が全く夜になるまでも、一心にそれらの浮き動く色彩を差招いたのであった——ああ何という幻影《まぼろし》であろう。

次の日も、自分はこの夕暮の美しい夢に酔おうとて、同じく日の落ちる頃を待って、しかしこの度は、ポトマックの水を隔てた——そこはもうヴァージニヤ州に属している——向岸の森をと志し、町端《まちはず》れの崖下に架っている一条の鉄橋を渡った。

渡ると橋袂《はしだもと》には、直様《すぐさま》蔽い冠《かぶ》さるような木の繁《しげみ》を後にして、木造の小《ちい》さい電車の待合所がある。これは程遠からぬアリントンとて、広大な共同墓地や練兵場や、兵営、士官の官宅などの有る処に赴く、電車の出発点なので、今しも車を待合している人数《にんず》の多くは、褐色の制服をつけた合衆国の兵卒で、中には大方士官の家にでも使われているらしい黒人《ニグロ》の下婢《かひ》と、ワシントン市中へ買物に出た帰りらしい白人《ホワイト》の年増《としま》の女も交っていた。

自分は兵卒や水兵の姿を見る時ほど、一種の重い感情に胸を圧《お》されぬ事はない。立派な体格、若い身空の、あらゆる慾情をば、絶間なく、軍律《ぐんき》、軍率《ぐんりつ》というもので圧迫されている肉の苦悶が、どことはなしに、その日にやけた顔、血走った目の色に現われている様の、外見《よそめ》にはいとも恐しく、また哀れに見られるからで、彼らは三人四人と、電車の来る間《ひま》を、橋の欄干に身を倚せて、まださめぬ酒を醒している者もあり、嚙烟草の唾を吐きすてながら、靴音高く橋の上を散歩しているものもあれば、または残り惜し気に、水を隔てたワシントンの方《かた》を眺めているものもあった。大方午後《ひるすぎ》に訪ねた女の事でも思返しているのであろう。

自分は兵卒と同じく橋の欄干《てすり》に身を靠《よ》せかけて、四辺《あたり》を眺めた、ちょうど、入《い》り際《ぎわ》の夕日は、大空一面を焦げるように焼き立て、真向《まっこう》にその鋭い光を、ワシントンの方へと射返しているので、ポトマックの河水に臨んだ公園の、色付いた梢一帯は、あたかも濃艶な土耳古織《とるこおり》の引幕のよう、その上に、五百五十五呎《フイート》高く直立しているという、かの驚くべき大理石の、ワシントン紀念碑の一面は宛《さなが》ら火の柱を見るに等しく、やや遠く離れた議事堂《カピトル》の円頂閣も、彼方此方《かなたこなた》に聳ゆる諸官衙の白い建物も、皆一様に紅《くれない》に染出され、市中の高いホテルの窓々は、一ツ残らず色電気のようにきらきら輝いている。

晴々しい、大きなパノラマである。身は飄然として秋風《しゅうふう》の中《うち》に立ち、ああ、これが西半球の大陸を統轄する唯一《ゆいっ》の首都であるか、と意識して、夕陽影裏《せきようえいり》、水を隔てて彼方《かなた》遥かに眺めやれば、何とはなく、人類、人道、国家、政権、野心、名望、歴史、というようなさまざまな抽象的の感想が、夏の日の雲のように重り重って胸中を往来し始める。というものの、自分は何一つ纏《まとま》って、人に話すような考えはなかった。ただ漠として、大きなものの影を追うような風で、同時に一種の強い尊厳に首の根を押付けられるように感ずるばかりである。

自分は暫くして後、俯向いた顔を起し、再び四辺《あたり》を見廻した時には、先ほど橋の上を歩いていた兵卒も、女づれも、已に待合《まちあわ》した電車に乗って行った後《あと》と見えて、この次に来る電車を待つ新しい人が早や二、三人も集っていた。

自分は電車道に添うて、一、二町ほども歩み、道の両側から蔽いかかる林の中へと、当《あて》もなく分け行った……

林は多く槲《オーク》と楓《もみじ》とである。この国の楓は、至って夜露に脆く、まだ黄葉もせぬ先から散り初めるが常とて、羊腸たる小道は、いずことも見分《みわか》ぬまで、大きな落葉に蔽われていたが、しかし、槲《オーク》の林は今がちょうど紅葉の盛り時。その深い繁りの中に射込《さしこ》む夕陽の光は、木《こ》の葉《は》の一枚一枚を照して、まるで金色《こんじき》の雨を降り注ぐよう。けれども、暮れて行く秋の日足は、移る事の早いところから、見ている中《うち》に彼方《かなた》の明《あかる》い梢が陰になったかと思えば、此方《こなた》の陰なる梢は忽ちにパッと明くなる。すると、明い方では一度已に塒《ねぐら》に付いたらしい小鳥が更に鳴出し、陰になった梢の方では、木鼠《りす》が気魂《けたたま》しく叫ぶ。

自分は聞くともなく耳を澄して、猶も当《あて》なく歩いて行ったが、その時、自分の直ぐ行手の木陰から、小鳥の声でも、木鼠《りす》の声でもない――女の啜り泣く声が起った。

驚いて立止る間もなく、自分は直様《すぐさま》、落葉の中《うち》に二人の人影を見出し得た。褐色の制服を着けた兵卒と、その足元に祈禱でもするように広げた両手を胸の上に組んでいるのは、まだ極く年若い、半分ほど白人の血を交えた黒奴《ニグロ》の娘である。

兵卒と娘――といえば事の次第を想像するのは、甚だ容易であろう。

「後生だから……。」と娘の声は両手を組んだ胸の底から響く。

「まだ、そんな事をいってるのか。」と兵卒は嚙煙草の唾を吐きながら、如何にも厭わし気に横を向いてしまったばかりか、早やその場をも立ち去ろうとする気色《けはい》である。

「あれ！」とばかり、女は倒れながら、兵士の手に取り縋《すが》って、「それじゃ、もう、どうしても切れてくれッておいいなさるんですね。」

「何に……切れてくれ？　切れてくれなぞとこの乃公《おれ》は頼んでいるんじゃないぜ。お前が切れようと切れまいと、乃公《おれ》が勝手にこれまでの関係は切ってしまうのだ。」

兵士は如何にも憎々しく、然《しか》も豪然といい切った。彼は立派な米人、彼《か》の女《じょ》は以前奴隷であった黒奴《ニグロ》の女である。「切れてくれ……」といった女の語《ことば》が少からず不快に聞かれたからであろう。

女は返す語《ことば》もなく、取縋った男の手の上に啜泣《すすりなき》するばかり。兵士は暫く、その容子《ようす》を

見ていたが、何かまた思出したように、

「考えて見るがいいや、えッ。マーサ。」と娘の名を呼び、「初《はじめ》ッからが、そうじゃないか。乃公《おいら》の方から、どうぞいい仲になって下さいッて頼んだんじゃない。この春、おれがM大佐の家へ従卒に行ってる時だ……夜お前が裏庭へ出ているところへ乃公《おれ》が行合す……乃公《おら》アその時酒に酔っていて……ははは、まアそんな事はどうでもいいや。するとお前は、その翌晩《あくる》に、いつの何日《いつか》に何処《どこ》そこで会いたいッていい出したんだろう？　それアな、乃公《おいら》だって会える中《うち》は会いもしようさ……しかしもうこんどは……。」と言葉を切った。

女はいよいよ泣く。

「今更、申訳らしく訳を話して聞したって始らないが、まア早い話が、物には始めがあればきっと終りッてものがある。時候にだって変り目があらア……。」

自分はもう、この惨酷な、暴悪な活劇を盗聞きしているには忍びないような気がして来た。ちょうど、最後の日光《ひかげ》が、真赤な血のような色して、自分の足元へと射込んで来たので、自分は姿を見付けられはせぬかとも気遣い、後をも見ずして、急いでその場を立去った。

無論、自分は恋という事よりも、長くこの国に存在する黒白《こくはく》両人種の問題をば、今更らしく考え出すのである。一体黒奴《ニグロ》というものは、何故《なぜ》、白人種から軽侮、また嫌悪されるのであろう。その容貌が醜いから、黒いからであろうか。単に、五十年前は奴隷であったというのに過ぬのであろうか。人種なるものは、一個の政治的団体を作らぬ限りはどうしても迫害を免がれないのであろうか。永久に国家や軍隊の存在が必要なのであろうか……

自分は林を抜け出て、元の橋袂《はしだもと》まで歩いて来たが、夕陽は全く沈み果てて、空を染めた紅《くれない》の色も已に薄《うすら》ぎ、水を隔つるワシントンの方では、公園の木蔭や、高い建物の窓々に、電燈の火《ひかり》が見える。自分は再び橋の欄干に凭れて、蒼然として暮れて行く都の方《かた》を眺め渡した。

橋の上には以前のように、電車を待合す兵卒が幾人《いくたり》も散歩している。高話、笑声、口笛なぞの喧《かしま》しい中《うち》に、自分はふと見返れば、たった今、林の中で黒人《ニグロ》の娘を泣かしていた彼《か》の兵卒が、いつの間に来合したものか、直ぐ自分の傍で、同じ制服の友達と何か話しているではないか。この場合、好奇心の誘《いざな》うがままに立聞きすれば、

「どうだい。いい女でも目付《めつか》ったかい？」と訊き出すのは、彼の兵卒で。すると、友

達は、

「だめよ。今日なんざ馬鹿を見ちまった。」と答えている。

「どうした。賭博《ばくち》にまけたのか？」

「賭博《ばくち》なら、まだしもよ。いつものC街《まち》へ押掛けて行って、とうとう財布の底を叩いちまった。」

「はははは。金を出さなけりゃア女が出来ねえのか。余《あん》り腕《ま》がなさ過ぎるじゃねえか。」と彼は、ちょっと、噛煙草を吐き捨てながら、「どうだい。そう女に困っているのなら、一人若いやつを取りもとうか。」

「うむ。耳よりの話だな。」

「しかし一ツ条件がある。それさえ承知なら………。」

「何でもいいや。一文いらずで女一人が自由になりゃアこんな結構な事はねえ。」

「そうとも、結構なものよ。」と彼は頷付いて、

「条件というなア外でもない。黒奴《ニッガー》の娘だぜ。容貌《きりょう》は悪くねえが………。」

「構うものか、そんな事に尻込みする己《お》れじゃねえ。」

「感心感心！　それでこそ流石《さすが》のジャックだ。その娘ッていうなア、外でもない。以

前乃公《おれ》が従卒に行っていたM大佐の家に働いてるんだが、まだづぶ若いくせに男が好きでよ。こっちがちょっと甘い事をいってやりゃア、直ぐ向うから熱くなる奴だ。」

「そうか、しかし余《あん》り夢中《ま》になられちゃア、後が煩《うるさ》いぜ。」

「そこは、この乃公《おれ》が承知している。その娘ッていうのは、男が好きなんだ。男と遊ぶのが好きなんだ。だから、お前がさんざ遊んだ上句に、厭になったら、直ぐと誰でもいい。お前の代りになるような男を押付けて逃てしまえば、それまでの事よ。お代りさえありゃア、それで、娘の方は直《じ》きと、その気になってしまって、何もお前の尻ばかりをそういつまでも追廻しアしない。惚れたの何のというよりは、ただ、男が好きなんだから。こんな都合のいい奴は、どこを探したってありゃしない。」

折から、電車が向うの木影から響を立てて現れた。

「電車《カア》が来たぜ。車の中でゆっくり話そうじゃないか。」

「オーライ！」とばかり。二人の兵卒は口笛で――I'm Yankee doodle sweetheart, I'm Yankee doodle joy――という俗歌を吹き鳴らしながら、停車場の方へと馳《か》け行く。

森や林や水は、次第に暗くなった。橋の下、堤の木蔭に泊っている小舟、釣舟には赤い灯《ひ》がつき、ワシントン府の燈火は、空の星と共に、一刻一刻、明く輝いて行く。自分は一人、橋を渡って帰り行く道すがらも、何かまだ、種々《いろいろ》と、まとまりの付かない、いい現し難い、非常に大きな問題を考えているらしかった。

自分はワシントン府に滞在している間、遂に二度と、かの黒奴《ニグロ》の娘を見る機会がなかった。

（三十九年十一月）

悪　友

一

一時、加州《カリホルニヤ》に於ける日本の学童排斥問題が喧《やかま》しくなって、日米間には戦争があるだろうと、紐育《ニューヨーク》を初めとして国内の新聞が、種々《さまざま》な想像説を書立てていた頃は、自然、紐育《ニューヨーク》在留の吾々同人間にも、寄ると触ると、太平洋沿岸に関する談話《はなし》が多くなった。

或夜、或処で、例の如く、人種論、黄禍説《こうかせつ》、国際論、ルーズベルト人格論から正義人道問題などの真最中、或人が不意と思出したように、

「彼方《あっち》にゃ随分、日本の醜業婦《しゅうぎょうふ》がいるそうですね。」と飛んでもない事を訊出した。

ところが、それはあだかも、燃立つ炎天の端《はずれ》に夕立雲の湧出した如く、忽ち四方に漲って、堂々たる天下の論議を一変さしてしまった。一座の中には以前よりも一層重大な問題が提出されたというように、椅子を前に引き進めたものさえあった。

「女や三味線ばかりじゃなしに、日本流の風呂屋だの、大弓場《だいきゅうば》なんぞもあるそうです

ね。」

「汁粉屋でも、鮨屋《すしや》でも、蕎麦屋《そばや》でも、殆どないものはないでしょう。日本の国内だって、辺鄙な地方へ行ったら、到底あれだけの便利はききませんから。しかしね、あの辺に居る日本人は、大抵九州や中国辺から出稼ぎに来たものばかりだから、料理だって、女だって、東京の者にゃ全然《てんで》手がつけられませんよ。」

「なるほど、そうかも知れん……。」

「私は桑港《サンフランシスコ》からポートランド、シアトル、タコマ、それから加奈陀《カナダ》のバンクーバーと、一通り太平洋沿岸を歩いた事があるですが、どこへ行っても似たり寄ったりで。そう……その中で唯《たっ》た一人ですよ。東京から来たっていうちょっと渋皮の剝けた女を見たのは……。シアトルの地獄酒屋の酌婦をしていた女でしたがね……。」

「何か、面白い冒険をやったのですか?」

「いや、二、三度飲みに行っただけの事さ。どうせ、あの辺にいる女の事だから、悪い虫がついているに極っていますからね、身分のないものならとにかく、僕らは、うっかり手が出せない。殊にその女の亭主というのは、書生上りで英語も出来るし、シアトル近辺じゃ有名な無頼漢《ごろつき》だそうですもの……。あの沿岸にゃ、随分ひどい奴がいるらしいです、女を誘拐したり、密輸入をしたりして喰っている……俗に嬪夫《びんぷ》という奴です。」
辯じ立てて若者は煙草の烟に口を休めたが、それを機会に、片隅の椅子から、
「君。今君が話した女は確か、僕も見た事がありゃしないかと思う…………君はその

亭主だっていう無頼漢《ごろつき》の名前を知っていませんか。」

一同は皆驚いて、質問した男の顔を見た。何故なれば、彼はいつも女や酒の話には無頓着な、真面目な人として知られていたからで。

「島崎《しまざき》君。君がそういう方面の事を知っていようとは、実に意外だ。」と驚く声が二、三人の口から同時に聞かれた。

「いや、僕は相変らずの野暮なんだが、その女の事だけは、特別の事情があって知っているのです。年は二十六、七でしょう？　細面の、身長《せい》の高い……それじゃ確《たしか》に僕の見た女です。まア奇遇とでもいうんでしょうな、その女の亭主ッていう男は、元は僕の兄……死んだ兄の親友だった――」

島崎と呼ばれた男が問わるるままに話した。

二

私が米国《こっち》へ来るとき、初めて上陸したのはシアトルだから、そう、もうちょうど三年前の事だ。

能く晴れた十月末の、暮れ行く日と共に波止場へ着いたが、翌朝《あくるあさ》でなければ米国の移民官が出張しないというので、その夜は更け行くまでも、甲板の欄干《てすり》から、初めて見る異郷の水と山を眺め、さて次の日になって無事に上陸はしたものの、さて東西が分らない。船中で懇意になった二、三人連、生《がい》に手を引合って、茫然と行迷っていたところを、ちょうど宿引に出ている日本人の旅館《やどや》の番頭だとかいう五十ばかりの男に案内されて、電車に乗込み、日本人街へ曲る角の、汚い木造りの旅館《やどや》に送り込まれた。

なるほど、あの地方で日本人が誤解されるも無理はない。この界隈は、商店続の繁華な街が、ちょうど人の零落して行くようにに、次第次第に寂《さび》れて行って、もう市が尽きてしまおうとする極点である。四辺《あたり》の建物は、いずれも運送屋だの、共同の馬屋《ステブル》などばかりで、荷馬車と労働者ばかりが、馬糞だらけの往来を占有している。

案内された旅宿《やどや》の窓から頸《くび》を出すと、遥なる市中の建物の背面が見え、正面には近く、浅草のパノラマ館を見るような瓦斯溜《ガスタンク》所が、高く、黒く、大きく立っている。その辺りから往来が俄《にわか》に狭くなって、汚い木造の小家のごたごたしている間《なか》へ、一筋の横町が奥深く行先を没している。何でもその端れは海辺へでも出るらしく、人家の屋根を越しては、船の荷を積込む倉庫の鉄屋根と、無数の帆柱が見え、また鉄道の敷地もあると見えて、機関車の鐘の音《ね》につれて、凄じい黒烟が絶え間なく湧出で、屋根といわず往来といわず、時々の風向によっては、向《むこう》も見えぬ位に棚曳き渡って、あたり一帯を煤だらけにしている。この横町、この汚い木造の人家、これが乃ち、日本人と支那人の巣窟、東洋人のコロニーで同時にまた、職に有りつかぬ西洋の労働者や、貧と迫害に苦んでいる黒奴《ニグロ》が雨露《うろ》を凌ぐところである。

私は石炭の烟を見ただけで、もう辟易してしまって、直《すぐ》にもどこか西洋人のホテルへ引移ろうかと思い、実は手鞄《てかばん》まで提《さ》げて往来へ出たが、書生の身の旅費は充分ならず、好し充分持っているにしても、西洋のホテルとさえいえば、直様《すぐさま》東京の帝国ホテルなどを思起し高帽子《シルクハット》でも冠《かぶ》らなければ這入れぬような気がして、訳もなく心後《こころおく》れがする。どうせ長く止《とど》まる土地でもない。加州から来る友人を待合《まちあわ》して、一週間中には東部に出立する身だからと、踏出しはしたもののそのままおめおめと舞戻った。で、私は上陸したその日から、汚ない宿屋の一室に引籠っているのが厭さに、船中の疲れを休める暇もなく、市中はいうに及ばず、市外の北部に漲り渡る広大な湖水や、その辺の深林まで、朝から晩まで歩き廻ったが、いずこへ行っても子供が、吾々日本人の顔を見ると「スケベイ」といって囃《はや》す。驚くべきもので、この言語は日本の醜業婦の口を経て、或る特別の意味を作り、広く米国の下層社会に行渡っているのである。

なるほど、夜になって、旅宿《やどや》の窓から見下す街の光景《さま》は何といおうか。私は出立する前に、もう暫は見る事の出来ぬ東洋の、これも社会観察の一ツとして、一夜遊廓を歩いて見た事があった、今、眼にする夜の活動も、それと同様のものではあるが、しかし私の受けた感動は到底比較にはならない。思うに、初めて見た外国の事とて、善悪ともに目新しかったからでもあろう。

往来傍《おうらいばた》には、日中その辺をうろうろしていた連中《れんじゅう》の外に、諸所の波止場や普請場に働いていた人足どもが、その日の仕事をおわって何処《いずこ》からともなく寄集《よりあつま》ってくるところから、ただされ物の臭気《におい》を絶《た》やさぬ四辺《あたり》の空気は、更にアルコールと汗の臭気《におい》を加えたかとも思われる。重い靴の響、罵る声につれて、土塗《つちまみ》れの破れシャツ、破れズボン、破れ帽の行列は、黒い影の如く、次第次第に明《あか》く灯《ひ》の点いている日本人街の横町へと動いて行く。と、その横町からは絶え間なく、雑然たる人声に交って、酒屋や射的場の蓄音機に仕機《しか》けてあるらしい、曲馬の囃《はや》しと同様な騒しい楽隊《バンド》の響が聞え、同時にチンテンチンテンと彼方此方《かなたこなた》で、互に呼応《よびあ》うように響く三味線の音、それに続いて、女の歌う声、男の手を叩く音……

まア、想像して御覧なさい。アメリカという周囲の光景に対し、汽船の笛、汽車の鐘、蓄音機の楽隊なぞ、「西洋」という響の喧《かしま》しい中に、かの、長く尾を曳いて、吠えるような唸るような、眠たげな九州地方の田舎唄に、ちぎれちぎれな短い糸の音。これほど不調和な、不愉快な、そして単調ながらに極めて複雑な感を起させる、悲しい音楽が他にあろうか。

私は一夜——たしか東部へ出立する前の晩の事、この三味線が耳について眠られぬところから、とうとう労働者の列に交って、向《むこう》の横町へと歩いた。入込《いりこ》んで見ると、いや、大弓場から、玉突場から、その他の飲食店や、路傍《みちばた》まで、日本人の寄集っている事は非常なもので、しかし、いずれもどこやら沈着《おちつ》いて、ここは乃公《おら》達の縄張中だといわぬばかり、入込む西洋の労働者をば、さも外国人らしく見遣っている。と、両側の木造家《もくぞうや》の窓からは、折々カーテンを片寄せては、外の景気を伺う女の顔が見え、中には黄《き》い声《ろ》を出して誰かを呼ぶのもあった。いずれも鼻の低い、目の細い、顔の平《ひら》い、西国《さいこく》地方の女で、前髪を切下げた束髪に、西洋風のガウンを着ているらしく見えたが、私は外から一瞥しただけで、早や充分の……満足といおうか、不気味といおうか、とにかく、それ以上に近《ちかづ》いて見るには忍びない、心持になった。

しかし猶暫くは、路傍《みちばた》に佇んで様子を伺うと、東西の労働者はいずれも煙草屋だの果物屋だのいう小さい商店《あきないみせ》の間《あいだあいだ》々に、暗く穴のように明いている戸口から出入をしている。と、その時、胴衣《ちょつき》の胸には太い金鎖を輝かした、立派な風采の紳士が一人、山高帽をば少し阿弥陀に冠り、酔っているらしい真赤な顔をして、口には小楊子を啣《くわ》えながら、労働者に交って出て来たので、私は四辺《あたり》の様子から、不思議の感に打たれて、覚えずその顔を見た。

ふいと、どこかに見覚があるような気がしたので、行過ぎるその後姿を見送ったが、すると、その紳士は二、三間先の煙草屋の店先に立止る、店の電燈が横顔を照す……横顔というものは、能く人相を現すものである。七年ほど前の記憶が突然呼返された。

私は他分、瞬間の感動に打たれたためであったろう、日頃の臆病にも似ず、駈付けて後《うしろ》から男を呼止めた。

紳士というのは死んだ兄の親友で、その頃には、絶えず兄の許へ遊びに来た男である。

三

名をば山座《やまざ》——といって、兄とは同じ学校を卒業し同じ会社の社員になっていた。しかし、私と兄とは、二人の姉妹《あねいもうと》を間にして、長男と季子《すえこ》というだけ、年も十年以上違っているので、無論、私はかの男と話をした事もないが、その噂だけは両親初め皆のものの口から、何かにつけていい聞されていた。

その理由《いわれ》というのは、ちょうど私が尋常中学を卒業しようという頃。兄は既にその以前から、放蕩の結果として、この山座と一緒に高利の金なぞを借り、しばしば私の父に迷惑を掛けていた、それにも関らず、今度は山座の他《ほか》にも二、三の同類があって、会社の名目を種に欺偽《さぎ》取財《しゅざい》をやった。忽ち露見して、一同捕縛されたが、私の兄は、父が所有の屋敷と地面を売払って、会社に辨償金を出したばかりに、刑には触れずに済んだ。山座も幸に、陸軍の将官をしているとやらいうその叔父の力で、これもどうにか罪を逃れたので、つまり、庇護も何もない後《あと》の二人が最も悲惨な境遇に落ちたのである。しかし、その頃の私には、未だ充分に罪悪というものを解釈する事が出来ないので、ただ漠然たる恐怖を感じたに過ぎない。

兄はこの事件があって後は、宛《さなが》ら不吉の影か疫病神のように、家中のものの恐怖と嫌悪の中心になりながら、ただぶらぶらなす事もなく、二年ほどの月日を送っている中《うち》、ふと肺病になり、その冬を越え得ずに死んでしまった。すると、私の父も母も、急に兄をば悪いものだとはいわなくなり、何かの話が出ると、あれは皆、よく家《うち》へも遊びに来たあの山座という悪友があったためだ……朱に交れば赤くなるという諺が、殆ど両親の口癖になってしまった位である。両親のみには止まらず、私の一番の姉の如き、(兄とは二ツの年違いだ、已にある法学士の妻になっていたが、) 家へ遊びに来る度々、家族の写真帖なぞを繰って見て、兄と彼とが一緒に撮影《うつ》した写真に接すると、

「まア、何ていう気障《きざ》な風だろう、まるで役者か落語家《はなしか》見たようだ!」といっては、じっと打目《うちま》戍《も》り、遂には簪《かんざし》の先でその顔を叩いたりした事のあったのを、私は今だに覚えている。

年は一年一年と過ぎて行った、が、ちょうど兄の死んだ頃の寒い二月が来ると、毎年両親の口には今更らしく、山座の名が呼出《よびいだ》され、つづいてその時節中は、私に対して、例の古い諺と古い教訓が数繁く繰返された。しかし、この恐るべき山座なるものは、その後、どこにどうしているのか、家中知るものは一人もないのである。

四

「君があの、千代松君の弟……そういえばなるほど忘れはせん、君はあの時分はまだ、ほんの子供だったじゃないか。うむ、考ると、もう七、八年……もっと昔になるかも知

れない。」

労働者の混み合う路傍《みちばた》、煙草店の店先で葉巻《シガー》へ火を点けた山座は、流石《さすが》に驚いたらしく私の顔を目戍《みまも》ったが、忽ち調子を代えて、

「どうして、米国《アメリカ》へ来たです。勉強ですか……しかしこの近辺は君等《たち》青年の来る処じゃないですよ。」

「もう明日にも、友人の来次第、東部《イースト》の方へ行くつもりです……。」静《しずか》に答えて、

「貴君《あなた》は、今何をなすっていらっしゃるのです、何か御商法ですか。」

「僕か……。」と彼は語《ことば》を切って、少時《しばらく》私の顔をば見詰めたが、「君に聞したら吃驚《びっくり》するじゃろう。はははは。人間というものは変れば変るもんさ。」

「移民事業の方でも……。」

立派な八字髯を生して、指環だの金鎖だの、いやに金物《きんもの》を輝《ひから》している様子と、その言葉つきの、何処か下卑《げび》て聞えるので、私はこの地方の事情から察してこう問掛けた。すると、彼は、はははは と笑出し、

「矢張《やっぱり》、一種の移民事業さな、移民には必要なもんじゃから……。」

少時《しばらく》黙って、葉巻《シガー》の烟を吹いていたが、

「どうだ、日本飯でも御案内しようか、東部《イースト》の方へ行ったら、当分はパンばかりじゃろうから……。」

私は辞退せず、やはりこの横町のとある二階の窓に、確か「さくらや」とか書いた行燈《あんどう》の出してある、日本の料理屋へと導かれて行った。最前、様子を伺った女郎屋の入口も同様な暗い入口から階子《はしご》を上《あが》ると、一条の狭い廊下を中にして、左右にペンキ塗の戸が五ツ六ツもあろう、廊下には瓦斯《がす》の裸火が一ツ点いているだけで、薄暗いが、閉めた戸の中では、男や女や大勢の人声、三味線の音喧《さわが》しく、牛鍋の臭がぷんぷん立迷っている。

山座は我が家の如く四辺《あたり》を見廻しながら、私を一室に案内して、呼鈴を押すと、べったり白粉《おしろい》を塗った宿場の飯盛りともいいそうな女が、洋服に上草履をつッかけて出て来たが、如何にも懇意な間柄だというように、別にお世辞一ツいうでもなく、

「何か食《あが》るの……?」といって傍《かたわら》の壁に、退儀らしく背を凭掛《よせか》けている。

「何でもいいや、お雪にそういって、よさそうなものを持って来てくれ。」

女は返事もせず、唯だ頷付いたまま、ばたばた廊下を歩いて行った。

突然、どこかの室《へや》から、陽気な騒《さわぎ》の三味線、茶碗を叩いて拍子を取る音が聞え出した。

私は何の訳もなく、嘗て房州あたりの夏の夜に、船頭が船付の茶屋で騒いでいたのを見たそれらの事を思い浮べる、と、急に遠く家を離れて外国へ来た寂しさが胸の中に湧出て、何やら悲しい気がして来た。折から戸が開く。以前のとは違った女が、香物《こうのもの》と銚子をもって這入《はい》って来たが、これも、お客あしらいはせず、直《すぐ》と山座の傍に坐りながら、

「昨夜《ゆうべ》はどうしたの、あんまりじゃないか。冗談も大概にするもんだよ。」

呆きれて、私はその顔を見た。二十七、八、物いいから、細面の顔立から、浅草近辺の小料理屋か、牛肉屋の女中に、よく見る種類《るい》のものである。

流石《さすが》の山座も、私の手前、少しは気まずい様子で、頻と葉巻《シガー》の烟を吹立てながら、

「来るそうそう、つまらん冗談ばかりいやがって、早くお客様にお酌をしないか。」

女は酌をしたが、それを機会に、私の方に顔を向け、

「たまにゃア愚痴も出まさアね、こんなアメリカ三界まで連れて来られて、毎晩浮気ばかりして歩かれるんですもの……ちッと、貴君《あなた》、意見をしてやッて下さい。」

いよいよ出《いで》て、愈《いよいよ》奇といわねばならぬ。山座は料理の催促にと、女を去らしめたが、もう秘すべきでないと決心したらしく、私の問うのも待たず、

「え、驚いたでしょう、胆を潰してしまやせんか、はははは。」とまず笑って後、現

在の境遇を打明けた。

彼は私の兄の死んだ事をば、新聞の広告で知った頃、何かうまい事はないかと、食詰めた故郷を去って、桑港《サンフランシスコ》へ渡り、一般の渡米者が経験する種々《さまざま》の辛苦と失望を知り尽した結果、亜米利加《あめりか》二界は女で食うが第一と悟って、一先《ひとまず》日本へ帰るや否や、今のお雪という牛肉屋の女中をば引連れて、再び渡米し、根拠地をシャトルと定めて、醜業婦密航の媒介と、賭博《ばくち》をして暮しているのだとの事。

「人間は一ッ悪い方へ踏出したら、中途で後戻りをしようたッてもう駄目だ。自分じゃいくら後悔していたって一度泥が着いたら世の中が承知しないからね、どこまでも悪い方で押通して見るよりしようがない。君の兄貴、千代松君なんざ、中途半端で真人間に後戻りをしようと思ったから、つまり心労の結果だ、肺病なんぞになって死んでしまったんだ。十人が十人、まずそんなものさ。世の中を知らん学者なんぞは、人間は打捨《うっちゃ》ッて置けば、皆ずるずる堕落してしまうと思ってるようだが、そんな心配は御無用だ、良くもならず、悪くもならず、つまり中途までは落ちて行くかも知れないが、それから先、まったく奈落の底へお尻を落ち着けてしまおうというにゃ、一度本の一冊も読んだものは、非常な苦心で、時々頭を出そうとする「良心」という奴を、すっかり平伏さしてしまわなくちゃならん。それアなかなか口でいう位じゃない。乞食の家に生れた奴が乞食になる、それア普通《あたりまえ》の話だ。良家に生れたものが平々凡々たる良民になる、何の苦労もいらない、が、いざそれから、一歩進んで大人物になるか、または一歩さがって世間の裏へ廻るか、どっちとも容易なものじゃないぜ。その苦心と修業は、影と日向の差こそあれ、同じ事だ。つまり吾輩はナポレオンたらんか石川五右衛門たらんかだ。」

彼は、今日吾々が人生だとか神秘だとかを口癖にする時代とは違い、天下だの、青雲だの、功名だのを暁の星と望んだ十年、二十年前の書生の態度に立返り、肱を張って飲干す酒杯《さかずき》と共に、瞠々《どうどう》声を高めて論じ出したので、私は過去の世に傷付いた人の、苦痛の腸《はらわた》から出る奇矯の諷刺として、彼の言を聞くが適当だと思い、別に反駁も質問もせずに傾聴の態《たい》を粧っていた。

戸の外には、以前の騒《さわぎ》三味線がまだ止まぬ中《うち》に、更に新しい一座の三味線と、日本ではもう三、四年前に流行《はや》った東雲節《しののめぶし》が聞え出す………。

私はその翌日、南方《みなみ》から来た友人と共に、大北鉄道《グレートノーザン》の列車で東部《イースト》へ出発してしまった。

それから、程経て後の事、私は母に送る手紙の中に、何心なく山座に会った一条を書いた事があったが、すると、母の返事には、よいも悪いも今は夢、昔は亡兄の親友であれば、その母が志の記念《しるし》までに、焼海苔一箱を別便にして郵送したから、ついでの節、山座さまへ届けてくれよ、とあった。

ニューヨークとシアトルとは三千哩《マイル》も離れているとは、夢にも気付かぬ老いたる親心。母の情。ああ、私は覚えず涙を落しました。

（四十年六月）

旧恨

博士B——《なにがし》氏とオペラを談じた時である。談話は濃艶にして熱烈なる伊太利亜《いたりや》派、清楚にしてまた美麗なる仏蘭西《ふらんす》派の特徴より、やがて、雄渾、高宏《こうそう》、神秘なるワグナーの独逸《どいつ》楽劇《オペラ》に進んだ。

偉大なるは Das Rheingold につづく三楽劇《トリロジー》、神聖なるは Parsifal, 悲哀なるは Tristan und Isolda 美麗なるは Lohengrin 幽鬱なるは Der Fliegende Holländer……といずれもバイロイトの大天才がこの世に残した音楽の、天地と共に不朽なる中に、自分はただ素人耳《しろうとみみ》の何《なに》となく、かの Tannhäuser《タンホイザー》 の物語を忘れ兼ぬる…………。

「博士よ、貴君《あなた》はあのオペラの理想については、どういう説をお持ちですか。」

こう質問すると、B——博士は忽ち胸を刺されたようにはッと深い吐息を漏し、暫く無言で自分の顔を打目戍《うちまも》っていたが、

「不幸にして、私はあのオペラを学術的に判断する資格がないのです。」と俯向いて、

舊恨

「何故なれば、あの「タンホイザー」を聞いた当時の事を思出すと、無限の感に打たれる……お話しましょうか、もうざっと二十年も昔の事ですが……。」

自分が椅子を進めるのを見て、博士は語り出した。

「もう二十年も昔の事です。私の妻ジョゼフィンが、ちょうど貴君《あなた》と同じように、かの「タンホイザー」の意味は何であるかと訊いた事がある。

当時、私は新婚旅行のつもりで、妻と共に欧洲を漫遊し、ちょうど墺土利《オーストリア》の首府に滞在していたので、一夕《いっせき》この都の有名な帝室付のオペラ、ハウスに赴いた(と博士は室の壁に掛けてある写真の建物を指《ゆび》さした後《のち》)その夜の演題は乃ち「タンホイザー」であった。

私は場内の光景から、その夜場《じょう》に昇った歌人、楽人、あるいはかの猟《かり》の従卒や、大名、巡礼の行列などに出る数多《あまた》の合唱歌人《コーラス》の顔までをも、一々明かに記憶しています。

私は妻ジョゼフィンと共に、綾羅《りょうら》と宝石の海をなした場内の、定《さだめ》の席に付くと間もなく、頭髪の長い楽長が舞台の下の楽壇に立ち現われ、手にする指鞭《バートン》で、三撃《さんげき》の合図をすると、燦たる燈火一斉に消え、無数の聴衆は広大な場中の暗澹に包まれて寂《しん》となる。管絃楽《オーケストラ》はまず淋しく厳かな巡礼《ピルグリム》の曲より、熱烈な遊仙洞《ベヌスベルグ》の曲に入り、やがて「女神《ベナス》の讃美《ヒームン》」に進み、この楽劇《オペラ》の意味全体を代表したとも見るべき、長い前奏《オバーチュアー》がおわる……

と幕明《あ》いて女神《じょしん》ベナスの山の段。

御存じの通り、下手に女神ベナスの寐台《ねだい》の下《もと》に、楽師タンホイザー立琴を手にしたまま居眠っている。数多《あまた》の女神《ニンフ》が舞踏《まい》から、空中に現われる幻影《まぼろし》なぞ、タンホイザーの夢よろしくあって、楽師は遂に目覚め、この年月美しい女神《ベナス》の愛に人間の歓楽という歓楽に酔うていたが、今は浮世の却って恋しく、別れを告げて帰りたいという。それをば女神《ベナス》は引止めて、もし浮世に帰るならば、必ず昔の夢を思起《おもいおこ》して悔《くゆ》るであろう、女神《ベナス》と共にいつまでも、恋の立琴を掻鳴らして歓びの歌を唱《うた》えと。しかし、タンホイザーの心動かず、その唱う聖女マリヤの歌に、魔界の夢は破れ、女神《ベナス》はその山もろともに闇の中《うち》に消去り、タンホイザーはただ一人、故郷《ふるさと》なるワルトブルグに近き山道のほとりに立っている。

と、山道の岩の上に幼い羊飼一人、塵に汚《けが》れぬ声も清らかに笛を吹いては歌を唱《うと》うている、間もなく山の彼方《かなた》より、はるばる羅馬《ローマ》へ巡礼に行く人々の悲しい声聞え出し、巡礼の行列は山道を通って行き過る。

タンホイザーは先ほどからこれらの歌に聴き取れていたが、忽ち、今まで耽った我が罪の歓楽の空怖しくなり、感慨極ってその場に泣き伏してしまう。

聴いていた私は、覚えず深い溜息を漏らして目を閉《つぶ》りました。

ああ！　長き快楽《けらく》の夢覚めて、己が身の罪に泣く楽師の心の中《うち》。私はその歌、その音楽から、突然ここに、忘れていた結婚以前の放縦《ほうじゅう》な生涯、一時《いちじ》消失せた快楽《けらく》の夢を思起したのです。すると私にはもう舞台の上のタンホイザーは、我が過去の恍惚、煩悶、慚愧の諷刺としか見えず、美しい邪教の神、快楽の神なるベナスは、ちょうど我が昔の情婦マリアンと呼ばれた若い女役者であるとしか思われなくなった。

ああ！　世に禁ぜられた果物ほど味深いものがまたとあろうか。罪の恐れ、毒の慮《おもんぱか》りは、却ってそれらの魔力を増すに過ぎない。今は何も彼も打明けてお話しよう……（と博士は恥《はず》らう如くやや俯目《ふしめ》になって、）

男といえば一時は誰でも、この種の女の化粧の力に魅せられるものであろうが、といって、私ほど魂を奪われたものも少いであろう。如何なる訳からか、（生来《うまれつき》の性情とでもいって置こう）私には、美しい衣裳に身を飾り、舞台のフートライトの前で、わざとらしい眼付や身振をして舞い歌う女藝人や女役者、然《しか》ずば、料理屋、劇場、舞踏場《おどりば》、またはは往来や馬車の途すがらも、その特種の様子と容貌《きりょう》に人の目を引く一種の女が、何となく愛らしく好いたらしく見えてならなかった。デューマが「侯爵夫人にもあらずまた処女《おとめ》にもあらず」といったこの種の女には全くいい難い美がある、魔力がある。よし画家の夢みる美人ではなくとも、その濁った眠気な眼の中《うち》、細い不健全な指先や、時には恐しく下賤に見える口元に、敵し難い誘惑の力がある。乃ちその眼色は、いつでもお前のいうままにと、身を投掛ける心を見せながら、口元では、用心するが好い、激《ひど》い目に逢うぞといわぬばかりの冷笑とすねた気味を含ませている。

男の出来心は一度《ひとたび》、この謎のような魔力に操られかけると、魅せられた眼にはいつとなく、教育あり徳行ある妻や娘は、冷たい道徳の人形のように見えて来て、「恋は浮浪漢《ならずもの》ボヘミヤの児《こ》」と歌う放縦な詩味のみに酔い、家庭や国家の感念は失せ、身の行末ままよと、激しい慾情の虜になってしまうのです。

私はまだ学業をもおわらぬ中《うち》から、折々長閑《のどか》な春の半日、書斎の窓に葉巻《シガー》の煙を吹きつつ、一生の中《うち》、いつか一度はあの種の女と恋し恋されて見たならばと、さまざま愚《おろか》な事を空想した事がある。

ああ！　何という愚な、賤しい夢であろう。とにかく、私は普通の人よりか高い教育を受け、読書もした身である。飽くまでその慾情の賤しく、また愚である事を承知していながら、さてどうしても、それをば抑制する事が出来ない。よく仏蘭西《フランス》や魯西亜《ロシヤ》の白然派の小説に描かれている――立派な品性の紳士がかかる劣等の女性のために身を滅す物語なぞを読むと、私はヒステリー質の女のように身につまされて泣き、ああこれが運命というものかと、深く懐疑の闇に彷徨《さまよ》うた事も度々でした。

かく、一方で理と知恵が非難すればするほど、慾望はますます高まる。私は学校を出ると直ぐ、道楽者ばかり寄集っている倶楽部の会員となって、劇場《しばい》から舞踏場《おどりば》、玉突場から料理屋と、燈火の輝き、紅粉《こうふん》の薫ずる処といえば、場所を撰ばず夜を更したもので、当時を回想すると、私はどうしても狂気していたとしか思われない。昼の中《うち》、太陽の照り輝いている間だけは、私は確《たしか》に正当な判断を有し、充分に自個の力に信頼する事が出来たが、さて夕暮の霧と共に、街頭に燈火がちらちらし始めると、もう最後です、燈火は私の良心、廉恥心、希望の凡《すべて》を灰燼にしてしまうと同時に、その燈火の影をば往来する女の姿は、我が眼には全く快楽の表象《シンボル》としか見えなかった。

私は今でもよく思出すのです、吹雪の夜、ちょうど方々の芝居が閉場《はね》る十二時前後のブロードウェーの光景。この時、この処ばかりは、無数の男女、無数の馬車の雑沓に、如何なる冬の夜とても人は寒気《さむさ》を感じない。五彩燦爛《さんらん》たる燈火に見渡すかぎり街は宛《さなが》ら魔界の夢の如く、立並ぶホテルの広間や料理屋の硝子《がらす》戸の中には、明い燈火《ともしび》の光が、幾組となく、白い肩を出した女や、頭髪《かみのけ》を奇麗に撫付けた男の姿を照し、彼方此方《かなたこなた》の大きな二階の窓からは、玉突の棒を片手に、夜半《よわ》の勝負に疲労《つかれ》を知らぬ男の影も見え、さて、その辺の酒屋やカッフェーの彩った戸口には媚を売る女の出入絶える間もない。私は四辻に佇んでは、この有様をジッと打目成《うちまも》り、ああ、如何なる事業も天才も、時来《きた》れば皆滅びてしまう人生には、ただこの青春の狂楽、これより他《ほか》には何物もないと、つくづく感じた事もあった。

こんな生涯を送っている中《うち》、私はかのマリアンと呼ぶ女藝人と懇意になったのです。或夜、例の如く、劇場《しばい》が閉場《はね》てから夜を生命《いのち》の女供がよく集る料理屋へと、私は道楽《どうらく》友達三人連で、独身時代の危険な眼をキョロキョロさせながら、這入《はい》って行くと、とある食卓に二人連の女が、知己《ちかづき》と見えて吾々の一人を呼び止めた。

好機会というもので吾々はそのまま女の食卓《テーブル》に着いて、例の愚な話に罪もなく笑い興ずるのです、が、時としては聞くに堪えない劣等な語《ことば》に思わず胆を冷されると、絶えず自分の弱点を憤っている念がむらむらと湧起り、同時に果敢《はかな》さが身に浸渡《しみわた》って、私ばかりは、どうも無言に陥りやすい。

この様子を見て取ったマリアンは、私をば至極遊楽には初生《うぶ》な男と思ったらしく、

「何故《なぜ》、そんなに鬱《ふさ》いでいらッしゃるんです、もっと大きな声でお笑いなさい。」と時には気の毒そうに私の顔を見ました。

夜の二時過まで喧《さわ》いだ後、吾々は二人の女をば、例の如く各《おのおの》その家《うち》まで送って行く事となったが、往来へ出て辻馬車を呼ぶ時に、どういうその場の機《はずみ》であったか、吾々の二人はネリーと呼ぶ女と三人一組になり、私とマリアンは全くの二人連で、別の馬車に乗ってしまった。

彼女はハドソン河に近いアッパートメントに住んでいるというので、ブロードウエーを北へ小半時間、市内目抜の場所を離れると、直《す》ぐ様《さま》真夜中過ぎの淋しさは物凄いばかり、我を運ぶ馬の蹄の空遠く反響し、車の窓から射込む夜の空明りは、白粉《おしろい》した女の顔をば蒼く朧ろに照す。

マリアンは毎夜を更す身の疲労《つかれ》か、今は力なく頭《かしら》を後に倚せかけ、重《おも》げな瞼を折々は押開いて、私の方を流眄《ながしめ》に見ながら、態《わざ》とらしく朱《べに》さした口元に笑いを浮べる。が、もう強いて話しをし掛ける元気もないらしい。

私は黙然として、女の身に付けた化粧水の香りを深く吸いながら、凝《じッ》とその横顔を打《う》ち目戍《まも》った。

年紀《とし》は二十一、二か？　全体が小作りで、頸《くび》の長い、頤《おとがい》の高慢らしく尖った、眼の人きい円顔で、小くて堅く締った口元には、何か冷笑する様な諷刺が含まれている——決して美人というのではない、大なる油画モデルではないが、一筆《ひとふで》ペンシルを振《ふる》った漫画の風情。人は時として、「完全」よりもこの「不完全」と「未成」の風致に、どれほど強く魅せられるのであろう！

私は殆ど仰向に居眠っている彼女の唇の上に、軽く我が唇を押付けた。柔《やわら》かな、暖い呼吸は直《ただち》に私の身中に突入る。

マリアンはぱっちりとその大きな眼を開いて、私の顔を見たが、そのまま再び居眠ってしまう。私は車窓《まど》の外に並木の影の、後方《うしろざま》に動いて行くのを見、遠く空の端《はず》れに風の走る音を聴いたが、心は早く夢幻《ゆめうつつ》に彷徨《さまよ》い、今一度と重《かさね》て顔を近付ける——途端に馬蹄の響ハタと止み、車は明い入口の前に止った。

「マリアン！」

私の声に彼女は初めて目覚めたらしく、膝の上に置いた白い鼠の毛の暖手袋《マッフ》で眼を擦りながら、

「好い心持の夢を見ていたんです……が、それじゃ接吻なすったのは貴君《あなた》なんです

か？」

私は一時の挙動《ふるまい》に恥入《はじ》って何とも答えず、俯目になると、マリアンは高く、ほほほほと笑いながら、ちょうどその時、馭者の明ける車の戸から、鳥のように裾軽く飛び下りた。

私は彼女が五階目の居間《へや》まで送って入ったが、その夜は五分ほども長居はせず、そのまま辞して家へ帰った――するとその翌日の午後の事、ああ、何たる香《かんば》しい恋の呫《ささや》きであろう、私は使いの子供から受取った一通の書状を開くと、次のような文句が綴られてある。

我が身は君を待たんがために、何丁目なるホテルに引移り候。かの上町《うわまち》の住居《すまい》は恋の私語《さざめごと》に便ならず候えば。

我が身は君を一目見て恋し候。我らの恋は此《かく》の如し、何故《なにゆえ》となな問い給いそ。ああ！今宵の逢瀬まで、さらば――（とこの最後は仏蘭西《ふらんす》語で書いて）恋するMより

この年月の夢は、今こそ誠となった！　私の決心は恐《おそら》く彼女の決心より迅速であった

ろう。私は取るものも取りあえず、その夜示されたホテルに馳《か》け付けるとそのまま、一年半ばかりの長い月日を、女と二人で夢のように暮してしまった。

私らは生きている人間の身の歓楽《たのしみ》は、味い得らるる限り味うというので、或時はすべての飲食物が蜜なる接吻の味《あじわい》を減《そ》ぎはしまいかと気遣い、飢を支ゆる水とパンとに口を動す外は、絶ず接吻していた事もあり、また或る時は、若い血の暖みを遺憾なく感じて見たいつもりで、冬の夜通し窓を明けたまま抱合うていた事もあった位。

しかし、この人の世は、如何に香《かんば》しい夢とても、如何に深い酔とても、時来《きた》れば覚め消えるが常である。ああ、私は今日となって考えて見ると、あれほどまでに恋し合うていたものを、どうして別れる気になったものか、殆ど不思議で、それをば説明する事は出来ないのです。教育から得た理知の念が、追々《おいおい》魔睡した心を呼覚したためと見てもよかろう。あるいは男性固有の功名心が次第に恋の夢よりも強くなって来たため、或は、タンホイザーの物語そのままに、歓楽郷の妖艶につかれて、青山流水の清淡に接したくなったため、あるいは、暖室の重苦しい花の香《か》に酔うた後、再び外気の冷清に触れたくなったためと見てもよかろう……とにかく私は、止《とど》むるマリアンをば打捨てて再び社会の人となったのです。

もう二度と、若い時代の愚な夢には耽るまい。人類の職務は、地上の生命と共に消えてしまう歓楽に酔う事よりも、もっと高宏《こうそう》で且つ永久のものが有る。まず善良なる市民となるために、正当な家庭を作れ！　幸いにして、私は米国の社会には名のある家に生れ、父の遺産も少からずあったため、交際社会へ出ると、世は狭くてまた広いもので、誰一人私の昔を知っているものはなく、程なく私は、ジョゼフィンという判事某《なにがし》の令嬢と結婚しました。

して今日、欧洲に新婚旅行の途《みち》すがら、ここに共々オペラを聴いている……私は舞台で歌っている楽師タンホイザーの恨《うらみ》をばそのままに、我が胸の底深く、回旧の涙を呑込んでいたが、それをば知る由もない妻ジョゼフィンは、上流社会の女性の常として、ただ技巧的に修練された、主義ない藝術賞鑑の態度で傾聴しているのに過なかったらしい。

しかし、貴君《あなた》も已に気付かれている通り、大天才ワグナーの音楽には（と博士はちょっと私の顔を見遣って、）他のすべての音楽とは類を異にし、聴く者の心の底に、何かしら強い感化を与えねば止まぬ神秘の力が籠っている。

されば、一幕目は済み、二幕目の広い楽堂の場、三幕目巡礼の帰り……とオペラ三幕を聴きおわった時には、私の妻は何やら物思わしい様子になり、掻乱された空想の中から、何か纏まった感念を探り止《と》めたいと悶えるらしく見えたです。

私の方はまた、私自身の物思いに知ず知ず語《ことば》少く、二人は場を出るとそのまま、例の如く夜半の料理屋《カッフェイ》を訪《と》う気もせず、直ぐ馬車に乗って旅館に帰って来た。

二人とも疲れて煖炉の前の椅子に身を落すと、間もなく妻は片手に頬を支えながら、「一体、あのオペラの理想はどういうんでしょう。」と私の顔を見上げました。

大きな古い旅館の一室、片隅の小机の上に、緑色の笠を冠った燈火《あかり》が点《つ》いているばかり、窓の外には何の物音も聞えぬ。吾々米国人には、この寂《しん》とした旧世界の都の夜半《よわ》には、いずこからともなく、幾世紀間の種々《さまざま》な人間の声も聞き得らるるように思われ、驚いて見廻せば、すべてを暗色に飾ってある壁と天井に調和して、窓や戸口に掛けてある重く濃い天鵞絨《びろうど》の引幕の、粛然と絹の敷物の上に垂れている様子、私は古い寺院の壁から迫るような冷気を感じた。

椅子から立上って、天井から釣してある美しい電燈を点じようとすると、妻は手振で、それをば制した。しんみりと話でもするには、余り明《あか》くない方がよいと思ったのであろう。止《やむ》なく元の椅子に坐ると、妻は沈んだ声で問い掛けます。

「あなた。私にはどうも合点が行かないのです、タンホイザーが女神《ベナス》に別れて故郷に帰って来る心持はさもそうであろうと思うんですが、さて帰って来た後、自分を慕っている領主の姫君エリザベットの目前《めのまえ》で、一度後悔した女神《ベナス》の事を思い出すというのはどういう訳でしょう。私にはあの心持が分らないです？」

私の耳には忽如《こつじょ》として、

恋の女神《めがみ》よ…………ベナスのみこそ御身に愛を語るなれ

(Die Göttin der Liebe)

と激しいタンホイザーの歌が聞え出す、同時に心の底にはマリアンの面影。私は燈火《あかり》の達《とど》かぬ暗い天井の一隅に眼を注いだまま、夢に独語《ひとりごと》するような調子で答えた。

「それが即ち人生ともいうべきものだ。忘れようとするけれども忘れられない。愚と知りながら陥り悶える。何に限らず理と情の煩悶、一歩進めれば、肉体と精霊の格闘、現実と理想の衝突、この矛盾、この不条理がなければ人生は如何に幸福であろう……あしかしそれは及ばぬ夢で、私にはこの肉心の煩悶が人生の免れない悲惨な運命であるように思われる…………。」

話す中《うち》に、私は弱い我身の上のみならず、地上に住むすべての人の運命が果敢《はかな》く思われて来て、子供のように訳もなく大声を上げて、泣いて見たいような気がして来た。

「それですから、私達は神に……宗教に依頼するのではありませんか？」

こういう妻の声は、生きている女の口からではなく、どこか遠くから響いて来るよう。

私は声を顫わし、

「しかし、宗教も信仰も、時としては何の慰藉《いしゃ》も与えぬ事がある……例えばあのタンホイザー、彼は神のような乙女エリザベットに勧められ、羅馬《ローマ》へ洗足詣《はだしまいり》に行ったが、法王から謝罪の願が許されぬ、それ故再び邪教の神ベナスの山に行こうという……あの一節は宗教が二度闇に迷った人間に何の光も与えなかった事を諷したのではなかろうか？しかし最後には、如何に魔界の愛に迷ったタンホイザーも、清い乙女のエリザベットの亡骸《なきがら》を見て悶絶する、その刹那に救いの歌は遠く響く……タンホイザーの魂を奈落から救ったのはエリザベットの愛、清い乙女の愛である。」

いい切って凝《じっ》と妻の顔を見た。妻は白い両肩と広い胸とを出した卵白色の夜会服を着けていたので、静止《じッ》としているその姿が、薄い緑色の燈火《あかり》を受け、暗い室《へや》の中に浮んでいる様《さま》、彼女の身の廻りからは気高い女徳の光栄が輝き発するかと思われた。

私は一時の感激に襲われるまま、突然身をその足元に投伏し、力一杯にその手を握り締め、「永劫の罪から吾々を救うものは清い乙女の愛である。ジョセフィンお前は私のエリザベットである！」と叫んで熱い涙をその膝の上に濺《そそ》いだ。

「それじゃ、あなたは何かタンホイザーのような……。」と妻も今はやや許し気に、打仰ぐ私の顔を見下す。

ああ！　私はもはや加特《カトリツク》教徒が懺悔台の前に膝付《ひざまず》いたと同様、ただもう、懺悔したいという切ない必要に迫まらるるばかり、前後の考えもなく過ぎた身の一伍一什《いちぶしじゆう》を残らず打明けてしまった。

結果は如何《いかが》であったか。我が妻はエリザベットのような気高い愛を有《も》っていたか。否々。私の話を聞くと共に、妻の眼《まなこ》は激しい嫉妬の焰と、鋭い非難の光に、電光《いなずま》の如く……ああ、その恐しい一瞥！

私は忽ち我に立返ると同時に、一時の感激から、よしない秘密を語った軽卒《けいそつ》を悔い、打詫びるやら、いい慰めるやら、百方に心を尽したが、もうそれは誠実の意気を欠いていて、いわば技巧的に自分の非を蔽い隠そうとするのであったから、事はますます悪い方に進むばかり。

「よくも私を今日まで欺《だま》しておいでなすった……。」とこの一語を最後に、妻は縋《すが》る私の手を打払って次の室《へや》へと行ってしまった。

人生第一の幸福なる私らの新婚旅行はその後如何に悲惨なるものとなったであろう！　翌日《あくるひ》に維納《ウインナ》を立ち、行先は独逸《どいつ》に出で、直《ただち》にハンブルグの港から帰航の途についたが、その途すがらも、妻は食事のテーブル、汽車の窓、船の上、私には一語《ひとこと》もいい掛けぬ。しかし私はいつか一度はわが真心の通ずる時、妻の怒の打解ける折が来よう、と有る限りの勇気と忍耐に漸く一縷《る》の望を繋いでいた。が、一度《ひとたび》閉じた女の胸は永遠に開くものではない。彼《か》の女《じょ》の頬は日一日に肉落ち、その眼《め》は恐しいほどに鋭く輝いて来て、幾日の後、紐育《ニューヨーク》へ帰って来た時には、出立当時のジョゼフィンとは宛《さなが》ら別人のように思われてしまった。

で、私は妻の申出《もうしいず》るままに、止むを得ず一時夫婦別居する事になったが、程なく正当な離婚の請求を受け、続いて四年の後には、他へ再婚したとの報知に接したです。ああ、わがジョゼフィン！　かくして私はここに二十年あまり孤独の生活を続けている……………」

B――博士は語《かたり》おわると共に椅子から立ち、二、三度室《へや》の中をば手を振って歩き廻ったが、やがて、室《へや》の片隅に据えてある大きなグランド、ピアノの方に蹣《よろめ》く如く走り寄るかと見ると、忽まち顫える手元《てさき》に、タンホイザー中の巡礼の一曲を奏出した。

ピアノの上に置いた花瓶《はないけ》から、白い薔薇の花が、湧起る低音《ベース》の響につれて、一片二片《ひら》と散り掛ける。

自分は首《こうべ》を垂れて深く聴入る。

（四十年正月）

寝覚め

洋行、という虚栄の声に酔い、滞在手当金幾弗《どる》との慾に動され、名と利との二道《ふたみち》をかけて、日頃社内を運動していた結果、沢崎三郎《さわざきさぶろう》氏は、○○会社、紐育《ニューヨーク》支店の営業部長とやらに栄転し、妻も子も東京の家に打捨てたまま、一人喜び勇んで米国に旅立ったのである。

しかし、何事も見ると聞くとの相違で。沢崎は紐育《ニューヨーク》に着して一カ月、二カ月位は、何が何やら夢中で暮してしまったが、やや支店内の事情も分り、市中の往来も地図なくして歩けるほどになると、追々《おいおい》に堪えがたい無聊《むりよう》を覚え出した。

朝九時から午後の五時まで、事務所に働いている中《うち》はよいが、一足その以外に出ると、紐育《ニューヨーク》は広いが、自分の身には無味乾燥な下宿の一室より外に行き処がない。それも学校出立ての若い書記《クラーク》供ならば、一夜の馬鹿話に鬱晴《うさはら》しも出来ようが、やや地位もある身になっては、外面の体裁が気にかかり、そう相手選ばずに冗談もいえぬ。かの西洋人が夜を更して遊ぶクラブやホテルへ行って交際すれば、外国の事情を知る上からも有益であるとは知っているが、この方面は経済上から、門口へも寄り付けぬ訳。さらば静かに読書でもしようか、といって既に学校を出た後、幾年浮世の風に吹かれた身は、新思潮、新知識に対する好奇の念漸《ようや》く失せて、一時はちょっと物珍らしく感じた外国の事情さえ、それほどまでにして研究する勇気はない。

で、日一日、三月半年と経てば経つほど、日常生活の不便、境遇の寂寥を感ずるばかり。時々は堪えられぬほど、朝風呂に這入《はい》って見たい気がしたり、鰻の蒲焼に一杯熱いのを引掛けてみたくなったり、とかくに考えが、故郷に馳《はせ》る。故郷には何でもはいはいといって用をする妻もある、一時は内所《ないしょ》で囲者《かこいもの》を置いた事もある、そんな事を思起すと、今年もう四十歳になる好い年をして、何一ツ不自由のない日本を出て来た事が、何ともいえぬほど愚《おろか》らしく感ぜられ、忙しい会社の事務を取っている最中にも、或は疲れて眠る夜中にも、折々、影の如く、烟の如く、何やら訳も分らぬ事が胸の底に浮び出て、ハッと心付いて、われに返ると、急に全身の力が抜けてしまったような、物淋しい心地になるのであった。

彼は自らその弱点を愧じ、また憤り、時にはウイスキーを引掛けたり、時には冷静に

寐覚

事務の事に心を転じて見たりするが、しかしこの寂寞、無聊の念は更らに去らず、どこか心の一部に、大な空洞《ほらあな》が出来て、そこへ冷い風が吹込んで来るような心地がするのである。

しかし沢崎は、この心持をば、如何なる理由《わけ》とも知らず、また知ろうとも思わなかった。もともとその妻は世俗の習慣に従って娶った下女代り、その家は世間へ見せるための玄関、その子は生れたるによって教育してある……というのに過ぎぬので、その家その家のために思悩むなぞは、如何にも女々しく意気地なく感ぜられてならないので。その妻、殊に煩悶だの、沈思だのと、内心の方面に気を向ける事は、男子の恥と信じた過渡期の教育を受けた身はなおさらで、彼は、遂に自ら大笑一番して、いや、こんな妙な心持になるのも、つまるところ、女に不自由しているからだ！ と我と我身を賤しく解釈して、僅かにその意志の強さに満足した。

なるほど、女に不自由しているのは事実である。紐育《ニューヨーク》に来て以来、時には日本人同志の宴会の帰りなぞ、こっそり遊びに行く事はあっても、いつもジャップと見くびられて、現金引換、通《とお》り一遍の待遇《もてなし》に長くは居堪《いたたま》らず、毎夜睡る我が寝床は、要するに天下我が身一人より外に暖めてくれるものはない身の上。紐育《ニューヨーク》中、今はいずこに行っても、目につくものは、来た当座驚いた二十階の高い建物にはあらずして、コーセットで乳房を搾《しめ》上げた胴の細い、臀《しり》の大い女の姿ばかりで、その歩き振から物いう風まで、憎いほど思わせ振りに見えてならぬ。

彼は、毎日、会社の事務所《オッフィース》に行くため、地下電道に乗って、俗に下町《したまち》と称する商業区域と、住宅ばかりある静な上町《うわまち》との間を往来しているのであるが、朝の九時頃と、午後の五時頃といえば、殆ど紐育《ニューヨーク》中の若い男や女が、いずれもこの時刻に往来するといってもよい位なので、その車中の混雑は一通《ひととおり》の事ではない。

停車場のプラットホーム毎に、人の山をなした男女は、列車の停るか停らぬ中《うち》に、潮《うしお》の如く車中に突入《つきい》り、我先にと席を争って、僅に腰を下し得たものは、一分の猶予もせず、直様《すぐさま》手にした新聞を読みかける。席を取り損ねたものは、あるいは引革にぶら下り、あるいは押しつ押されつ人の肩に凭掛って、早《は》や男女の礼儀作法を問う暇《いとま》はなく、無理にも割入って腰を掛けようと、互《たがい》にその隙を覗っている。

沢崎は米人の多忙を模して、何時《なんどき》も新聞は手にしながらも、この車の混雑に、若い売《う》娘《こ》やオッフィース娘《ガール》なぞが、遠慮なく自分の右と左にぴったり押坐り、車の発着する度々の動揺に、柔《やわらか》い身体を触合す、それのみか、次第次第に、身の暖気《あたたかさ》を伝えて来ると、もう細《こまか》い新聞の活字なぞは見えなくなって、彼は突然足の指先に軽い痙攣《ひきつり》を覚え、頭髪《かみのけ》の根元に痒さを感じ、やがて、身中全体を通じて一種の苦悶を覚える。空気は地の下の事とて、車中の熱鬧《ねっとう》に、肉食人種特有の汗の臭気《におい》を加えて、一層重苦しく、不良の酒のように、絶えざる車体の微動につれて人を酔わす。沢崎は熱に病むが如く、恍惚《うっとり》となって、もしやもうこの上に、十五分間と車中に坐っていたなら、我知らず隣席《となり》に坐っている女の手でも握りはせぬかと、危く自制の力を失いかけるその刹那《せつな》、車は幸いにも、彼が下車すべき停車場に着するが例で、彼は狼狽《あわ》て車を飛出し、冷い外の空気にハッと吐息を漏すのである。

彼は今更らしく、幾度ともなく、何とか方法《みち》を付けねばならぬといっているが、差当りどうする道もない。室借《へやがり》をしている家には、年頃の娘もあり、ちょっと小奇麗《こいき》な下婢《めしつかい》もいるが、要するに事が面倒である。若い会社の書記ども同然に、そうしばしば遊びに行くのも余りに馬鹿馬鹿しい。つい、それなりになって、もうかれこれ一年半、渡米以来二度目の春が廻来《めぐりき》て、公園の森に駒鳥の集う五月となった。

彼は未だ嘗て、これほどに春の力を感じた事はない。軽い微風《そよかぜ》は肺に浸渡《しみわた》って、身を擽るように思われ、柔《やわらか》い日光は皮膚に突入って血を燃《もや》す。晴渡った青空の下を歩いている街の女は、どれもこれも皆自分を悩すために、厚い冬衣《ふゆぎ》を捨てて、薄い夏衣の下に見事な肉付を忍ばせ、後手《うしろで》に引上げた軽い裾からは、わざと自分を冷笑するために絹の靴足袋を見せるのかと思われた。

その朝、彼は特更《ことさら》に地下鉄道内の混雑を恐れ、わざわざ遠廻りまでして、余り混まない高架鉄道線によって、会社へ出勤し、自分の机の置いてある支配室へ這入ったが、すると片隅の椅子に、見馴れぬ若い西洋婦人が、自分の出勤を待つものの如く坐っているのに、ハッと胸を躍らせた。

彼は全く失念していたのだ。実は昨日限り、長らくこの事務室《オッフィース》で電話の取次などしていた五十近い老婦人が、都合あって辞職したところから、その後任として、新聞の広告によって、この若い女を雇入《やといいれ》たので、今日から事務を引継ぐためにと、彼の命令と説明を待っていたのである。

電話の応接と、その暇々に英文書状の整理を手伝うだけの事であるが、彼は一ツ一ツいい聞す中にも、この以後は毎日、この若い女を我が傍に置いて、我が事務を手伝わすのかと思うと、妙に嬉しいような気がして、かの皺だらけの、半白《はんぱく》の、眼鏡をかけた以前の老婦人がいた時に比べると、事務室全体が明るくなったよう。

彼は事務を取っている最中にも、五分とその横顔から目を放す事が出来ない。年は二十六、七にもなろう。小肥《こぶとり》の身丈《せい》は高からず、容色《きりよう》も十人並ではあるが、黒い頭髪《かみ》を真中から割って、鳥打帽でも冠《かぶ》ったように、頭の周囲《まわり》へ巻返し、上から下まで出来合の勧工場《かんこうば》もので、小奇麗に粧った姿は、品格のないところが、乃ち重《おも》なる魔力となって、往来なぞでちょっと摺違った男の目にも、長く記憶されるという、その模型《タイプ》の一例である。沢崎は何かにつけて話をしかけ、早く懇意に打解けて見ようと勤めたが、女は日本人の会社には初めての奉公、万事に気の置けるためか、一日金米糖《キャンデー》を口に頬張り、相手構わずに笑って暮す、例のオッフィースガールには似《にて》も寄らず、至って無口で、ただ僅に、その名をミセス、デニングといい、一年ほど前に寡婦《やもめ》になって今は一人下宿住いをしているとばかり。折々は何か物思わしく肱杖をついている事さえある。

やがて、三週間ばかりも経ったが、女は一向物馴れた様子も見せず、朝は往々、出勤時間に後れて来る事もあり、遂に先週の末頃からは、病気とやらで欠勤し初めた。沢崎は何となく残念な気がしてならぬ。病気とばかりで未《ま》だ止《や》めるとはいって来ぬが、やはり見知らぬ日本人の中で働くのが厭なからであろう……もう何とかいって来るであろうと、次の週の月曜日一日待って、その次の火曜日も空しく過ぎた。

その夕暮、彼は晩餐後に何かの用事で、アムステルダム通《どおり》といって、長家続きと見付《みつき》の悪い小売店ばかりに、路巾は広いが如何にも場末の貧乏街らしく見える大通《だいどう》を行き掛けた時である。風のない蒸熱い五月末の黄昏《たそがれ》、街燈に火は点《つ》き初めながら、四辺《あたり》は紫色にぼっと霞み渡ったまま、まだ明《あか》るい。その辺の開け放した窓や戸口からは、無性らしく頭髪《かみのけ》を乱した女房や、服装《みなり》の汚い割りに美しく化粧した娘の顔が見え、八百屋だの果物屋が露店を出している往来傍《おうらいばた》では、子供や小娘がワイワイいって遊んでいる。

沢崎は、わけもなく柳町《やなぎちょう》か赤城下の街あたりの様を思い浮べて、佇《たたず》むともなく、とある露店の前に佇んだ途端《はずみ》に、その傍の戸口から出て来た一人の女——見れば思掛けない、かのデニングである。

沢崎は余りの意外に、遠慮なくその名を呼び掛けて、進み寄った。女も一方《ひとかた》ならず驚いたが、まさかに逃げ隠れも出来ないので、止むなくその場に立竹《たちすく》んだものの、顔を外向《そむ》けて、何ともいい出し兼ねている。

「御病気は……もうよう御座んすか？」

「はい、御庇様《おかげさま》で……。」

「この辺にお住いなんですか。」

「ええ、この三階に部屋を借りております。」

「明日はもうどうです、会社へは……？」

「定めしお急《いそが》しいところを、済みませんでしたねえ。」

「病気の時はお互に止《やむ》を得んです……どうです、散歩にでもお出掛のところじゃなかったんですか、御迷惑でないなら、御一緒にその辺までお伴しましょう。」

こう切出されては否やともいえず、女はそのまま、沢崎と連れ立って、どこという目的《めあて》もなく、並木の植《う》わっている広いブロードウエーの方へ歩いて行った。ブロードウエーも大分北へ上ったこの辺になると、両側とも静《しずか》なアッパートメント、ハウスばかりで、人通も激しからず、建物の間々からはハドソン河畔の樹木と河水《かわみず》が見える。

「どうです、河畔《かわばた》まで行って見ましょう、あの真青な木《き》の葉の色は、もうすっかり夏ですね。」

一町ほど歩いて樹の下のベンチに腰を下した。少時《しばし》は無言で、黄昏《たそがれ》から夜にと移行く河面《かわづら》の景色を眺めていたが、沢崎は忽ち思出したように、

「明日あたりは、会社へお出になりますか。」

女は聞えぬ風で黙っていたが、やや決心したらしく、

「私、実はもうお断りしようかと思っておりました。」

「どうしてです。何か御不満足な……。」

「どうしまして。」と強く打消して、「やはり、病気の所為《せい》ですか、どうも気が引立ちませんから。」

「どういう御病気です……。」

女は答に困《こう》じたらしく黙って俯向いた。沢崎は更に、

「オッフィースなぞへ働きにお出でなさるのは、此度《こんど》が初めてですか？」

「いえ、初めてという訳けでも御在ません。結婚します前は、長らく方々の商店や会社に通っておりました。」

「それじゃ事務には随分馴れておいでなさる訳ですな。」

「いえ、いけませんです。結婚しましてから、ちょうど三年ばかりは、とんと外へも出ず、家にばかりいたものですから、つまり怠け癖が付いてしまったんですね。夫が死亡《なくなり》ましてからは、また元のように働きに出なければならない訳になったのですけれど……もう何ですか、根気が失《なくな》りましてね。」と淋しく笑う。

「しかし、私の事務所《オッフィース》なぞは仕事といっても大して面倒な事はなし、西洋人の女もあ

なた一人で、別に交際もいらず……どうにか、御辛抱が出来そうなものですがね。」

「全くで御在ますよ。あなたの事務所《オッフィース》位結構な処は、紐育《ニューヨーク》中どこにも有りゃしません。ですから、私も是非お世話になりたいと思っていたんですが、毎朝つい……。」といって、女は覚えず口を噤《つぐ》み、その頬を赧《あか》めた。

しかし、四辺《あたり》はもう夜である。明いようで暗く、暗いようで明い夏の夜である。二人の坐っているベンチの後《うしろ》から、大きな菩提樹の若葉が、星の光と街燈の火影《ほかげ》を遮って、二人の上に濃い影を投げているのに、女はやや安心したらしく窃《そっ》と男の様子を覗った。

沢崎は詩も歌も知らない身ながら、美しい若葉の夜の、何となく風情深く、人なき腰掛《ベンチ》に、手こそ取らね、女と居並んで話をしている事、それだけが非常な幸福の如く感ぜられ、もう話の材料なぞは一向選ぶところではない。

「あなたの良人《おたく》は何を為すっていらしったんです。」

「保険会社へ出ておりましたんです。」

「お淋しいでしょうね、何かに付けて。」

「ええ。もう……一時はどうしようかと、途法に暮れてしまいました。」

川風が静かに鬢《びん》の毛を撫ぜる度々、四辺《あたり》には若葉が囁《ささや》く。近くの家で弾く洋琴《ピヤノ》の音も聞える。女はいつとなく気が打解けて来ると、何という訳もなく、日中《ひのうち》は親しい友達にもいい兼るような身の上の話が、相手選ばずにして見たくて堪らなくなった。優しい夏の夜の星に身の上を嘆《かこ》つとでもいおうか……。腰掛《ベンチ》の後に片肱をつき、独語《ひとりごと》のように、

「良人《たく》のいます時分は、ほんとに面白う御在ました！」

沢崎も已に一年以上この国にいる身とて、いつとなく西洋人が露出《むきだし》な痴話《ちわ》には馴れている。如何にも真顔に、

「そうでしたろうね。」と相槌を打ち、「どうして御結婚なすったんです。」

「それは、私もあの人も、下町の会社へ行く時、毎朝同じ電車に乗合わせた、それが縁で、土曜日や日曜日毎に遊びに出る……直《じ》きに話がついて一緒になったのです。あの人は少し貯蓄が出来るまでは従前通り夫婦共稼ぎをした方がと申したんですけれど、私はもう、朝早くから起きて夕方までキチンと椅子に坐っているのが、いやでいやで……実はそれがため一日も早く、親切な人を見付けて頼りにしたいと思っていた位なんですから、とうとう我儘を通してしまいました。私には全く、朝眠いのを無理に起るほど辛い事はありません。まして寒い時分なんか、暖い蒲団の中から起出して、顔を洗ったり、衣服《きもの》を着たりするのは、真個《ほんとう》に罪です。仕方がないもんですから。良人《やど》は毎朝《まいちょう》、私を寝

床の中《うち》に置去りにして出て行きましたが、私はその代り、土曜の夜になったからッて、紐育《ニューヨーク》の女のように、是非芝居へ行かなければならないと人様に散財は掛けません。毎朝、晩く起きて、一日家《うち》にばかりいますと、さア芝居へ行くのだといって、わざわざ衣服を着かえたり、何かするのがおっくうになりましてね、かえって長椅子へでも凭掛《よりかか》って小説を読んでいる方が、いくらましだか知れやしません。ですから、良人《うちのひと》もしまいには結句お金がいらなくていいといっていました。」

沢崎は余り奥底なく話されて少しは辟易しながらも、なお話を絶《たや》すまいと相槌を打つ。此方《こなた》はただささえ饒舌《おしやべり》な西洋婦人、いよいよ図に乗って、

「それればかりじゃない、良人《おっと》はこういいますの……お前は髪を奇麗に梳上《かきあげ》たり、衣服《きもの》をキチンと着たりするよりも、寝起《ねおき》のままの姿が一番美人に見えますッて……ほほほほ。私は人を馬鹿にするって怒りましたら、良人《おっと》は真面目らしく、お前は亜米利加《アメリカ》の女見たように働くために出来たのじゃない。土耳古《トルコ》か波斯《ペルシヤ》の美人のように、薄い霞のような衣服《きもの》を着て、大きな家《うち》の中で、泉水へ落る水の音に昼の中《うち》もうっとりと夢を見ている女だって、そう申すんでした。」

なおも、つまらぬ事を、あれや、これやと話し続けていたが、やがて思出したよう

に、「もう、何時でしょう。」と時間を訊き、それを機会《しお》に立上った。沢崎も今は引止め兼て、

「それじゃ明日は……まアとにかく事務所《オッフィース》へ出ていらっしゃい。待っていますから。」

そのまま別れたが、いざ、翌日になると、待つかいもなく、女は病気をいい立てて是非にも辞職する旨をば、電報でいい越した。

何という我儘……日本人と見て馬鹿にする、と在米日本人の常として、直様《すぐさま》妙な愛国的僻根性《ひがみこんじょう》を出し、沢崎は大《おおい》に腹を立てたが、喧嘩にもならず、間もなく後任として、今度は十五、六の男の小僧を雇入れたが、さて一週、十日と経って見ると、去る夏の夜ハドソン河畔の腰掛《ベンチ》に話しをした一条は、自分の身にはあるまじき小説のような心地がし出す。特《こと》に女の口づから、良人《おっと》に別れて淋しい身の上を嘆《かこ》ち、遂にはその寝起の姿まで、どうやらと、女の身にしては秘密といってもいいような事を、包まずに打明けてくれた、それやこれやを思合すと、女は謎を掛けて自分を誘《いざな》ったのであるとしか思われぬ。折角の機会《しお》をば気の付かぬばかりに取逃してしまったのだと思えば、遺憾の念は一層《ひとしお》深く、忽ちどこやら身中《みうち》の肉を捲《むし》られるように、気が焦立って来て、沢崎は或晩、一人こっそりと、かのアムステルダム通りに赴き、見覚えていた建物の三階に上って、

それらしい戸口を叩いた。

　顔を出したのは、胴衣《ちょつき》一枚の職人らしい、五十ばかりの大男で、晩飯を喰っていた最中と見えて、髯の端《はた》に麭粉《パンこ》をつけたまま、口をもぐもぐさせている。

「ミッセス、デニングというのは此方《こちら》ですか？」

　訊くと、大男は忽ち廊下の方を振向き、大声で、己《おのれ》の女房らしい女の名を呼び、

「おい、また誰れか、彼《あ》の尼《あま》ッちょを訪ねて来た、お前《めえ》、何とかいって見てくんねえ。」

　今度は、目のしょぼしょぼした、頤《あご》の突出た婆《ばばア》が現出《あらわれで》て、鵜散《うさん》らしく沢崎の様子を打《うち》目戍《まも》っていたが、漸くに、

「お気の毒さまですが、あの女はもう宅《うち》にはおりませんよ。昨日の朝、店立《たなだて》を喰わしてしまったんで。お前さんはやっぱり何か、彼女《あれ》のお身寄りですかい。」

　訳は分らぬが、如何にも憎々しい物いい振り。沢崎は当惑しながらも、僅かに沈着《おちつき》を見せて、

「私《わし》はあの女を雇っていた会社の支配人じゃ……。」

「へへえ。」

「病気とばかりで一向出勤せんから、ちょっと様子を見に来たんじゃが……店立《たなだて》を喰したとはまたどういう訳だね。」

「旦那、それじゃ貴君《あなた》も一杯喰された方《ほう》なんですね。」と婆は俄に調子を変えて問いもせぬのに、長々と話し出す。

「旦那、あんな根性の太い奴はありゃしません。以前御亭主を持ってる中《うち》は、二人でこのつい上の、五階目に暮していたんですがね、一日、女郎の臭《くさ》ったような乱次《だらし》もない風をして、近辺《きんぺん》の若い女房《おかみ》さん達はそれぞれ商店へ出るとか、または家で手内職をするとか、皆精一杯に稼いでいるのに、あの女ばかりは手前の家《うち》一ツ掃除もしないで、野良野良暮していたんでさ。その中《うち》に、つい一昨年《おととし》の暮、急病で御亭主が死んだとなってからは、もうどうする事も出来ない。五階目の室《へや》は、家賃も高し、一人では広過るッていうので、ちょうど私の宅《とこ》に明間があったのを幸い、それなりここへ引越して来たんで。最初半年ばかりは、いくらか貯蓄もあったと見えて、木帳面《きちょうめん》に室代《へやだい》だけは払ってくれましたがね、それからは段々と狡猾《ずる》くなって、この次この次と延《のば》し初めた、そればかりじゃない、随分といい働き口があっても二週間三週間で、もう飽きてしまって、こっちから止《や》めてしまうという次第ですもの、この分で行ったら、とても家賃の貸《かし》は取れない、と実は心配しながらも、まさか、御亭主のいる時分から知っている中《なか》じゃ、そう因業《いんごう》にも出られないんで、困り切っていたんでさ。」

「ところが、とうとう一昨日《おととい》の夜の事《こ》った。」と今度は傍に立っていた職人らしい亭主が、話を引継いだ。

「一昨日の夜、とうとう金に困って来たと見えて、とこからか、男を喰《くわ》え込んで、己《おら》の家を体のいい地獄宿《じごくやど》にしやがった。その前からも、ちょいちょい怪しい風は見えたんだが、証拠がねえから黙っていたんで、一昨日《おととい》の夜は、一時、二時という真夜中、並大抵の友達の来る訳がねえ、己《おら》の処《とこ》はこう見えても、腕一ツで稼ぐ職人の家《うち》だ、地獄の宿は真平《まつぴら》だ、家賃の貸も、何にも要らねえから……と目ぼしい衣服《きもの》と道具を質に取って、その朝早々追出してしまった……。」

「どこへ行ったか知らないかね。」と沢崎は覚えず嘆息した。

「知るもんですか。大方、夜になったら、その辺の酒屋でも彷徨《うろつ》いていましょうよ。」

沢崎はすごすご階子段を下りて外へ出たが、女の堕落した一条を聞知るにつけて、一層の遺憾を覚え、何故あの時、そうと気付かず、みすみす機会を逸したのであろうと、靴で敷石を踏鳴し、歯を噛締めた。

何にもよらず、逸した機会を思返すほど、無念で寝覚の悪いものはない。彼は時を経、折に触れて、彼《か》の女の事を思起《おもいおこ》していたが、遂に再会する機がなく、やがて在留三年となって、帰朝の時節も早や二週間ほどに迫って来た。

で、多分送別の意《つもり》か何かであったろう、彼はよく花骨牌《はながるた》を引き馴れた二、三の日本人と、倶楽部《クラブ》の一室で正宗《まさむね》を飲んだ時、或る日本雑貨店の代理人で、故郷には娘もあり孫もありながら、頻と裸体写真の集襍《しゅうしゅう》に熱心している紳士が、酔った末の雑談に、これは近頃、さる処で手に入れた天下の逸品だ、と自慢で示す二、三枚の写真。

沢崎は何気なく眺めると、いずれも厭らしい身の投げ態《ざま》に様子を変ているが、顔は見忘れぬかのデニングという女である。

ああ、さては彼《か》の女《じょ》、楽して儲ける家業の選みなく、折々は写真師のモデルにもなると見える。彼は再び例の遺憾千万に身を顫したが、遂に運拙《つたな》くして再会の機なく、その儘帰国してしまった。

以後、沢崎三郎氏は、人から米国に関するその意見を訊かれる時は、何によらず、必ず次の如き論断を以て話を結ぶのであった。

「つまり米国ほど道徳の腐敗した社会はない。生活の困難なところから、貞操なぞ守

る女は一人もないといってよい位だもの、到底士《し》君子《くんし》の長く住むに堪える処ではないです。」（完）

（四十年四月）

夜の女

一

ブロードウエーの四十二丁目といえば、高く塔の如くに聳立つタイムス新聞社の建物を中心にして、大小の劇場、ホテル、料理屋、倶楽部《クラブ》から、酒場《サルーン》、玉場、カッフェーの類《たぐい》に至るまで、毎夜を更して人の遊ぶ処である。さればまた、人並の遊びにはなお物足らぬ人間の、更に耽って、遊びに行く処も少くはない。

ニューヨーク座といって、いつも門口《かどぐち》に肉襦袢《にくじゅばん》などした艶《なまめか》しい舞娘《おどりツこ》の看板を幾枚も出し、相当の劇場が休業する炎暑の時節にも、大入で打通す例になっている小芝居の角を曲ると俄に寂《しん》とした横町に出る。

乃ち、ブロードウエーから、高架鉄道の走ている第六大通《シキッスアベニュー》へと抜ける裏町で、直ぐ目に付く建物は、角のニューヨーク座と裏合《うらあわせ》に立っているハドソン座の楽屋口。その筋《すじ》向《むこう》には見付《みつき》の悪からぬライシューム座の表口から、少し離れては、夜更に女役者や舞娘《おどりツこ》がお客を連れて宿込《とまりこ》む小奇麗なホテルが二、三軒、硝子《がらす》張の屋根があるその門口には、大きな鉢物の植木が置いてある。その他、上町《うわまち》で見るような近代風の高いアッパートメント、ハウスの三、四軒立っている外は、両側とも皆六、七十年前の形式《かたち》の、五階造の借《かし》長屋《ながや》ばかりで、その窓々は、殆ど門並《かどなみ》に、Ladies' Tailor(女物仕立所)、または印度《いんど》渡来のPalmist(手相判断)、音楽指南なぞ種々《さまざま》の小札が、下宿人を捜す明室《あきま》の広告と共に相交り、時には支那料理の赤い提灯も見える。

この横町、日中は殆ど人通りが絶えているが、夕暮頃からは、長いレースの裾から踵《かかと》の高い靴を見せ、陸《おか》に上った水禽《みずとり》見たようにしなしな腰を振って歩く女の往来漸く繁く、夜半過になると、果から果まで相乗《あいのり》の小馬車で一杯になってしまう。

立ち続くこの借長屋の中《うち》には、面白い処があるんだと、倶楽部《クラブ》あたりの若いものは皆な知っている。

しかし、紐育《ニューヨーク》の市中は警察が喧《やかま》しいとの事で、戸口には人目を引くようなものは一ツも出してない、が、ただ何番地と戸口に掲げてある番号で、いい伝え聞き伝えて、知るものは知っており、知らざるものは、大通りにいる辻馬車の馭者が、過分の祝儀を目的《めあて》に、無理やりにも案内してくれる。

表付《おもてつき》は古い借長屋の事で、見る影もないが、這入《はい》ると下座敷は、天鵞絨《びろうど》の帷幕《カーテン》で境した三間《ま》打通しの大きい客間で、敷物も壁も黒みがかった海老色を用い、天井はやや薄色にして金色《こんじき》の唐草を描き、椅子も長椅子も同じ重い海老色の天鵞絨張そこへ天井から大な金色の花電燈を下げてあるので、一望何となく厳《いか》めしく、どうやら、田舎芝居で見る

公爵某《デュークなにがし》が宮庭《パレース》の場ともいいた気な様子である。

表の客間の壁一面には、幾多の女が裸体にされたまま抱合い今にも猛獣の餌《えば》になるのを待っている、羅馬《ローマ》時代の基督教《クリストきょう》迫害の大画が掛けてあり、次の間には、裸体の女《ニンフ》が四、五人白鳥と戯れながら、木蔭の流れに浴《ゆあ》みしている、これも非常な大画で、人物は実物ほどの大《おお》きさもあろう。室の隅々には、真物《ほんもの》らしく植木鉢に植え付けた造り物の椰木《やし》の葉が青々としている。

この家《や》の女将《マダム》、ミツセス、スタントンという。生れはどこか誰も知るものはない、何でも極く若い時分から、女郎屋《じょろや》に下女奉公をしている中《うち》、知らず知らずこの道の呼吸を覚え、ハウスキーパーといって家内中の賄方《まかないかた》となり、シカゴ、費府《フイラデルフイヤ》、ボストンと女郎屋から女郎屋を稼ぎ歩き、小金を蓄めた暁、紐育《ニューヨーク》に出て来て、独力で現在の家《うち》を開き、今日でもう三十年以上商売をしているのだそうだ。

ぶくぶく肥って、腰の周囲《まわり》なぞは、ホテルの広間に立つ大理石の柱ほどもあろうかと思われる。口の大《おお》い、目の小《ちい》さい、四角な顔で、髪の毛は真白だが、いつも白粉をつけ、一の字形の眉毛に眉黒《まゆずみ》を引いている事さえある。

若い時から男は好きだが、そのために金なぞ使った事はない、道楽は宝石を買集める事が第一だと、自ら吹聴している。なるほど、五本の指残らず指環を穿《は》め、人と話をする時には、キチンと膝の上にその手を置き、絶えず手巾《ハンケチ》で宝石を摩《こす》る癖がある。指環の外に、内儀《マダム》が生命同様の宝物としているのは、金剛石《ダイヤモンド》の耳飾で、その価一対で二千弗《どる》したとか、しかし日常耳朶《みみたぶ》に下げていると、余りに人目を引き、いつぞや舞踏《おどり》の帰り途、三度も追剝に後を尾《つ》けられたのに、すっかり胆を冷し、その後は二重の錠を下《おろ》して、トランクの底に蔵《しま》ってある――この有名な物語は家中の女ども知らぬものは一人もない。

往来に面した二階の一室が、内儀《マダム》の居間と寝部屋を兼ねた処で、天井から日本製の日傘と赤い鬼提灯《ほおずきぢょうちん》とをトげ、戸口近くには、やはり日本製と覚しく、黒地に金鶏鳥《きんけいちょう》を繍《ぬい》取《と》った二枚折の屏風を置いてあるので、それらの花々しい東洋風の色彩《いろあい》が、古びた臘石《ろうせき》の暖炉と、大な黄銅《ブラス》製の寝台《ベット》とに対して、一種驚くべき不調和を示している。

室《へや》の中央には、いつも「ジャアナル」に「紐育《ニューヨーク》プレッス」という絵入の新聞を載せてた小さいテーブル、その上に立派な鸚鵡《おうむ》の籠が置いてある。中なる鸚鵡はこの家に仕《や》む事、既に十年、この社会でのみ使用される下賤な言語《ことば》をすっかり聞き覚え、朝から晩まで棲木《とまりぎ》を喙《つつ》いては黄《きいろ》い声で叫びたてているとその傍の安楽椅子の上には、トムと呼ぶ鼠ほどの小さな飼犬が、耳を動し、人の来て抱いてくれるのを待っている。

内儀《マダム》は午後の一時過に、漸く目覚めると、第一にこのトムを抱き上げて接吻し、鸚鵡の鳴き立てるのを叱りながら、黒奴《ネグロ》の下女が持運ぶ朝餐《あさめし》を済して、新聞を読み、窓際に置いた植木の世話に半日を送って、夕暮の六時になるのを待っている。これからが、漸くこの家《うち》の夜明けである。下女が合図の鑪鐘《どらがね》を叩くや否や、内儀《マダム》はしずしず、トムを抱いて、縁下《ベースメント》の食堂に下り、仔細らしく主人席に坐ると、それから、どやどやと二階、三階、四階の部屋部屋《へやべや》に寝ていた女供が、靴足袋一つの裸体身《はだかみ》の上に、緩かなガウンを引纏わせ、いずれももう何時頃だろうといいそうな怪訝な眼をしながら下りて来て、各《おのおの》席につく、その同勢五人。

内儀《マダム》の右側に坐る第一がイリスといい、第二がブランチ、第三番目がルイズ、左側にはヘーゼルとジョゼフィン。

この五人、各《おのおの》それ相当の歴史と人格を持っているのである。

第一のイリスというのは、アイルランド人の血統で、南部ケンタッキー州の生れとやら。年は二十三、四にもなろう、円顔で、この人種特徴の頤《あご》は短く、瞳子《ひとみ》の碧い目は小《ちいさ》く、髪は光沢《つや》のある金色《ブロンド》である。撫肩の、どこか弱々しい姿をしているが、腰から足の形の美しい事は自分ながらも大の自慢で、その証拠には二度ほど美術家のモデルになった事があるといっている。家《うち》は地方で相当の財産家《ものもち》、十六、七までは、カソリック教の学校にいたとやらいう事で、折々飛んでもない時に、何を思出してか、口の中で讃美歌を歌っている事がある、一体に浮ぬ性質《たち》と見えて、男を相手に酒を呑んでも別に喧《さわ》ぎはせず、そうかといって、病気や何かの時でも大して鬱《ふさ》いだ顔もした事がない。

　これに反して、隣に坐っているブランチというのは、親も兄弟もなく、紐育《ニューヨーク》の往来《おうらい》傍《ばた》で犬と一緒に育った。生付いての悪性者。もう三十になるというが、極めて小柄なところから、その痩せた血色の悪い顔に厚化粧をして、入毛《いれげ》沢山の前髪に赤いリボンでも付けると、夜目には十六、七位の小娘に化けて、まんまと男を欺す。大の酒喰《さけくら》いで、しかも手癖が悪く、お客の枕金《まくらがね》を掠《くす》ねて「嶋」の監獄へ送られた事もあったとやら、寄席へ出る藝人と辻馬車の馭者をしている黒奴《ネグロ》二人までを色男にしているというので、仲間のものからは、白人種の感情から一層嫌悪されている。

　さて三番目のルイズというのは、頭髪《かみ》も眼も黒い小肥《こぶとり》の巴里娘《パリーこ》で、年はかなりになるというが、本場の化粧法が上手なせいか、いつも若く見える。二年前、亜米利加《アメリカ》は弗《ドル》の国と聞いて情夫《おとこ》と一緒に出稼ぎに来たので、金になるといえば、どんな事でも平気で、男の玩弄物《おもちゃ》になる、その代り、自分の懐では酒一本買った事がないとて、これも仲間からよくはいわれておらぬ。

左側のヘイゼル、これは英領カナダ生れの、頑丈な大女で鞠《まり》を入れたようなその胸から、逞しい二ノ腕や肩の様子、いかにも油ぎって、傍近く寄ると、肌の臭と身中《みうち》の熱気を感ずるかと思われる。身体の割合に、恐しい小い円顔の、口に締りもなく、眼も鋭からず昔は牧場《まきば》で牛の乳でも絞っていた女とも思われて、一同好人物だと馬鹿にしているが、いざウイスキーに酔うとなると、その逞しい腕に恐れて、一同冷嘲《ひやかし》半分に気嫌を取るのが例である。

最後のジョゼフィン、これは姿も容色《きりょう》も家中での秀逸であろう。年もまだ二十を越したばかり。両親《ふたおや》は伊太利亜《イタリヤ》の獅子里島《シシリーとう》から移住して、今でも東側《イーストサイド》の伊太利街《イタリヤまち》で露店の八百屋をしているとか。南欧美人の面影を偲ばする下豊《しもぶくれ》の頬は桃色して、眼は黒い宝石のような温《うる》んだ光沢《つや》を持ち、眉毛は長く描いたよう。

十四、五の時から、イーストサイドの寄席や麦酒《ビーヤ》ガーデンなぞに出て流行歌《はやりうた》を歌って評判を取り、その後は一時コーラスガールになってブロードウエーの芝居に出た事もあったが、つい身を持崩して、病気にかかり、大事の咽喉《のど》を潰してしまった、尤も病院を出た後は、元の声にはなり得たが、もう怠惰癖《なまけぐせ》がついて、漸次色の巷に身を下《おと》してしまったのだ。けれども、まだ浮世の底を見透《みすか》すような苦労という苦労も知らず、同時に死んで見たいと思うほどな情夫《まぶ》の味も覚えた事なく、ただただ奇麗な衣服《きもの》を着て、若い男と不巫戯《ふざけ》ていたい真盛り、悪い事といえば何でも面白い年頃なので、浮いた今の身は理想の境遇。眠《ね》ている時と、物喰うている時の外は、夜昼の別《わかち》なく、一時本職にした流行《はやり》歌《うた》を歌いつづけ、さらずば、可笑しくもない事をキャッキャッといって笑い、家中狭しと歩廻っている。

この五人、毎日いずれか一度、物争いをせぬ事はない、が、暴風《あらし》の過ぎるように、一時間も経つと何もかも忘れてしまって、また友達になり、一緒に口を合して更にまた、他のものの影口に日を送っている。

いつも極《きま》ったロースビーフ、でなくば、ロースポークと馬鈴薯《じゃがいも》、クラムベリー、ソースにセレリー、それが済んでデザートに一片《ひときれ》のパイかプッデングに、晩餐がおわると、連中各《おのおの》部屋に戻って、長々とお化粧に取り掛って夜の十時、内儀《マダム》が家中の呼鈴を鳴らすとこれを合図に一同は下の客間に下りて、来《く》べき客を待つので、流石《さすが》商業国の女だけあって、これから一夜を皆々営業時間《ビジネスアワー》といっている。

で、この刻限になると、家中五人の外に、内儀《マダム》と特約して毎夜外から出張して来る女も四、五人はあって、つまり十人以上の人数《にんず》が、或物は白いウェーストに襟飾した素人風、或物は夥しいレースの飾をつけた夜会服の裾長く、貴族の舞踏会もよろしくという様《さま》で、手に扇さえ持ち、各々《おのおの》客間の彼方此方《かなたこなた》に陣取るのである。

二

十一時が過ぎて、近所の劇場《しばい》の閉場時《はねどき》、往来は一時《ひとしきり》、人の足音、車の響、馭者の呼声喧《かしま》しく、忽ち寂《しん》として、十二時が鳴ると、これから一時二時頃までが、料理屋、倶楽部《クラブ》、玉突場帰りの連中《れんじゅう》の繰込む時分。今方、どこかの商店員らしい三人連の若者をば、手癖の悪いブランチと仏蘭西《フランス》生れのルイズと、夜だけ外から稼ぎに来るフロラといって、電車の車掌の女房で、もう二人の子持、亭主と相談ずくで金儲をしているその女とが各《おのおの》二階三階の部屋へ連込んだが、するとその後直様《すぐさま》、戸口の鈴《ベル》が再びチリンチリンと鳴った。

マリーと呼ぶ黒奴《こくど》の下女が戸を開ける。半白《はんぱく》の番頭らしい肥《ふと》った男と、後には地方の商人らしい三人。金になる客と見て、内儀《マダム》自ら出迎え、表の客間へ通した。

番頭らしい男は、いい年をしてこれも友達の、義理だといわぬばかり、いやに沈着《おちつ》きながら、椅子に坐る前、一座の女供を見渡したが、早くも藝人上りの若いジョゼフィンの姿を見るや、こいつ掘出物と忽ち、恥を忘れ、自ら進寄《すすみよ》って同じ長椅子に坐り、「どうだ、一ツ三鞭酒《シャンパン》と行こうか。」と膝の上に女の手を引寄る。

他の地方出の三人は、客間へ這入るが否や、正前《しょうめん》に掛けた基督教徒《クリストきょうと》迫害の大裸体画――意外な処に意外な宗教画を見出して、胆を潰したらしく、一同並んで椅子に付きながら、美術館でも見物する様子で、少時《しばし》は画面を見詰めたまま黙っている。坐にいた女は勿論、次の客間からも二人三人、境の帷幕《カーテン》を片寄せて進み出で、皆三人を取巻いて、その辺《あたり》の椅子に着く、と、黒奴《くろんぼ》がシャンパンの大罎二本とコップを持出して注ぎ廻る。

「さア縁起に一杯……。」と白髪《しらが》の番頭が、第一に杯《さかずき》を上げ、口飲んだコップをその儘、ジョゼフィンの唇に押付けて、グット飲干させた。

内儀《マダム》は杯《コップ》を手にしたまま佇み、三人の方を見て、「何《ど》れかお気に召しましたら……。」と客の気合を伺ったが、三人とも少してれ気味で、唯《ただ》ニヤニヤ笑っている……折から客間外の廊下《ホール》で、「さよなら、お近い中《うち》に。」なぞいう声、接吻《キッス》の響も聞えて二階のお客を送出した三人の女。ブランチは鼻歌を歌い腰を振り、ルイズは後毛《おくれけ》を気にして撫でながら、フロラは態《わざ》とらしく俯向いて、客間へ這入《はい》って来た。

二人はそのまま、離れた片隅の椅子に着いたが、ブランチはお客と見るや、他の朋輩には遠慮もなく、なおも鼻歌を歌いながら、一人の客の傍に進み寄り、突然《だしぬけ》にその膝の上に腰をかけ、

「御面《ごめん》なさい！」と目に情を含ませ、指先に挿んだ巻煙草を一服して静《しず》かに男の顔へ吹き付ける。

この様子に、男は今がた一杯シャンパンを引掛けた後の、漸く元気づいた処なので、片手に女の啣えた巻煙草を取って一服し、同時に片手ではその膝から滑り落ちぬようにと、女の腰をば引抱えた。

これを見て、他の一人も今は躊躇せず、一番柔順《おとな》しい女と見立てて金髪《ブロンド》のイリスの方へ、まだ酔いもせぬのに肩を寄せ掛ける。残りの一人は誰《た》れ彼《か》れの選好《えりごの》みはせぬ貪慾ものと見え、右から左り、左りから右と、一座の女の顔は見ずに、衣服《きもの》で隠れた、高い胸や、夜会服の白い肩のあたりのみを打目戍《うちまも》って、独り賤しい空想に耽ける様子。

ここに於て、一座の形勢已に定ったと見て、第一に席を立ったのは、加奈陀《かなだ》生れの大女へーゼルで、その他のものこれにつづいて、一人二人と幕《カーテン》越の、次の客間へと引き退いたが、椅子に坐るとへーゼルはさも憎《に》く憎くしく舌打して、「呆れてしまうじゃな

いか！　あの手長のブランチたら……後から遣って来やがって、馴染でもないお客の膝に馬乗になってデレ付くなんて、私ア真個《ほんとう》に呆れ返っちまったよ。」

といえば、その傍にいた女が、

「何しろ、黒人《ニッガー》を情夫《いろ》にしている恥知らずだもの……。」と相槌を打つ。

こんな風で毎夜お客の取り遣りから起る悶着、がその翌日までも引続いて影口の種となり、遂に噂された当人が聞込んで黙っていられず、口喧嘩に花を咲すが例である。しかし今のところは幸にも、隣の噂は酔った男の太い笑声に打消されて聞えぬ最中。ブランチは男の膝の上に馬乗りになり、絹の靴足袋をした両足をブラブラさせ、両手に男の肩を捕えて、船《ボート》漕ぐように前身《ぜんしん》を動し、

「もう二階に行きましょう。」と短兵急に、早く埒《らち》を明けてしまおうと迫った。

「時は金」の格言を身の守護《まもり》とする、金の都の女供、短い時間に多くを得ようとすれば、べんべんと一人の男の心任せに大事の時間を潰すは大の禁物である。ところが、また内儀《マダム》に取っては酒代は全部《まるまる》その所得になるので、呑む客と見れば、一分なりと客間に引止めて酒を売らねばならぬ。ここに於て、往々内儀《マダム》と女供の間には利益の衝突を免かれず……昨夜《ゆうべ》も私《わたい》の腕でシャンパン五本も抜いて遣ったくせに、たった一週間下宿代が

待てないんだとさ……などいう不平は常に絶る時がない。

内儀《マダム》は今、二度目のシャンパンを注《つ》いで廻った後、座をつなぐためにと自ら洋琴《ピヤノ》を弾き初め、

「ジョゼフィン！、一ツ何かお歌いな。」と先刻《さつき》から長椅子の上で、半白の番頭を相手にしていた伊太利《イタリヤ》種《だね》のジョゼフィンを顧ると、舞娘上《おどりつこあが》りの娘は年も若く、慾も少く、相手構ず喧《さわ》ぐ性質《たち》とて、自分から手を叩き、

I like your way and the things you say,
I like the dimples you show when you smile,
I like your manner and I like your style;
…………I like your way!

と声一杯に歌うと、それにつづいて番頭も調子を合した。

ブランチ、この様《さま》にやや焦《じ》れ込み、「私、もう酔って苦るしいわ。」と三十以上の婆《ばばア》の癖に鼻声を作り、男の胸の上にピッタリ顔を押当てて大く息を付けば、金髪《ブロンド》のイリスもこれに模《なら》い、

「二階へ行ってゆっくり話しましょう、ね、ね。」と男の指を握って引張る。

番頭この様を見て、「いや、そっちの方じゃ、もう真猫《しんねこ》をきめているんだな、内儀《おかみ》さん、それじゃもう一本でお開きとするか。」

内儀《マダム》得たりと洋琴《ピヤノ》から飛離れ、「マリー、早く、シャンパンの御用だよ。」

流石《さすが》のブランチも、今は絶望して、運を天に任すという風で、

「大変な御元気ですね。」と力なくいえば、番頭一人で悦に入り、葉巻《シガー》の烟を濃く吹いて、

「酒に女に、お金がありゃアいつでもこの通り……ジョゼフィン、もう一遍先刻《さっき》の歌を聞してくんな、」

I like your eyes, you are just my size,
I'd like you to like me as much as you like,
I like your way!

折柄《おりから》またもや戸口のベルが鳴る、ちょうど最後のシャンパンを持ち出したマリー、慌《あわ》てて、御免下さいとお酌を内儀《マダム》に任して廊下へ飛出した。

どやどやお客が次の客間へと這入る勢色《けはい》、つづいてその場にいた大女のヘイゼル、仏蘭西《フランス》から来たルイズが可笑しな発音の英語……やがて皺枯れた男の声で、

「シャンパンなんぞ抜く金はねえや。」と吐鳴《どな》るのが聞えた。

三

入れ変り、立ち変り、人の出入絶間なく、夜も既に三時過ぎになって、一しきり客足が止った。

女供一同、流石《さすが》毎夜を明す馴れた眼もやや疲れ、知らず知らず酔うシャンパンや麦酒《ビール》やハイボールの混飲《ごたの》みに頭も重くなって、元気のジョゼフィンも今は流行歌唄《はやりうた》う勇気なく、ピアノに片肱をついて生欠伸《なまあくび》をし、ブランチは隅の方で下《さが》って来る靴足袋を引上る振をしては、折々その中に揉込《ねじこ》んだ紙幣《さつ》の胸算用をしているらしい。

イリス、ヘーゼル、ルイズ、フロラ、皆々長椅子へ並んで坐り、繡眼鳥《めじろ》が追合《おしあ》うように、互《たがい》に肩と肩とを凭合《もたれあわ》せ、もう話の種、噂の種も尽き果てた模様。今は絶間なく喫《ふか》す煙草にも飽きたらしく、折々互に顔を見合せる、その中《うち》には、「ああ、お腹《なか》が空いた。」というものもあるが、しかし「それじゃ何か買おうか。」と進んで発議するものは一人もない。

突然、呼鈴が家中の疲れを呼覚した。

元気を付けるためか、マリーを待たずして、内儀自ら戸口に出ると、高帽《シルクハット》に毛裏付の外套、白手袋に洋杖《ケーン》を持った二人連、どこから見ても間違のない交際場裡の紳士という扮装《いでたち》に内儀は恭々《うやうや》しく、まず次の客間に案内し、

「皆さん、お客様ですよ。」と呼ぶ。

大女のヘイゼル最初に立上り次の間に進入《すすみい》る前に、女供の癖として物になりそうな客か否かと、境の幕《カーテン》から盗見《ぬすみみ》したが、忽ち怪訝な顔をして後を振り返り、

「シッ！」と一同を制した。

「一件かい。」と一同は直《ただち》に了解した様子で、顔を見合せる中進出《うちすずみい》でたのはブランチ、同じく幕の間から見透して、

「うむ、そうだとも。」ともう抜足して一同の傍に立戻り、

「探偵だよ。夜会服《ドラッス》なんぞ着やがって……内儀《おかみ》さんは気が付かないのかね。私ゃアらゃんと顔に見覚えがある。」

この一言に、流石《さすが》は泥水を吸う女供も、紐育《ニューヨーク》の警察が月に一度は必ず酒類の無税販売と夜業の現行犯を取押えるために客に仕立てて探偵を入込《いりこま》す、このお灸《きゅう》にはいずれも一度や二度の経験があるので、皆騒がず慌忙《あわて》ず、抜足差足《ぬきあしさしあし》、廊下《ホール》から縁下の食堂に逃が

れ出で或者は裏庭から隣の庭へと忍入り、或者はいざといえば往来へ逃る用意で、縁下《ベースメント》の戸口に佇んだ。

内儀《マダム》は二度まで一同を呼んだが誰《たれ》も出て来ぬので、この社会は万事悟《さとり》が早くそうかと腹で頷付き、シャンパンをと男が命ずるのを利用して、自ら大罎を取って、波々と注いだ後、

「旦那、いけませんよ。御冗談なすっちゃ……。」といいながら、靴足袋の間から二十弗紙幣《どるさつ》二枚ばかりも摑出して、そのまま男のポケットに揉込《ねじこ》み、

「罪ですよ。」と笑う。

ここに於て探偵二人、我意を得たという様子で、「ははははは。これも勤めじゃ、それじゃまた近い中《うち》に……。」と立上った。

「どうぞ、よろしく。」

妙な挨拶で、内儀《マダム》は漸く送出して戸をばったり。そのまま客間の長椅子に、酒樽を転したように、どしりと重い身体を落し、

「ああ、畜生奴《ちきしょうめ》ッ!」と大声に吐鳴《どな》った。

それなり暫くの間家中は寂《しん》となって物音を絶ったが、やがてチリンチリンと頸《くび》に付け

た鈴を鳴しながら、飼犬のトム、幕《カーテン》の間から顔を出し、心配そうに内儀《マダム》の顔を打月戍《うちまも》る。続いて食堂からトって来たブランチ、同じく客間をちょっと差覗き、

「内儀《おかみ》さん……。」と一声。

しかし内儀《マダム》はもう落胆《がっかり》して返事をする気もないらしい。

「内儀《おかみ》さん、それでも今夜はよく柔順《おとな》しく帰ったねえ。」

「そうともね、」と内儀《マダム》はやや腹立しく、「二十弗紙幣《どるさつ》三、四枚も摑ましたんだもの……。」

「二十弗《どる》三、四枚……。」と捷敏《すばや》いブランチ、必ず掛価《かけね》をいっていると見て、態《わざ》とらしく、「お気の毒でしたね。」

この時どやどやと、裏庭へ逃出した連中《れんじゅう》が、

「おお寒い、凍死《こごえし》んじまわア……。」といい罵《ののし》りながら、もう怖物《こわいもの》なしと見て、客間へ馳入《かけい》る、ブランチは意地悪く、またも話を大袈裟に、

「内儀《おかみ》さんは二十弗紙幣《どるさつ》七、八枚も摑したんだとさ。」

「まア……。」と皆《みなみな》内儀《マダム》の顔を見た。

内儀《マダム》は女供が同情と驚嘆の声に一層いまいましくなったと見え、忽然椅子に凭れた半

身を、キッと起し、一同を見渡して、

「何もそんなに驚く事はないさ、五十年ていうもの叩上て来た腕だアね。ちょっと一目見れア、こいつは五弗《どる》で黙って帰るか、十弗《どる》で目を潰るか……その辺の見つもりは、まだまだ修業が肝腎さ、何しろ五十年ていうものだ、大統領ルーズベルトもマッキンレーもまだ鼻ッ垂しの時分からだ。」

「五十年……。」と誰《たれ》かが繰返すと、一人が、

「その時分にはカーネギーも一文なしの土方でしたかね？」と訊く。

「そうだろうよ。私もその時分には指環一ツなしで暮したもんだ。」

一同返す語《ことば》に困《こう》じて口を噤《つぐ》む。内儀《マダム》は意気昂然と身を反《そら》し、

「全くの話さ。五十年前は指環一ツなし……。」と自ら過去の経歴を回想し、人生に打勝った目下の成功に、いい知れぬ得意を感じたらしく、しずしず椅子から立上り、女供を後目《しりめ》に見て二階に上って行った。

で、その裾の音が聞えなくなるかならぬ中《うち》に、もう堪《こら》え兼て、長椅子の上に転って笑い出したのは無邪気のジョゼフィン。

「大統領ルーズベルトもまだ鼻垂《はなツたら》しの時分から……。」とブランチが口真似をすると、

ヘイゼルが、

「五十年前は指環一ッなし……。」

「ほほほほほほほ。」と一同が吹出して笑う。

どこかの室《へや》で時計が鳴った。車掌の女房フロラは聞澄《ききすま》して、

「もう四時だ、今夜は縁起でもない。私ゃ、そろそろ帰ろうよ。」とこれも外から稼ぎに来るジュリヤというのを顧みた。

「そうだね。じゃア行こう。」

二人は三階へ上り、夜の粧束《しょうぞく》を脱捨てて外出《そとで》の小ざっぱりした風に着換え、帽子を冠《かぶ》り、ベールから襟巻の仕度を済して、内儀《マダム》が室《へや》の戸をちょっと叩き、

「四時過ましたから帰りますよ、また明晩、さよなら。」

ばたばた馳下《かけお》りて廊下の外から一同に、さよ――なら、と長く声を曳いて往来へ出ると、出合頭《であいがしら》に仏蘭西《フランス》から一緒に手を引合って稼ぎに来たルイズの情夫《おとこ》、自働車《オートモビル》の技師をしている奴が、

「今晩は。」と欧洲風《ヨーロッパふう》の妙な手振で、鳥打帽を取り、「ルイズは……。」と訊く。

「客間にいるよ、お楽みだね。」

毎夜五時近くからが、情夫《まぶ》どもの繰込む時刻で、色男はそのまま石段を上《あが》って、戸口のベルを押した。

「おお寒い。」とわざとらしく身を顫して、フロラとジュリヤは第六通《シックスアベニュー》の方へと行き掛ける。もう十二月の半《なかば》、一夜市中を馳《はし》る電車の響は岸打つ波の如くに消えつ起りつ、絶間なく聞えながら、どこやら深い寂しさの身に浸みわたり、曲《かど》の芝居外に広っているブロードウエーは初夜《よい》のままに明く照されながら、その街燈の光は月より蒼く水より冷く見え、流石《さすが》の大都も今が寂《さむ》しい真盛りである。

二人はいい合したように身を摺寄せ、四、五間《けん》も行掛けると例のコーラスガールなどが宿込《とまりこ》むホテルの前、二、三輛客待をしている辻馬車の影から、

「今夜は大分早いじゃねえか。」と大きなパイプを啣《くわ》えた一人の男が立現れた。ジュリヤは四辺《あたり》の火影《ほかげ》に見透して、

「おや、掛け違って、久振ですね。」

これ、電車の車掌をしているフロラの亭主で、毎夜四時の交代に近くの停車場から制帽制服のまま、いつでもこの辺で女房の帰りを待受けているのだ。フロラは軽く接吻して、

「探偵《いぬ》が這入ったんで、縁喜《えんぎ》でもないから、四時きっかりに切上げてしまったんだよ。」

「そうか。でも家業はかなり出来た方か。」と恥を知らぬ亭主。女房も平然としたもので、

「そうだね。大した事もなかったが、それでも皆なそれぞれ忙しかったよ、ねえ。」とジュリヤの方を見返ると、

「うむ。」と頷付き、「一番上手なのはやッぱりブランチだね、私にゃ、しかしあぁは行かないよ。」

「フロラ、お前も少し見習うがいいじゃないか。」

「何だって、よけいなお世話だ。」

「親切にいって遣るんじゃねえか。」

「いいよ。」とフロラは手にした暖手套《マッフ》で男の顔を打つ。

「はははは、怒るない。」

第六通《とおり》へ出て、表戸《おもて》の火は消しているが内《なか》は夜通明《よどおし》いている酒場の前まで来た。

ジュリヤの亭主はこの酒場の給仕人《ウェーター》である。フロラ夫婦は、

「それじゃ、あばよ。」と行掛けるのを、ジュリヤは呼止めて、

「そんなに急《いそ》がないだっていいじゃないか、時《たま》には私《わたい》の可愛《かあ》い人の顔も見て遣るもんだよ。」

「ちげエねえ。」

ジュリヤが先に立って、フロラ夫婦、共々 Family Entrance と書いた目立たぬ、裏手の戸を押して内へ這入った。

冬の夜の明けるにはなお間があろう。人通りの絶えた一本道の彼処《かなた》から酔っているのか、或は寒気《さむさ》を忘れるためか、中音に歌って来る男の声……

…I wish that I were with you, dear, to-night;
For I'm lonesome and unhappy here without you,
You can tell, dear, by the letter that I write.

突然、遠くから、街を震動しつつ襲来る高架鉄道の響。犬がどこかで吠出した。

（四十年四月）

一月一日

一月一日《じつ》の夜、東洋銀行米国支店の頭取某氏《なにがし》の社宅では、例年の通り、初春を祝う雑煮餅《ぞうにもち》の宴会が開かれた。在留中はいずれも独身の下宿住い、正月が来ても屠蘇《とそ》一杯飲めぬ不自由に、銀行以外の紳士も多く来会して、二十人近くの大人数である。

キチーといって、この社宅には頭取の三代も変って、もう十年近く働いておる独逸種《ドイツだね》の下女と、頭取の妻君の遠い親類だとかいう書生と、時には妻君御自身までが手伝って、目の廻《ま》うほどに急《せわ》しく給仕をしている。

「米国《アメリカ》まで来て、こんな御馳走になれようとは、実に意外ですな。」と髯を捻って厳《いか》めしく礼をいうもあれば、

「奥様《おくさん》、これでやッとホームシックが直りました。」とにやにや笑うもあり、または、

「じゃアもう一杯、何しろ二年振こんなお正月をした事がないんですから。」と愚痴らしく申訳するもある。

いずれも、西洋人相手の晩餐会《デンナー》にスープの音さする気兼もないと見えて、閉切った広い食堂内には、この多人数がニチャニチャ嚙む餅の音、汁を啜る音、さては、ごまめ、かずのこの響、焼海苔の舌打なぞ、恐しく鳴り渡るにつれて、「どうだ、君一杯《ひとつ》。」の叫声、手も達《とど》かぬテーブルの、彼方此方《かなたこなた》の酒杯《さかずき》の取り遣り。雑談、蛙《かわず》の声の如く湧返っていたが、その時突然。

「金田はまた来ないな。ああハイカラになっちゃ駄目だ。」とテーブルの片隅から喧嘩の相手でも欲しそうな、酔った声が聞えた。

「金田か、妙な男さね、日本料理の宴会だといえば顔を出した事がない。日本酒と米の飯ほど嫌いなものはないんだッていうから……。」

「米の飯が嫌い……それア全く不思議だ。やッぱり諸君の……銀行におられる人か?」と誰《た》れかが質問した。

「そうです。」と答えたのは主人の頭取で、

「もう六、七年から米国におるんだが……この後も一生外国にいたいといっている。」

騒然たる一座の雑談は忽ちこの奇な人物の噂さに集中した。頭取は流石《さすが》老人だけに当らず触らず。

「ちょっと人好きはよくないかも知らんが極く無口な柔順《おとな》しい男で、長くいるだけ米国の事情に通じておるから、事務上には必要の人才《じんさい》だ。」と穏《おだやか》な批評を加えて、酒杯《さかずき》に舌を潤《うるお》わした。

「しかし、余り交際を知らん男じゃないですか。いくら、酒が嫌いでも、飯が嫌いでも、日本人の好誼《よしみ》として、殊に今夜の如きは一月一日《にち》、元旦のお正月だ！。」と最初の酔った声が不平らしく非難したが、すると、これに応じて、片隅から、今までは口を出さなかった新しい声が、徐《おもむろ》に、

「しかしまア、そう攻撃せずと許して置き給え。人には意外な事情があるもんだ、僕もついこの間まで知らなかったのだが、先生の日本酒嫌い、日本飯嫌いには深い理由があるんだ。」

「はア、そうか。」

「僕はそれ以来、大《おお》いに同情を表しておる。」

「一体、どういう訳だ？」

「正月の話には、ちと適当しないようだが……。」と彼は前置して、

「ついこの間、クリスマスの二、三日前の晩の事さ。西洋人に贈《や》る進物の見立をして貰

うには、長くおる金田君に限ると思ってね、あっちこっちとブロードウエーの商店を案内して貰った帰り、夜も晩《おそ》くなるし、腹も空いたから、僕は何の気なしに、近所の支那料理屋にでも行こうかと勧めると、先生は支那料理はいいが、米の飯を見るのが厭だから……というので、そのまま先生の案内で、何とかいうフランスの料理屋に這入ったのさ。葡萄酒が好きだね……先生は。忽ちコップに二、三杯干してしまうと、少し酔ったと見えて、じッと目を据えて、半分ほど飲残した真赤な葡萄酒へ電気燈の光を反射する色を見詰めていたが、突然、

「君は両親とも御健在ですか。」と訊く。妙な男だと思いながらも、

「ええ、丈夫ですよ。」と答えると、俯向いて、

「私は……父はまだ達者ですが、母は私が学校を卒業する少し前に死亡《なくな》りました。」

僕は返事に困って、飲みたくもない水を飲みながらその場を紛《まぎ》らした。

「君の父親《ファーザー》は、酒を飲まれるのですか？」少時《しばらく》してまた訊出す。

「いや、時々麦酒《ビール》位は遣るようです。大した事はありません。」

「それじゃ、君の家庭は平和でしょうね。実際、酒はいかんです。僕も酒は何によらず一滴も飲《や》るまいとは思っておるんですが、やッぱり多少は遺伝ですね。しかし、私は

日本酒だけは、どうしても口にする気がしないです……香気《におい》を嗅いだだけでも慄然《ぞっ》とします。」

「何故です。」

「死んだ母の事を思い出すからです。酒ばかりじゃない、飯《めし》から、味噌汁から、何に限らず日本の料理を見ると、私は直ぐ死んだ母の事を思い出すのです。

聞いてくださいますか――

私の父は或人は知っていましょう、今では休職してしまいましたが、元は大審院の判事でした。維新以前の教育を受けた漢学者、漢詩人、それに京都風の風流を学んだ茶人です。書画骨董を初め、刀剣、盆栽、盆石の鑑賞家で、家中はまるで植木屋と、古道具屋を一緒にしたようでした。毎日のように、いずれも眼鏡を掛けた禿頭《はげあたま》の古道具屋と、もう今日ではちょっと見られぬかと思う位な、妙な幇間肌《ほうかんはだ》の属官や裁判所の書記どもが詰め掛けて来て、父の話相手、酒の相手をして、十二時過ぎでなければ帰らない。その給仕や酒の燗番をするのは、誰《たれ》あろう、母一人です。無論、下女は仲働《なかばたらき》に御飯《おはんた》焚きと、二人までいたのですが、父は茶人の癖として非常に食物の喧《やかま》しい人だもので、到底奉公人任せにしては置けない。母は三度三度自ら父の膳を作り、酒の燗をつけ、時には飯までも焚かれた事がありました。それほどにしても、まだその趣好には適しなかったものと見えて、父は三度三度必ず食物の小言をいわずに箸を取った事がない。朝の味噌汁を啜る時からして、三州味噌の香気《におい》がどうだ、塩加減がどうだ、この沢庵《たくあん》漬の切形は見られぬ、この塩からをこんな皿に入れる頓馬《とんま》はない、この間買った清水焼はどうした、また破《こわ》したのじゃないか、気を付けてくれんと困るぞ……ちょうど落語家が真似をする通り、傍で聞いていても頭痛がするほど小言をいわれる。

　母の仕事は、かく永久に賞美されない料理人の外に、ちょっと触っても破《こわ》れそうな書画骨董の注意と、盆栽の手入れで、それも時には礼の一ツもいわれればこそ、いつも料理と同じように行き届かぬ手抜《てぬか》りを見付出されては叱られておられた。ですから、私が生れて第一に耳にしたものは、乃ち皺枯れた父の口小言、第一に目にしたものは、いつも襷《たすき》を外した事のない母の姿で、無邪気な幼心《おさなごころ》に、父というものは恐いもの、母というものは痛《いた》しいものだという考えが、何より先に浸渡りました。

　私は殆ど父の膝に抱《いだ》かれた事がない。時々は優しい声を作って私の名を呼ばれた事もあったですが、猫のようにいじけてしまった私は恐くて近《ちかづ》き得ないのです。殊に父の食事は前《ぜん》申す通り、到底子供の口になぞ入れられる種類のものではないので、一度も膳を並べて箸を取った事もなく、幼年から少年と時の経つに従って、私は自然と父に対する親愛の情が疎《うと》くなるのみか、その反対に、父なるものは暴悪無道《ぶどう》な鬼のように思われ、それにつれて、母上は無論私の感ずるほどではなかったかもしれないが、とにかく、父が憎くさの私の眼だけには、世の中に、何一つ慰みもなく、楽みもなく暮らしておられるように見えた。

こういう境遇からこういう先入の感想を得て、私はやがて中学校に進み、円満な家庭のさまや無邪気な子供の生活を描《うつ》した英語の読本、それから当時の雑誌や何やらを読んで行くと愛《ラブ》だとか家庭《ホーム》だとかいう文字《もんじ》の多く見られる西洋の思想が、実に激しく私の心を突いたのです。同時に我が父の口にせられる孔子の教《おしえ》だの武士道だのというものは、人生幸福の敵である、という極端な反抗の精神が、いつとはなしに堅く胸中に基礎を築き上げてしまった。で、年と共に、ちょっとした日常の談話にも父とは意見が合わなくなりましたから、中学を出て、高等の専門学校に入学すると共に、私は親元を去って寄宿舎に這入り、折々は母を訪問して帰る道すがら、自分は三年の後卒業したなら、父と別れて自分一個の新家庭を造り、母を請《しょう》じて愉快に食事をして見よう……とよくそんな事を考えていましたが、ああ人生夢の如しで、私の卒業する年の冬、母上は黄泉《あのよ》に行かれた。

何でも夜半《よなか》近くから、急に大雪が降出した晩の事で、父は近頃買入れた松の盆栽をば、庭の敷石に出して置いたので、この雪の一夜をそのままにして置いたなら雪の重さで枝振りが悪くなるからと、下女か誰《たれ》かを呼び起して家の中へ取入れさせようといわれた。ところが、母上は折悪しく下女が日中《ひる》風邪の気味で弱っていた事を知っておられたので、可哀そうですからと自ら寝衣《ねまき》のままで、雨戸を繰《く》って、庭に出て、雪の中をば重い松の盆栽を運ばれた……その夜から風邪を引かれ、忽ち急性肺炎に変症したのだそうです。

私は実に大打撃を蒙りました。その後というものは、友人と一緒に、牛肉屋だの料理屋なぞへ行っても、酒の燗がいけないとか飯の焚き方がまずいとかいう小言を聞くと、私は直ぐ悲惨な母の一生を思出して、胸が一杯になり、縁日や何かで人が植木を買っているのを見れば、私は非常な惨事を目撃したように身を顫わさずにはおられなかったです。

ところが幸にも一度《ひとたび》、日本を去り、この国へ来て見ると、万事の生活が全く一変してしまって、何一ツ悲惨を連想するものがないので、私はいわれぬ精神の安息を得ました。私は殆どホームシックの如何なるかを知りません。或る日本人は盛《さかん》に、米国の家庭や婦人の欠点を見出しては、非難しますが、私には例え表面の形式、偽善であっても何でもよい、良人《おっと》が食卓で妻のために肉を切って皿に取って遣れば、妻はその返しとして良人のために茶をつぎ菓子を切る、その有様を見るだけでも、私は非常な愉快を感じ、強いてその裏面を覗って、折角の美しい感想を破るに忍びない。

私は春の野辺へ散策《ピクニック》に出て大きなサンドウィッチや、林檎を皮ごと横かじりしておる娘を見ても、あるいはオペラや芝居の帰り、夜更の料理屋で、シャンパンを呑み、良人や男連《おとこれん》には眼もくれず饒舌《しゃべ》っておる人の妻を見ても、よしや、もう少し極端な例に接しても、私はむしろ喜びます。少くとも彼らは楽んでおる、遊んでおる、幸福である。されば、妻なるもの、母なるものの幸福な様を見た事のない私の日には、これさえ非常な慰藉《いしゃ》じゃありませんか。

お分かりになりましたろう。私の日本料理、日本酒嫌いの理由《いわれ》はそういう次第です。私の過去とは何の関係もない国から来る西洋酒と、母を泣かしめた物とは全くその形と実質の違っておる西洋料理、これでこそ私は初めて食事の愉快を味《あじわ》う事が出来るのです。」

＊　　＊　　＊

こういってね、金田君は身の上話を聞いてくれたお礼だからと、僕が止めるのも聞かずに、到頭三鞭酒《シャンパンしゅ》を二本ばかり抜いた。流石《さすが》西洋通だけあって葡萄酒だの、三鞭酒《シャンパンしゅ》なその名前は委《くわ》しいもんだ。」

辯者は語りおわって、再び雑煮の箸を取上げた。一座暫くは無言の中《うち》に、女心の何につけても感じやすいと見えて、頭取の夫人の吐《つ》く溜息のみが、際立って聞えた。

（四十年五月）

暁

単にニューヨークばかりではない、合衆国中に知れ渡って、女も男も、よく人が話をするのは、ロングアイランドの出鼻に建てた「コニーアイランド」という夏の遊場《あそびば》の事である。浅草の奥山と芝浦を一ツにしてその規模を、驚くほど人きくしたようなもので、ニューヨークからは、ブルックリンの市街を通過《とおりすぎ》る高架鉄道と、ハドソン河を下る蒸汽船と、水陸いずれからも、半時間ほどで行く事が出来る。

およそ俗といって、これほど俗な雑沓場《ざっとうじょう》は、世界中におそらく有るまい。日曜なぞは、幾万の男女が出入をするとやら、新聞紙が報ずる統計を見ても想像せらる。電気や水道を応用して、俗衆の眼を驚かし得る限りの、大仕掛の見世物という見世物の種類は、幾十種と数えられぬほど、その中《うち》には、多少歴史や地理の知識を増す有益なものもあり、または無論、怪し気な舞り場、鄙猥《ひわい》な寄席《よせ》もある。毎夜、目覚しい花火が上る。河蒸汽《かわじょうき》で、晴れた夜に、ニューヨークの広い湾頭から眺め渡すと、驚くべき電燈、イルミネーションの光が、曙の如く空一帯を照す中に、海上はるか、数多《いくた》の楼閣が、高く低く聳え立つ有様は、まるで、竜宮の城を望むよう。

ここに、日本の玉転し《たまころがし》――Japanese Rolling Ball といえば、この広いコニーアイランド中、数ある遊び物の中でも、随分と名の知れ渡ったものである。何の事はない、奥山でやっている射的や玉転しも同様、転した玉の数で、店一杯に飾ってある景物《けいぶつ》を取る、というのに過ぎない、が、第一が日本人という物珍らしさ、第二が、運よくば金目の品物が取れるという勝負気とで、いつ頃から評判になったとも知れず、日露戦争以後《このかた》は一層の繁昌、毎年の夏、この玉転しの店は増えるばかりである。

こういう人気もので、一儲《ひともうけ》をしようという人達の事であれば、その主人《あるじ》という日本人は、大概もう、四十から上の年輩。生れ故郷の日本で散々苦労をした上句、このアメリカへ来てからも多年ありとあらゆる事をし尽し、今では、なに世の中はどうかならア、人間は土《どろ》をかじッていたって死にゃアしめい、といわぬばかり、その容貌《かおつき》から、物いいから、どことなく位《くらい》が着いて、親方らしく、壮士らしく、破落戸《ごろつき》らしくなっている。で、その下に雇われて、毎日客が転す玉の数を数え、景物を渡してやる連中《れんじゅう》は、まだ失敗という浮世の修業がつまず、しかしやがては第二の親方になろうという程度の無職者、ま

たは無鉄砲に苦学の目的で渡米して来た青年である。

　自分もその頃はその中《うち》の一人、何をしたって構わない、欧洲《ヨーロッパ》に渡る旅費を造るという目的から、ふいとした出来心で、とある玉転しの数取りになった。一週間の給金が、十二弗《どる》。亭主のいうには、外の店じゃ、十五、六弗《どる》出す処もあるそうだが、皆な自分で喰って行かなくちゃならねえ。乃公《おら》の処は十二弗で三度飯がついて、店の中へ寐《ね》宿《とま》りも出来る。つまり給金から身銭一文切る事はいらねえのだ。だからそのつもりで働いてくれ給え――との事であった。

自分は雇われると、直ぐその場から、他の者と同じように、店先に据えた玉台のわきに立って、お客の立寄るのを待っていたが、三時、四時過ぎる頃までは、見物の通行人も至って稀れで、あついあつい夏の夕陽が、向側の大きなビーヤホールの板屋根に照輝いている。ビーヤホールの右隣りは射的場で、真白に白粉《おしろい》を塗った女が、口に物を頬張ったままで、時々こっちを向いては大欠伸《あくび》をしていたが、左隣は「世界空中旅行」と看板を掛けて、ちょっと見掛の大きな見世物である。入口の椅子の上には、これも白粉をべったり塗った、乳の大きい若い女が、客の出入の少い折を幸い、台の上で入場券と小銭の勘定をしている、とそのそばには、下卑た人相の男が、人目を引く色模様の衣服《きもの》を着て、客らしいものが通らない時でも、絶えず「いらっしゃいいらっしゃい」と大声に二、三度怒鳴っては、頻《しきり》と切符売の女に色目を使って、何かこそこそ話をしかけていた。

四辺《あたり》に電燈のついたのは、五時頃であったろう。空は青く、夏の日の暮れるには、まだ間《ま》がありながら、しかし一帯の景気はどことなく引立って来た。蓄音機へ仕掛けた種々《さまざま》な物音、男の客を呼ぶ叫び声が、彼方《かなた》からも此方《こなた》からも響き出すと、向いのビーヤホールでは、往来からも見えるような処で、盛《さかん》に活動写真を映し初める。直ぐ近くのどこかには、寄席か舞り場があると見えて、楽隊の太鼓と共に、若い女の合唱《コーラス》も聞える。

見物の男女は、この刻限から、次第次第に潮《うしお》の如く押寄するばかりで、夜の八時から十二時過ぎまでの盛り時には、往来は全く歩く隙間もなく、人間で埋《うずま》っていた。やがて、店の亭主が、漸くに静《しずま》り行く往来の様子を見計って、

「どうだ、もうそろそろ戸を閉めちゃア……。」

といったのは夜の二時である。吾々は往来傍《おうらいばた》の水道で、汗になった顔を洗い、煙草でも一服しようとすると、早や三時に近い。雇われている連中《れんじゅう》の中では、一番年を取った四十ばかりの、如何にも百姓らしい顔をしている男が、東北訛りの発音で、

「さアさア、乃公《おら》アもう寝るぜ。お前《めえ》たちのような真似をしていちゃア身体が続きませんや。若え者たちは、さんざ楽しむがいい。まだ夜は長いや……。」といいながら、玉台の下に円め込んだ毛布《りっと》を出して、敷伸べ、ごろりと台の上へ、汚染《あかじ》みた襯衣《シャツ》一枚で、大の字なりに寝転んだ。すると、頭髪《あたま》を綺麗に分けた書生らしい男が、

「また今夜も、玉台の上に寝るのか。いい夢でも見るかい。」

「奥の寝台《ねだい》は南京虫の巣だ。お前も少しア、板の上に寝る稽古もして置くもんだぜ。毎晩毎晩、女の処へ這込《はいこ》む事ばかり考えていやがって……。」

「乃公《おら》アまだ若いんだよ。」と書生らしい相手がいうと、同じ仲間の一人が、助太刀と

いう気味で、

「お爺《とっ》つァん、お前、そう金ばかり蓄《ため》てどうするんだい。国にゃ子もある孫もあるッて訳でも有るまいが……。」

「そうよ。国にゃ十六になる情婦《まぶ》が待っていらア。お前たち見たように、アメリカ三界の女郎に鼻毛を抜かれて、汗水たらした金を取られる奴の気がしれないね。ここで一晩捨てる金を、国へ持って行って見なせえ、朝日が屏風へかんかんするまで、天下の大尽さまで遊べるじゃねえか……。」

書生どもは、もう戯《からか》ってもつまらないと思ったか、ああ、暑い。といいながら店の外へ出てしまった。なるほど、戸を閉め切った家の中は、じっとしていても汗が出るようなのと、自分は今日雇われたばかりの、いずこに寝てよいのやら分らぬので、同じように片隅の潜戸《くぐりど》から、外へ出ると、軒の下の涼しい処に、店に雇われた連中《れんじゅう》は、皆寄集って立話をしていた。

四辺《あたり》は、一時間ほど前の雑沓を思返すと、不思議なほど、気味の悪いほど、寂《しん》としている。かの大仕掛の見世物の楼閣は、イルミネーションの光が消えてしまったので、朦朧として彼方此方《かなたこなた》の空中に、白く雲のように聳え立つばかり。広からぬ往来はいずこも、やッと闇にならぬ限り、処々《ところどころ》の電燈に薄暗く照されている。と、この薄暗い影の中に、夢の如く、幻の如く、白粉を塗った妙な女が、戸を閉めた四辺《あたり》の見世物小屋から、消えつ現れつしている。シャツ一枚の腕まくりした男が、その姿を追掛けて、行ったり来たりしているかと思うと、忽ち「何をするんだよ。」というような女の叱る声、またはキャッキャッと笑う声も聞える。いずれも、一夜《いちや》見世物小屋で、怒鳴ったり、舞ったりしていた連中《れんじゅう》が、今初めて、身まま気ままの空気を吸いに出て来たのである。

往来の端《はず》れの、広い海水浴場の方からは、何ともいえぬ冷い風と共に、雨のような静《しずか》な岸打つ波の音が響いて来る――何という疲れた物淋しい響であろう。自分は大方、夜明しに馴れぬ身の、甚《いた》く弱り果てたせいであったに違いない。一夜湧返る狂乱、歓楽の後のこの寂寞に、この淋しい疲れた波の音が、深く心の底へと突通って行くようで、見るともなく、灰色に色褪めた夏の夜の空遠く、今や一ツ一ツ消えて行く星の光を打目《うちま》成《も》っていると、かの怪しい女どもが乳繰り騒ぐ物音の、途切れ途切れてはまた聞ゆるのさえ、遂には、ああ、浮世にはあんな生活もあるのかと、何か不思議な謎を掛けられるような気もするのであった。

玉場に雇われた連中《れんじゅう》は、目の前を過ぎる女の価踏《ねぶ》みや、批評に急《いそが》しい。

「おい、どうするんだい。いつまで立坊《たちんぼう》をしていたって初《はじま》らねえや。出掛けるなら、早く出掛けてしまおうじゃないか。」

「どこへ行くんだ。もう夜が明けるぜ。」

「角の酒屋へ行って見ようや。あすこへは毎晩寄席へ出る女が、大勢来て飲んでいらア。」

「いくらだい？　二弗位《どる》で上るのか。」

「相手によらア。」

「これから、二弗も取られる位なら、やっぱり支那街《しなまち》へ行った方が安く行くぜ。」

「支那街ッていえば、あの十七番にいた、ぼっちゃりした目の黒いジュリヤ……知っているだろう。あのジュリヤが、ビーヤホールの舞り場へ来て働《かせ》いでいるぜ。きっと角の酒屋に来て飲んでいるかもしれねえ。」

「彼奴《あいつ》アもう男《れこ》が付いているから駄目よ。」

「日本人か？」

「うむ。ブルックリンにいる手品使《てづま》いの女房見たようになっているんだ。」

「女房だって、娘だって、構う事はねえ。金さえ出しゃア乃公《おら》のものじゃねえか。」

「お義理一遍に……。」

「そう、好きな注文をいうない。ここはアメリカだぜ。」

「アメリカがどうしたんだ。日本人だから惚れられないと限った事アあるまい。日本人ならもったいない位だ。」

「しかし乃公《おら》アもう金引替《ひきかえ》に遊んでいたって、気が乗らねえからな。」

「それじゃ強姦でもするさ。」

「まだ、それまでにゃ困《きゆう》していねえや、時節を待つのよ。」

「心細いわけだな。」

「心細い事があるかい。その中《うち》に羨してやるから見ているがいいや。」

「公園なんぞうろうろして、巡査に捕まって日本人の面《つら》へ土《どろ》を塗るな。」

この時、絶えず歩いている怪し気な女の二人連れが、行き過ぎながら、日本人と見て、戯《からか》い半分、ハローと声を掛けた。

「お出でなすった！」

「わるくないぜ。」

「痩せているじゃねえか。」

「夏向だからよ。」

「後をつけて見ろ！」

連中《れんじゅう》の二、三人がそのまま、女の後を尾《つ》けて行った。残った人数《にんず》は、如何にも面白そうにその方を見送りながら、

「しようのねえ奴らだ。国で親兄弟が聞いたら泣くだろう。」

「太平洋という大海《おおうみ》があるんで、先ずお互いに、仕合《しあわせ》というものだ。何も乃公《おら》たちだって、初《はじめ》ッからこうなるつもりで米国《アメリカ》へ来たのじゃねえからな。」

「見ろ！ 奴らは海の方へ曲って行ったぜ。遊泳場《およぎば》にゃまだ人がいるのかしら。」

「今頃行って見ろ。怪しい奴が、あっちにもこっちにも、砂原にごろごろしていらア。」

「こうしていたってしようがねえ。ぶらぶら出掛けて邪魔してやれ。」

「つまらない岡焼《おかやき》をするな。」

「しかし、海の風は身体に薬だぜ。」

「何をいうんだ。こう毎晩、夜明しをしていちゃ、薬も糸瓜《へちま》もあるものか。」

「じゃア、例の通り、どこかで埒を明けてしまうのかな。乃公《おら》たちは的《あて》のない海辺《うみばた》よ

りか、やっぱり行きなれた南京街《なんきんまち》へ落ちて行こうや。」

連中《れんじゅう》は二組に分れた。一組は海水浴場の方へ、一組は夜通し通《かよ》っている電車の停車場をさして出て行った。自分は一人、取残されたものの、しかし家へ這入って玉台の上に寝るのも厭だし、といって、どこへも外に行こう処がない。

星はもう一ツ残らず消えてしまったが、まだ明けやらぬ夜の空は、いい難い陰鬱な色をして、一帯に薄い霧に蔽われているようだ。明日は驚くほど蒸し暑くなる前兆である。軒の下に蹲踞《しゃが》んだまま、自分はおぼえずうとうとと居眠りしたかと思う間もなく、誰やら耳元近く呼ぶ声に。はっと顔を上げて見ると、さきほど海の方へ出て行った連中の一人であるらしい。自分と同じ位な若い書生風の男が、葉巻を口へ啣《くわ》えて立っている。

「どうしたんだ。寝るのなら、店の中に寝台《ねだい》があるぜ。」と自分の顔を見下したが、「君はまだこういうライフにゃ馴れない方だね。」といって、何か思出すらしく、葉巻を口へ啣え直した。

「皆なはどうした。」と自分は少し恥る気味もあって、態《わざ》とらしく眼を擦る。

「相変らず、淫売だの、えたいの知れない女を捜し歩いているのさ。」

如何にも疲れたというように、自分の傍へ同じように蹲踞《しゃが》んだが、近く自分の顔を打眺めて、「どうだね、君。われわれの生活《ライフ》は随分堕落したもんだろう。」

自分は答えずにただ軽く微笑んだ。

「君はいつアメリカへ来たんだ。もう長いのか。」

「二年ばかりになる。君は……。」と自分は問い返した。

「今年の冬でちょうど五年だ。夢見たようだな。」

「どこか学校へ行っているのか。尤も今は夏で休みだろうけれど……。」

「そうさ。来た初めの二年ばかりは、それでも正直に通っていたッけ。尤もその時分にゃア、僕は国から学費を貰っていたんだ。」

「じゃ、君は無資力の苦学生というんでもないんだね。」

「こう見えても、家へ帰れば若旦那さまの方だ。」と淋しく笑う。

なるほど、その笑う口元、見詰める目元から一帯の容貌《おもざし》は、玄関番、食客、学僕というような境遇から、一躍渡米して来た他の青年と違って、何処か弱い優しいところがある。身体は如何にも丈夫そうで、夏シャツの袖をまくった腕は逞しく肥えているが、それも、労働で錬《き》磨《た》え上げたのとは異り、金と時間の掛った遊戯や体育で養生《ようせい》した事が、注意すれば直ぐ分る。幾年か以前には隅田川のチャンピオンであったのかも知れぬ。

「日本では、どこの学校だった。」

「高等学校にいた事がある。」

「「第一」か？」

「東京は二年試験を受けたが駄目だった。仕方がないから、三年目に金沢へ行って、やっと這入れた。しかし直《じ》きに退校されたよ。」

「どうして……」

「二年級の時に病気で落第する。その次の年には数学が出来なくってまた落第……二年以上元級に止まる事が出来ないというのが、その時分の規則だから、退校された。」

「それでアメリカへ来たんだね。」

「直ぐじゃない。退校されてから、二年ばかりは家に何にもしないで遊んでいた。女義太夫を追掛けたり、吉原へ繰込んだり、悪い事は皆なその間に覚えた。」

「…………」

「母親《おふくろ》は泣く、父親《おやじ》は怒る。しかしそのままにしちゃア置けないので、とうとう米国へ遊学させるという事になったのだ。」

「直ぐニューヨークへ来たのか。」

「いや、マッサチューセッツ州の学校へ行った。二年ばかりは随分勉強したよ。僕だって、何も根からの道楽者じゃない。一時高等学校の入学試験に失敗したり、それからまた、退校されたりした時にゃ、自分はもう駄目だと思ったが、勉強して見りゃア何に、そう僕だって人に劣っているわけじゃない。」

「そうとも……。」

「マッサチューセッツの学校じゃ、三人いた日本人の中で、とにかく僕は語学じゃ一を占めた位だった……。」

「卒業されたのか。」

「いや、中途で止《よ》してしまった。」

「どうして、惜しいものじゃないか。」

「そういえば、そんなものさ。しかし今更後悔したって始らない。僕はまた、後悔しようとも思っちゃいない。」

「…………。」

「仕方のない奴だと思うだろう。しかし僕は全く感ずるところがあって廃学してしまったのだ。一生涯、僕はもう、二度と書物なぞは手にしないだろう。」

自分は彼の顔を見詰めた。

「別に大した考えがある訳じゃないが、僕は学位を貰ったり、肩書がついたりする身分よりか、こんな処にこうしてぶらぶらしている方が結句愉快だからさ。」

「或る意味からいえば、あるいはそうかもしれない。」

「迷信的にいったら、魔がさしたとでもいうのだろう。僕はふいとした事からこんなものになってしまったのだ。」

「話したまえ！」

「学校へ這入ってから二年目の夏の事だ。夏休みを利用してニューヨークへ見物に出て来た……のはよかったが、秋になって、もう学校へ帰ろうという時分に、どうした事だったか、届くべき筈の学資が来ないじゃないか。実に弱ったね。今日来るか、明日届くかと待っている中《うち》に、学校へ帰る旅費は愚か、愚図愚図していると下宿代までが怪しくなって来た。僕は今日まで未だ自分の腕で鐚《びた》一文儲《かせ》いだ事がない。如何にして如何に自分を養なって行くかという方法を知らない。だから、さア、国元から金が来ない……いずれ来るのだろうが、もう来ないような気がする。と、夜もおちおち寝られないじゃないか。何だかむやみと飢《ひもじ》いような気がする。乞食になった夢ばかり見るのだ。」

「無理はない。」

「止むを得ないから、僕は残っている金のある中《うち》、下宿の勘定をすまして、安い日本人の宿屋へ引移《ひっこ》した。それから二週間も待っていたが、まだ送金が届かないじゃないか。僕はもうこれアいよいよ駄目だ。何とか手段を考えなくちゃならない……といって、友達も相談相手も何にもないアメリカじゃしようがない。遂に決心して、西洋人の家庭へ奉公に行く事とした。」

「ハウス、ウオークだね。」

「そうさ。宿屋に宿《とま》っている連中は、皆なそういう手合だから、毎日話をしている中《うち》に、大概様子は分った。思ったよりか苦しくもなさそうなので、ええ、どうにかなるだろう……ともう自暴《やけ》半分、始めよりか大分胆が坐って来たよ。君も知っていよう、皆ながやるように、まずヘラルド新聞社へ行って、

Japanese student, very trustworthy, wants positions in family, as valet, butler, moderate wages.

というような広告を出した。

二、三日たつと、直ぐ返事が二、三通も来た、しかし、僕はどういう家がいいのか分ら

ないから、行き当りばったり、一番先に尋ねて行った家へ、給金は向うのいうまま二十弗《どる》で働く事にした。その時には、下女同様の奉公をして、三十弗《どる》の月給が取れるとは、流石《さすが》はアメリカだと思って吃驚《びっくり》した。」

「しかし、よく辛抱が出来たね。学費を送る位の家なら、君はいわゆるお坊様《ぼうさま》育ちの身分だろうが……。」

「世の中には反動というものが有るよ。お坊様育ちだったからこそ辛抱が出来たのだ。辛抱どころか、遂に面白くなった。君には分らないかもしれない。ちょっと説明のしにくい事情だが……まアこういう訳だ。まず僕の家庭から話さなくッちゃならんな。」

「父親《ファーザー》は何をしておられる?」

「学者さ――□□学院の校長をしている。僕の親として、紳士として、社会的にも、個人的にも殆ど一点非の打ち処がないといっていい位の人物だが、しかし、あまり完全過ると物事はかえっていかんよ。水清くして、魚住まずという事があるからね……。僕は余り健全な家庭に育ったため、思い掛けないところから腐敗し始めたのだ。」

自分が問い掛けようとする口先を手で制して語りつづけた。

「今になって、こんな処で、親の評判を吹聴するのは馬鹿馬鹿しいようだが、実際のところ、僕の父は、その頃から世間でいう通り、よほど人から崇拝された人物だったと見えて、家はいつも塾同様に、書生が七、八人以上もいた。君も父の名前位は何かの書物で見られた事があるかもしれない。とにかく、僕は極く幼少《ちいさ》い時分から、家《うち》の書生やら近所の者なぞから、父という人は、非常にえらい先生だという事を、いつとなく耳にしていたが、しかしどういう訳で、どれほどえらいのか知らないから、自分もこのまま大人になれば、自然と先生になれるものだと思っていた。ところが、たしか高等小学に進む時だったよ。僕はその頃から、非常に数学が出来なくって、殆ど落第しかけた時、学校の教師から、こういわれた事がある。君のお父様は世間も知っての通り、法律の大学者だ。よほど勉強なさらないと、君ばかりではない、父上のお名前にも関わります。家へ帰ると、無論、学校から注意書が廻っていたので、第一に母親から叱られる、第二には父親から懇々としていい訓《さと》され、毎夜十時までは熱心に学課の復習をしろとの事であった。

僕は頑是《がんぜ》ない小供心に、始めて自分は学問が出来ないのだ、と気が付いて見ると、もうひどく気が挫《くじ》けてしまって、その後一、二週間ばかりというものは、家の書生なぞに顔を見られるのが辛くて堪らない……あまり、外へも出ずに部屋へ引込んで、父からいわれたように、夜晩《おそ》くまで勉強はしていたが、いつとはなく、自分はもしや、こんなに勉強していても、父のようにえらくなれなかったらどうしようと、小供心に自分の将来が、むやみと心細く思われる事があった。この心配——将来の憂慮だね、これがつまり僕の精神を腐らしてしまった虫だといってもいい。僕は小学から尋中《じんちゅう》へと次第に進んで行くにつれて、学問は増々むずかしくなる。一方では父の名望、地位はいよいよ上る。昔父の玄関にいた学僕が、学士になって礼に来る。僕はただ自分が意気地なく少《ちいさ》く見えるばかりだ。すると、家の書生や親類なぞは、誰がいい出すともなく、僕はやがて、父の家を継ぐと同様、父のような法律の大学者になるだろうというし、僕自身もまた、是非そうなるべき責任があるようにも思い、また心からなって見たいとも思う。思えば思うほど気にかかって来るのは、自分の実力で、僕は父のいわるる事がしみじみ身にこたえる度々、とても、僕は駄目だ……と訳もないのに独りで絶望していた。

しかし、無論、これは世間も何も知らない小供心の事で、年を取れば次第に気も大さくなる。というものの、小供の時に感じた事は一生忘れるものじゃない。僕は、やっとの事で入学した高等学校は退校されて、少し自暴《やけ》になった上句、アメリカへ送られてからも、矢張《やっぱり》そうだ……折々父の手紙にでも接すると、妙に僕は、ああ、父はこれほど親切に、自分を励ましてくれるが、果して自分は学術に成功する才能があるのかしら、というような気がしてならない。やって見れば訳なく出来る事でも、僕は自分のイマジネーションで、いつも駄目だと諦めてしまう。

こういう絶望の最中、まア想像したまえ！　僕はふいと、送金が延引したために、いわば家との関係が中絶してしまったのであろう。是非にも成功して帰らねばならぬ、故郷へ着て帰るべき錦を造る責任が失《なくな》った——何という慰安だろう。もう死のうが、生きようが、僕の勝手次第。死んだところで、嘆きを掛ける親がなければ、何という気楽だろう、というような気がしたのさ。」

彼は語り疲れて、少時《しばし》黙った。

「それで、君はハウス、ウォークという皿洗いの労働を辛抱したんだね。」

「そうだ。送金はほどなく届いた、が、もう時已に晩《おそ》しさ。僕は二週間ばかり奉公して、食堂の後《うしろ》で、皿を洗っている中《うち》に、すっかり堕落してしまった。君は経験があるか、どうか知らないが、実に呑気《のんき》なものだ。それア、馴れない事だから、初めは苦しい、情ないような気もする、随分まごつきもするが、元々大してむずかしい仕事じゃない。家族《ファミリー》が食堂で食事するのを、ボーイの役目で皿を持って廻ればいいのだから、訳は有りゃしないさ。主人達の食事が済むと、皿を洗い、縁下の台所へ下りて、コックの婆《ばばア》に小間使の女と三人、木のテーブルを囲んで飯を食うのだが、境遇というものは実に恐しいもんさね。皿を洗っていれば自然自然と皿洗のような根性になって行くから奇妙だ。朝、午《ひる》、晩、三度三度食事の給仕をする外に、客間と食堂の掃除をするんで、身体は随分疲労れるから、用のすいた時といえば、居眠りをするばかり。物を考えたり、心配するような、つまり脳を使うような事は自然になくなる……その代り、肉慾、食慾は驚くほど増進して来るものだ。一日の労働をおえた後の、晩飯の甘《うま》い事といったらお話にならない。食えるだけ腹一杯食い込むと、その後は、気がとろりとしちまって、自然と傍に坐っている小間使を戯《からか》い初める。手を握るばかりじゃない、擽って見ようとして、甚《ひど》く肱鉄砲を喰うのだが、それがまた、何ともいえぬほど面白い。すると、向うも、下女はやっぱり下女で、怒りながらも、つまるところ戯《からか》われて見なければ何だか物足りないような気がするのだ。惚れたのどうのという事は有りゃアしない。下女と下男――これアもう必然的に結合すべきものだ。」

夜は次第に明けて来た。消え行く電燈と共に、見世物小屋の女どももいつの間にか姿を隠してしまって、四辺《あたり》は一刻一刻薄明くなるにつれて、いよいよ寂《しん》と物静かになって行く……聞ゆるものは浜辺の砂を打つ波の音ばかり。

「かくの如く、僕の運命は全く定まってしまったのさ。僕は一方では、以前にも増して、いよいよ父に会す顔がないと、良心の苦痛に堪えない、と同時に、一方ではこの動物的な境遇が、ますます気楽に感じられる。つまり、煩悶すればするほど、深みへと落ちて行くんで、冬中はあっちこっちの家庭の給仕人になって働いて歩く、夏になって家族が市中の家を引払って避暑地へ旅行するようになれば、毎年、こういう夏場を目付《めつ》けて転《ごろ》付《つ》いて歩いているんだ。」

「しかし、最後には君、どうするつもりだね。」

「どうする……どうするか、どうなるか。」

と非常に苦悶の顔色を示したが、彼は遂にこう叫んだ。

「いやいや、そんな事を考えないために、僕はこんな馬鹿な真似をしているんだ。自分ながら、自分の将来を考える脳力もなくなってしまうようにと、僕は働く、飲む、食う、女を買う。あくまで身体を動物的にしようと勤めているんだ。」

彼は心中の苦しみに堪えぬかして、自分を置去りにしたまま、どしどし向うの方へと行ってしまった。

一閃《せん》の朝日が、高い見世物の塔の上に輝き初《そ》めた――ああ、何たる美しい光であろう。自分は一夜、閉込められた魔窟から救い出されたように感じて、覚えずその光を伏拝んだのである。

（四十年五月）

市俄古《シカゴ》の二日

三月十六日——市俄古《シカゴ》に行くべく定めた日である。

例年よりは大変に暖いという事で、この二、三日降り続いた雨に、去年から降り積っていた雪は大方融けてしまった。天気は相変らず曇っているけれども、久しい冬の眠りから覚めた街の様子は、もうがらりと変っている。雪の上を這っていた低い橇《そり》は大きな車輪の馬車となり、その駁者共の恐しい毛皮の外套は軽い雨着と変った。房のついた編物の頭巾を冠《かぶ》り、氷の上を滑っていた子供や娘は、洗出されたセメント敷の人道を、新しい靴の踵に踏み鳴らしつつ走廻っている。子供でなくても、人家の庭や果樹園に黒い湿った土と、雪の下に一冬を送った去年の青芝の現れ来たのを眺めては、ほどなく来《きた》るべき春を思浮べて、誰でも自然《おのず》と雀躍《こおどり》せずにはいられまい。

午前九時半の汽車に間に合うよう、自分は小さい手提革包《てさげかばん》の仕度もそこそこに、町端れの四辻を過ぎる電車に飛び乗り、下町のミシガン中央線の停車場に赴いた。

カラマズー市から市俄古《シカゴ》まではちょうど百哩《まいる》、正《しょう》四時間で到着するとの事である。汽車はカラマズーの町を離れると直様《すぐさま》幾個となく波のように起伏している、木の少ない丘陵《おか》の間や、真黒に冬枯れている林檎園に沿うて走るので、自分は岡の間の凹地《くぼち》に残る鹿子斑《かのこまだら》の雪の模様や、腐った牧場《まきば》の垣を崩して、小流《こながれ》の岸から溢れ漲る雪解《ゆきげ》の水など、

露西亜《ろしや》小説中の叙景を思起すような景色を幾度も目にして過ぎた。

　インデアナ州に這入ると、製造場の多い、汚い小さな街が増え、やがてミシガン湖《レーキ》の畔《ほとり》に出る。しかし、湖水の上には一面に曇った空から濛々《もうもう》たる霧が下りていて、僅かに、岸辺近く漂える大きな氷塊と、無数の鷗の飛廻るのを眺める様《さま》、見ぬ北極の海もかくやと想像せられるのである。

　間もなく汽車は湖水に沿いながら、市俄古《シカゴ》の市中に入り、イリノイス中央線の停車場に着した。午後の一時半頃なので、プラットホームから続く階段を上ると、直様《すぐさま》停車場の待合室に入り、その片隅の一室を占めた料理店《レストラン》に這入《はい》った。

　中は二つに区別してあって、一つはランチ、カユンターというので、ちょっと日本の居酒屋といったような体裁。手取り早く立ち食をして行く処で、他の方は白い布を掛けた食卓《テーブル》と椅子が置いてある普通の食堂である。立食《たちぐい》の方は時間もかからず、勘定も安いので、殆ど空間《すきま》なく混み合っている無礼講の男連中《れんじゅう》の中には、不思議にかなり綺麗《きれ》な扮装《みなり》の婦人も交っていた。

　自分は食事を済まして、広い階段を下り往来へ出ようとしたが、さて差当って困ったのは、まだ不知不案内《ふちふあんない》の都会の事、自分の目指す友人の家は西の方やら、東の方やら。

入口の石段の下には数多《あまた》の馭者が馬車を並べて客待をしているので、自分は手招ぎして一人を呼び寄せ、

「市俄古《シカゴ》大学の傍まで、いくらで行くか、」と聞くと、

「二弗《ドル》、」と答えた。

随分遠方であるとは知っていたが、少しく法外のように思われたので、外国の旅の恥にはもう馴れている事とて、自分は再び停車場に戻り、居合せた駅夫を捕えて質問すると、駅夫は親切に、

「停車場の出口から直ぐと市内を往来する汽車に乗って、五十五丁目の停車場で下りるが、一番便利である、」と教えてくれたので、そのまま、自分は更に切符十仙《セン》を払って、プラットホームに来る汽車を待ち受けた。

間もなく三輛の列車が来て、停車すると入口の戸が駅夫の手を借りずに自然《おのず》と開いて、進行し始めると同時に再び自然と閉されてしまう。車中《なか》には女客は少く、商人らしい男が多い。自分は市俄古《シカゴ》大学の近傍に住んでいる一友人を訪ねて行くつもりなので、隣席に坐っている若い男を顧みて、何丁目へは……と友人の宿所を尋ねると、この男はまるで小供に物を教えるように、細々《こまごま》と道筋を示してくれた後、やがて衣嚢《ポケット》の中に入れた手

帖の間から地図まで引出した。

自分は日本流に帽子まで取って厚く礼をいうと、

「誰でも外国へ来れば皆困るんですから、そんなお礼には……、」と彼《か》の男は自分の余りに丁寧なのに少しは驚いた風であった。アメリカでは男同志の挨拶に帽子なぞ取るものは一人もないからであろう。彼は言葉をつづけて、

「私も実は外国人です、和蘭《おらんだ》人ですよ。もう十年からこの国にいますが……貴兄《あなた》は如何です、アメリカはお好きですか。」

「貴兄はいかがです？」と自分は訊き返すと彼は微笑して、

「世界中で一番好い処といえばやはり生れ故郷……貴兄もやはりそうでしょう。」

彼はさる商店の手代をしている事から、やがてそろそろとお国自慢に取りかかろうとした折、汽車は自分の下りるべき停車場に着いたので、自分は重ねて礼をいいつつ車を出で、街に下りた。

辻の瓦斯燈《がすとう》に五十五丁目と書いてある。自分の行先は五十八丁目なので、乃ち三丁歩けばよいのだ。始めて来た土地でもこう容易《たやす》く見当の付くのは、規則正しく数字、もしくはアルハベットの順に区別されてある亜米利加《アメリカ》の市街の、最も便利な一つで、番地と

ても、街の右側が奇数ならば、向側は偶数という風になっているので、東京の人がその土地の番地を捜し得ぬような虞《おそれ》は決してない。

自分は安心してゆっくりと歩いた。久しく空を閉した冬の雲は、さきほどから幾重にも層をなしつつ動き始めていたが、次第次第に青空を現わし、遂に愉快な太陽の光までを漏すようになった。雪解《ゆきげ》の往来は宛《さなが》ら沼のようになっているので、自分はやや乾いている人道《サイドウオーク》を拾い拾い歩いて行くと、何という不順な気候であろう、ちょうど五月のような暑気《あつさ》を感じ、汗は額に流れ出て、今朝までは着心《きごころ》の好かった外套の今は重苦しい事いうばかりもない。

幾軒も、同じ石造りの三階建の貸家の並んでいる中に、目的の番地を見出した。この辺は急《いそ》がしい市俄古《シカゴ》の市内《うち》とも思えぬばかり人通りも少く、町の片側は芝生の広場（後で聞けば、ミッド、ウェーとて十余年前万国博覧会の一部であったのをそのまま公園にしたのだとの事）その広場を越して、遥か右手には鼠色の市俄古《シカコ》大学の建物が見え、左手には大方ホテルでも有るらしい、大きな高い凌雲閣《スカイスクラツパー》の二つ三つ立っているのが、ちょうど雨上りの白い雲の頻りと往来する空模様と調和して、妙に自分の眼を引いたので、自分は訪ねようとする家の戸の外に佇んだまま、暫くは呼鈴も押さずに眺めていた。

すると、二階の窓の方で、自分には何の訳とも聞取れなかったが、若い女の声がして、バタバタと駆け下《おり》る跫音、そして入口の戸が開いた。

「ミスターNッて仰有《おっしゃ》る方じゃありませんか。」

十七、八かと思われる小作りの婦人、金色《ブロンド》の前髪を大きく取り、白い上衣《ウエースト》に紺色の袴《スカート》。見るからに愛らしい円顔の口元に、態《わざ》とらしいまで愛嬌ある靨《えくぼ》を浮べ、華美《はで》な、無邪気な、奥底のない、アメリカの少女特有の優しい声で、

「ジェームスはまだ会社から帰りませんけれど、この間から貴兄《あなた》のお出を待っていましたよ。まア、こっちへお上んなさいまし。」

彼女は自分の手を取りながら、客間に通してくれた。

室内の装飾はただ淋しからぬばかりに長椅子《ソフワー》、安楽椅子、机《デスク》、摺物《すりもの》の絵額、中古《ちゅうぶる》の洋琴《ピアノ》なぞを置いただけで、自分が想像した市俄古《シカゴ》の生活としては、その華美ならざるに驚いた、家の主人《あるじ》は裁判所の判事、今、自分を接待してくれるのは、その一人娘のステラ嬢で、自分がミシガン州で知己となったジェームスの未来の妻たるべき人である。

しかり、彼《か》れジェームスは、幾度自分にこの娘の事を話したであろう！　そして、懐中時計の裏に貼付けて、肌身放さず持っている美しいその写真を、幾度見せてくれたで

あろう。ジェームスの家はミシガン州にあるので、去る頃帰省している最中、自分は一《ひと》方《かた》ならず懇意になったのである。ボストンの電気学校の卒業生で、シカゴのエジソン電気会社の技師となり、娘の家に室借《へやが》りをしていたが、彼は書生時代から洋琴《ピアノ》が上手、娘ステラは胡弓《バイオリン》が好きというので、折々試みる晩餐後の合奏は、宵々毎に二人の愛情を結び付け、遂に婚約《エンゲージ》する事になったとやら。して、互《たがい》の心の底に、そもそもの始め、いわれぬ愛の誓をなさしめたのは、シュンマンが「夢」の一曲を合奏した瞬間であったという事も、自分はジェームスから聞いているので、

「今夜は私に是非、あの「夢の曲」を聞かして頂きたいものですね。」

いうと、ステラはさも驚いたように、しなやかな片手に軽く頰を押え、

「夢《ドリーム》!!」と叫んだが、もう激しい回想の念に打たれて、

「ああ!」と大きく息をつき、「ジェームスはそんな事まで、貴兄《あなた》にお話してしまったんですか。」

「ええ、何も彼も……。」

「まあ、ほほほほほ。」と高く鈴のような声で笑ったが、少しも感情を抑えないこの国の少女《おとめ》の、香《かんば》しい恋の心臓《ハート》の響は、自分の耳にまで聞えるように思われた。

彼女は突然自動椅子から立ち、すたすたと次の室《へや》へ行ったかと思うと、一冊の写真帖《アルバム》を持って来て、今度は犇《ひし》と自分の傍へ椅子を摺り寄せ、膝の上に開いて見せて、

「私達の写真ですよ。毎日曜日に撮ったんです。」

日曜日毎に連れ立って遊びに出掛けた所々《しょしょ》の公園で、二人して互の姿をば撮影《うつ》し合ったのを、一つ一つ月日を記して貼ってある。何という愉快な紀念帖であろう。

ステラは一枚毎に、撮影《うつ》した場所をば、これはジャクソン公園《パーク》の湖辺、これはミシガン大通《アベニュー》の石堤、これはリンコルン公園《パーク》の木蔭……と語調《ちょうし》を急《いそ》がしく説明する中《うち》にも、彼女は折々自分は今や世界中での一番幸福な娘の一人であるとの自信を、緑色なす深い目の色に輝かせたが、この真実の情の光に照らされては、如何なる人とて動されずにはいまい。

自分は心の底からステラの幸福を祈る切なる情に迫《せ》められると同時に、ああ、幸なるかな、自由の国に生れた人よ、と羨まざるを得なかった。試《こころみ》に論語を手にする日本の学者をして論ぜしめたらどうであろう。彼女は、はしたないものであろう、色情狂者であろう、しかし、自由の国には愛の福音より外には、人間自然の情に悖《もと》った面倒な教義《おしえ》は存在していないのである。

この夕《ゆうべ》、自分は忘れる事の出来ぬ楽しい晩餐《ヂンナー》を試みた。恋人のジェームスが帰って来る、父親の老判事が帰って来る。一家母親を合せて食事した後、若い二人は自分の請《こい》に応じて、彼《か》の「夢の曲」を演奏したのである。花形の笠着た朦朧たる色電燈の光に、男は肩幅広い背を向けて洋琴《ピヤノ》に向うと、女は胡弓《バイオリン》を取って、倚りかかるように男の傍に佇む。その廻りには白髪《しらが》の母親、鼻眼鏡を掛けた大きな禿頭の老判事、硝子窓の外には幽かに、湿《し》けた三月の夜を急ぎ足に行く人の靴音。

やがて、若い二人は演奏しおわったが、娘は楽器を手放すや否や、もう堪えられぬというように、ハタと男の胸に身を投げ掛け、二度ほど激しい接吻《キッス》を試みた。両親《ふたおや》は手を拍《う》って喜び、その再演を迫ったが、娘はなお少時《しばらく》は、激しい感動を静め兼ねたのであろう、ヂッと男の胸に顔を押当てたままで。しかし突然立ち直って、再び楽器を手にすると、今度は亜米利加《アメリカ》人が大好きな、彼《か》の愉快なる「デキシー」の一節、老判事までが椅子に坐りながら足拍子を打ち初めた。

ああ、一日も早く吾らの故郷《ふるさと》にも、このような愉快な家庭の様を見るようにしたいものである。

試みに、自分が養育された家庭《ホーム》の様を回想せよ。四書五経で噯い人間自然の血を冷却された父親、女今川《おんないまがわ》と婦女庭訓《ふじょていきん》で手足を縛られた母親。音楽や笑声なぞの起りようはない。父は夜半過るまでも、友人と飲酒の快に耽り、終日の労苦に疲れた母親に向って、酒の燗具合と料理の仕方を攻撃するのを例としたが、ああ、その時の父の顔、獰悪な専制的な父の顔、ただ諾々《はいはい》盲従している悲し気な、無気力な母親の顔、自分は小供心ながら、世に父親ほど憎いものはないと思ったと同時に、母親ほど不幸なものも有るまいと信じたほどである。しかし、世は遂に進歩するものであるならば、この野蛮な儒教時代も早晩過去の夢となり、吾らの新しい時代は遠からず凱歌の声を揚げるであろう。

時計はやがて九時を打った。ステラの家には今生憎《あいにく》と空間《あきま》がないというので、さきほど、ジェームスが二軒置いて先きの、素人下宿屋に、自分を案内するといっていたので、自分は家族一同にグッドナイトを告げ、ジェームスと共に外へ出た。

自分は何とか一語《ひとこと》、ジェームスに向って、御身《おんみ》らの恋は如何に幸福なるか！　との意味を伝えたいと思いながら、定りなき夜の雲の往来《ゆきき》を仰ぎ、そのまま黙って歩むと、彼は何やら俗歌を口笛に吹きつつ早や素人下宿の戸口に着いた。

下宿屋といっても、別に様子の変った事はない。ステラの家とは殆ど間数《まかず》も建方も同じようである。自分はこの家の妻君に案内されて、貸間の中《うち》では一番上等な表向《フロント》の一室に入り、五分ほどして、ジェームスの立去るや、自分は直《すぐ》と、衣服《きもの》を着換えて、静に寝床の上に身を横えた。

室内の瓦斯《がす》燈を消してしまったので、日蔽《ひおい》を差上げた硝子戸《がらす》からは夜の空が一杯に見える。空は暗いながらも、往来《ゆきき》の雲の後《うしろ》には月が潜んでいるためかどことはなしに微《うす》明《あか》るく、路傍《みちばた》の樹木や、遥の高い建物が影のように黒々と見分けられる、しかし幸にも今日は汽車の疲れに枕上《ちんじょう》何の物思う所もなく、直様《すぐさま》身は重い石の海底に沈み行く心地して、深い眠りに入ったのである。

三月十七日――目覚めたのは八時、見ると、一面に湿《ぬ》れている硝子戸の上に、朝日がキラキラ輝いている。衣服《きもの》を着換えながら、窓近く立ち寄って、外を見れば、湿《ぬ》れた往来には、風に打払われた細《こまか》い樹の枝が、彼方此方《あなたこなた》に散乱している、暴風《あらし》があったに違いない。それにしても、自分はよく夢一つ見ずに一夜を過す事が出来たものだ。哀れな人間は眠りの最中さえ、絶えず種々《いろいろ》の夢に苛まれるものを。昨宵《ゆうべ》はこの夢一つ見ぬ誠の快眠に、自分は始めて、かの牧場《まきば》の木蔭に横《よこたわ》る動物と同等な、全く生存の労苦から遠《とお》ざかった安楽と幸福を得たのである。

九時の定めと聞いた朝餐《あさめし》の食堂に下りて行った。

四人ずつ坐るべき小さい食卓《テーブル》が三脚《みッつ》置いてある。商人らしい中年の男が二人、市俄古《シカゴ》新聞《トリブユーン》を読みながら、一番端《はず》れの食卓。中央のには学生風の婦人が一人。すると案内の細君は、自分をこの中央の食卓に請《しよう》じたので、かの婦人は今まで一人で退屈そうに、食事の運び出されるのを待っていた所から、殊には外国人と見て取って、もう直様《すぐさま》話しかける。

しかし話し掛けられる質問は、十人が十人、大抵きまっている——いつこの国へお出でになりました。アメリカはお好きですかホームシックにおなりじゃありませんか。日本のお茶は大変よう御在《ございま》すね。日本のキモノは綺麗ですね。私は日本の事だといえば、もう夢中《クレージー》ですよ……。

自分は何でもよい、早く話を他に転じたいと思ったが、折能《おりよ》く、下髪《さげがみ》を黒いリボンで結んだ十四、五の娘が食事を運んで来たので、これを機会《しお》に、ナイフを取りながら、

「あなたは大学へお通いなのですか。」

聞くと、「ええ。文科の方へ……。」との答えである。これにやや力を得て、

「文科……それじゃ小説なぞも御覧になりますか。」

「ええ。大好きです。」と婦人は憚《はばか》る所なく答える。アメリカには日本のように女生徒

に限って小説を禁ずるような無残な法律はないのであろう。

彼女は新刊小説の題目を数多《あまた》並べて批評をしたが、不幸にも自分は実際アメリカの文学については、これまで何一つ注意を払った事がないので、折角の婦人が高説もそれほどには趣味を解し得なかった。自分が知っているアメリカの作家といえば、ブレットハート、マークトイン、ヘンリーゼームス、高々これ位のものであろう。去年の暮であったか、紐育《ニューヨーク》の友からその頃文壇を風靡している二、三の大家の作を送付されて、しかも皆半分ほどまで読んで止《よ》してしまった事がある。なお折々は雑誌など開いて見るけれども、何故《なにゆえ》かこの新大陸の作家中には、ドーデ、ツルゲネフのような優しい面影を見出す事が出来ない。大方アメリカ人にはああいう空想の多い綺麗な作物《さくぶつ》は、その趣味に適しておらぬのであろうか。

朝餐《あさめし》は思いの外早く済んだ。かの女生徒は、「明日の午後《ひるすぎ》には大学構内のマンデルホールで春季の卒業式があるから、御見物なすっては……、」といいながら、食卓《テーブル》の上に置いた一冊の本を取り、片手に前髪の縺れを撫で撫で出て行った。

殆ど入れ違いに戸口の鈴が鳴ったかと思うと、給仕の娘が、「お客様です。」との取次ぎ。

出て見ると、ジェームスであった。山高帽子を少し阿弥陀に冠り、例の無造作な声で、グットモーニングを繰返しながら、これから街の会社に行くので、自分も一所に見物旁々《かたがた》出掛けてはとの事。早速勧めに応じて共々往来に出で、昨日の昼間下車した同じ停車場から、市内通いの汽車に乗った。

ちょうど、あらゆる種類のシカゴ人が下町の会社や商店へ出勤の時間なので、車中には殆ど空椅子もないほど、男や女が乗り込んでいる。彼らはいずれも鋭い眼で、最短時間の中《うち》に、最多の事件の要領を知ろうという非常な恐しい眼で、新聞を読みあさっている。五分十分間位に停車するいずこのステーションにも新聞を持たずに汽車の来るのを待っているものはただの一人もない。何という新聞好きの国民であろうか。彼らはいうであろう、進歩的の国民は皆一刻も早く、一事でも多く、世界の事件を知ろうとするのだと……。ああ、しかし、世界の事件というものは、何の珍らしい事、変った事もなく、いつでも同じ紛紜《ごたごた》を繰返しているばかりではないか。外交問題といえばつまりは甲乙利益の衝突、戦争といえば、強いものの勝利《かち》、銀行の破産、選挙の魂胆、汽車の顚覆、盗賊、人殺、毎日毎日人生の出来事は何の変化もない単調極るものである。仏蘭西《フランス》のモーパッサンは早くもこの退屈極る人生に対して、堪え難い苦痛を感じ「水の上」なる日記

の中《うち》に、

（厭《いと》うべき同じき事の常に繰り返えさるるを心付かぬものこそ幸なれ。今日も明日も同じき動物に車引かせ、同じき空の下、同じき地平線の前同じき家具に身を取り巻せ同じき態《さま》して同じき勤めする力あるものこそ幸なれ。堪えがたき憎しみ以《も》て、世は何事の変るなく、何事の来《きた》るなく、すべてこれ懶《ものう》く労《つか》れたるを、見破らぬものこそ、ああ幸なれや……。）

といっているではないか。されば、饑《う》えたるものの食を求むる如く、この変化なき人生の事件を知ろうとするアメリカ人の如きは、最も幸福というべき者であろう。

汽車は休まず湖水の波際《なみぎわ》を走っている。なんとなく新橋品川のほとりを過ぐる心持がすると思う間もなく、最後の停車場に着するや、車中の一同は皆忙し気に席から立つ。ジェームスはここがバンビューロンの停車場というので、市俄古《シカゴ》中最も繁華な商業地への這入口だと教えてくれた。

汽車から溢れ出る無数の男女は、互に肩を摩り合わさぬばかりに、ゾロゾロとプラットホームから続いた頑丈な石橋を渡って行く。見渡すと橋向うは数多《あまた》の自動車《オートモビル》が風の如くに往来しているミシガン大通《アベニュー》で、更にここから西へと這入る幾条《いくすじ》の大通りには、いずれも二十階以上の高い建物が相競うて聳えている。空は三月の常として薄暗い上に、左右からこれらの高い建物に光線を遮られたので、大通の間々《あいだあいだ》は、塵とも烟ともつかぬ、まるで闇のような黒いものが渦巻き動いている。そして今しも石橋を渡り尽した無数の男女の姿は呑れる如くに、見る見る闇の中――市俄古《シカゴ》なる闇の中《うち》に見えずなってしまうのであった。

自分は非常な恐怖の念に打たれた、同時に、是非を問うの暇《いとま》もなく自分も文明破壊者の一人に加盟したい念が矢の如く群《むらが》り起って来た。正直な日本の農民は首府の東京を見物して、その繁華(もしいい得べくんば)に驚くと共に、無上の賞讃と尊敬を土産に、元の藁家に帰るのだが、一度《ひとたび》時代の思潮に触れた青年は、見るに従い、聞くに従い、及びも付かぬ種々《いろいろ》な空想に駆られる愚さ、自分は歩む事も忘れて、石橋の上に佇んでいると、ジェームスは何と思ったか、微笑みながら振向いて、

「Great City !」と自分に質問するらしくいい掛けたので、

「Yes. Big monster.」自分は答えた――何と形容しようか、やはり人々のよくいう通り怪物《モンスター》とより外にいい方は有るまい。

ジェームスは前面のミシガン大通《アベニュー》に聳えた建物を指《ゆびさ》して、あれはアンネキスという

旅館《ホテル》、その隣がオーヂトリヤムという劇場、遠くのあれは卸売の註文を取引する会社の塔である。あれは何、これは何、と一つ一つ説明してくれた末、まだ少し時間もあるから、マーシャル、フヒールドという大商店へ案内しようといった。

「市俄古《シカゴ》で一番……紐育《ニューヨーク》でもあんな大きな商店はない。だから世界一といってもよいです。女ばかりでも七百人から働いていますからね。」

ジェームスの話は恐らく譃言《うそ》ではなかろう。この商店を見物する事は市俄古《シカゴ》を通る旅人の殆ど義務といってもいいようになっているのである。衣服、家具、小間物、靴、化粧品など、あらゆる日用品を売《あきな》う店で、市中目抜きのステート、ストリートの角に城郭の如く聳えている。自分は群集の中を通り抜け、エレベーターに乗って、二十階近くある、その最絶頂に上り、磨き立てた真鍮の欄干《てすり》に凭れて下を覗いて見た。

建物はちょうど大きな筒のように、中央は空洞《うつろ》をなし、最絶頂の硝子《がらす》天井から進み入る光線は最下層の床の上まで落ちるようになっているので、出入の人々が最下層の石畳の上を歩行している様をば、何百尺真上から、一目に見下す奇観！　男も女も、漸く母指《おやゆび》ほどの大きさもなく、両腕と両足とを動して、うじうじ蠢いて行く様、こんな滑稽な玩弄物《おもちゃ》がまたとあろうか！　しかし一度《ひとたび》、この小さな意気地なく見える人間が、雲表《うんぴょう》に高く聳ゆるこの高楼大廈《たいか》を起し得た事を思うと、少時前《しばしまえ》文明を罵った自分は、忽ち偉大なる人類発達の光栄に得意たらざるを得なくなった。

人は自分の定まらぬ心の浅果敢《あさはか》を笑うであろう。しかし人の心はいつもその周囲の事情によって絶え間なく変転浮動しているに過ぎない。例えば、夏の日に冬の寒《さむさ》を思い、冬の日に夏の涼しさを慕うようなもので、ルーテルの新教、ルーソーの自由、トルストイの平和、いずれか絶対の真理があろう、皆なその周囲の事情が起した声に外ならぬ。

ジェームスは会社へ出勤するとて、共にエレベーターで下に降り、商店の戸口で別れた。自分はこれから、ミシガン大通《アベニユー》の美術館へ見物に行くのである。

（ミシガン州三十八年三月）

夏の海

炎暑のためには折々人死《ひとじに》のある東側《イーストサイド》の貧民町からは遠く七、八哩《まいる》も離れて、今白分の滞在している従兄素川子《そせんし》の住居《すまい》は、紐育《ニューヨーク》の市中とは思えぬ位、五階の窓から西の方《かた》一帯はハドソンの河上を見渡し、東の方《かた》はコロンビヤ大学の深い木立を望む、閑静な山《やま》手《のて》でありながら、しかし敷石や煉瓦に焼き付く暑《あつさ》は、まだ人の目覚めぬ中《うち》から室中《へやじゅう》を暖《む》室《ろ》のようにしている、汗は油となって、総身から湧起《わきだ》して来るので、朝飯の食卓《テーブル》についても、食慾は全く去り、一皿のオートミールさえ啜りおわる勇気がない。

ちょうど日曜日なので、素川子は自分を案内方々、ニューゼルシー州のアシベリパークというこの近辺では逗子大磯ともいうべき海水浴場へ行って見ようという。

早速家を出で、地下鉄道《サブウェー》に乗り、市の北端から南端までわずかに三十分あまり、停車場の石段を上り、市中でも一番高い建物の群《むら》がり立っている、紐育《ニューヨーク》中の紐育《ニューヨーク》ともいうべき下町の街を過ぎ、南の波止場に赴いた。見ると、横付にされた汽船の甲板、切符の売場、波止場の前の公園、共に一杯の人である。亜米利加《アメリカ》人ですら、初めて紐育《ニューヨーク》を見るものは、市中如何なる処《ところ》へ行っても人波の溢れ漲っているのに一驚を喫するというので、気の弱い自分は「とても乗り切れまい。」と落胆した調子でいったが、永くこの修羅場に馴れている、いわゆる敏捷《スマート》な素川子は平気なもので、自分の手を引きながら、ズンズン群集の中へ割って這入《はい》り、どうやら道を造って、とうとう汽船の甲板に上り、在り合う畳椅子を捜出して腰を下した。

汽船は五分ほどして纜《ともづな》を解き、波止場の上に往来している女の衣服《きもの》が花園の花の如く見える頃になると、ハドソン河口の偉大な光景が遺憾なく眼前に開展せられる。偉大といって、これ程偉大な光景は、世界中でも多く見る事は出来まいと、自分は信ずるのである。赫々《かくかく》たる夏の空高く聳ゆる紐育《ニューヨーク》の高い建物を中心として、右の方《かた》にはハドソン河を隔てて、煤烟《ばいえん》雲と棚曳くニュゼルジーの市街《まち》を眺め、左の方《かた》には、世界の港湾から集来《あつまりく》る幾多の汽船が、自由にその下を往来しているブルックリンの大橋、続いてブルックリンの市街《まち》。しかしてこの恐るべく驚くべき平和の戦場をば。唯の一目に見下しているのは、片手に鉾を差上げて、港外遥かの海上に聳え立つ自由の女神像《じょしんぞう》である。

自分は今までこのような威儀犯すべからざる銅像を見た事はない。覚えず知らず、身を抛《なげう》ってその足下《あしもと》に拝伏《はいふ》したいような感がするので、自分は身中《みうち》のいずこにかなお祖先以来の偶像崇拝の血が遺伝されているためであろうかとまで怪しんだが、やがて、この深い感動は全く銅像建設の第一義ともいうべきその位置選択の宜しきが故に外ならぬ事を気付いた。いずれの美術にしてもいわゆるアクセッソリーなるものを無視しては、美術の功果を全《まった》からしむる事は出来ないが殊に銅像や紀念碑について自分はこの感を深くする。人は木の葉に等しい船よりして、彼方《かなた》に平民国の大都府を臨みつつ渺《びょう》たる大西洋上にこの巨像を仰いだなら、誰《たれ》とて一種の感に打れざるを得まい。この銅像は新大陸の代表者、新思想の説明者であると同時に、百万の要塞よりも強力な米国精神の保護者である。自分はこの銅像が仏蘭西《フランス》より寄贈されたものである事を聞いているが、その建設者なる一美術家の力を思えば、ああ、神にも等しいではないか。

思うに日露戦争後は我国でも東洋を代表する大紀念碑の類を建設する計画を為すものがあるかもしれぬ。しかし美術の製作を土木事業と同一視している日本政府の手によってなら、自分はむしろそのような計画の起らぬ事を庶《こいね》がうのである。日本の美は、楠公や西郷の銅像、もしくは日比谷の煉瓦造のためではなく、雲と乱るる桜の花、蝶と舞う芸者によって世界に知られ、愛されているのである。されば、吾ら東洋人の負うべき天職は、或人のいう如く東西の文明を調和すると称する夢のような空想に酔う事ではなく、男子は尽《ことごと》く花造りとなり、女子は尽く舞妓《ぶぎ》となって、全島国《ぜんとうこく》を揚げて世界歓楽の糸竹場《しちくじょう》たらしむる事ではなかろうか。

自分を載せた汽船は、一度は遠く岸辺の景色も見分《みえわ》かぬほど、広い沖合に出たが、やがて再び静《しずか》な陸地に添うて進んだ。晴れ切った青空に満渡《みちわた》る明《あか》るい夏の日光は水平線上に浮ぶ真白な雲の峯、平《たいら》な海水、枝も重気に茂っている岸辺の樹木を照して、雲の白さ、水の藍色木葉《このは》の緑りに、いわれぬ愉快な光沢を与えている。見渡すと、沿岸は一帯に牧場《まきば》でもあろうと思われ低地つづきで、水面には処々《しょしょ》に、高く茂った蘆荻《あし》の洲《す》が現れ、その蔭をば、真白な小舟《ヤット》の帆が走って行く、鷗の群が花の散るように飛ぶ。自分はこういう水彩画そのままの小山水《しょうざんすい》を、偶然無名の里に見出す時の嬉しさ、世界に知れ渡った名所古跡に遊ぶの比ではない。

去年自分は落機山《ロッキイざん》とナイヤガラ瀑布を過ぎた折、この世界の奇勝も予想したほどには自分の心を動さなかったが、それに反して、ミゾリ州の落葉の村、ミシガン州の果樹園の夕暮に忘られぬ詩興を催されて、坐《そぞ》ろに感じた事がある――ああ、造花の巧《たくみ》を集めたこれらの名山霊水は、久しい間世の人に驚かれ、敬われている事、もしミルトンが失楽園、ダンテが神曲にも譬え得べくば、かの名も無き村落の夕暮の景色は、正に無名詩人が失恋の詩ともいうべきか。トルストイはベトーヴェンの音楽よりも、農奴の夕の歌《ムージック》に動され、ジョージ、エリオットは古代の名画よりも小さな和蘭画《おらんだえ》を愛したといえば、自分が常に、博士や学者が考究の玩弄物になっているクラシックの雄篇大作よりも、ツルゲネフ、モーパッサンの小篇に幾多の興を覚ゆる事、敢て自分が浅学の故ばかりでもなかろう。

汽船《ふね》は二、三カ所小《ちい》さい海水浴場の波止場に立ち寄り、午後の　時過プレザントベーという同じ夏場に到着した。水際一帯の低地は公園になっていて、小い音楽堂、料理屋、玉場などが樹の蔭に散在している。ここから電車に乗ッて一時間近く、目的のアシベリ、パークに到るまでの道筋には、尽く夏のホテル、夏の貸別荘と、木立の涼しい牧場《まきば》とが入替り立替り続いている。

小庭の楓《もみじ》の網床《ハンモック》を吊し、身を長々と横《よこた》えて小説読んでいる若い姉妹《あねいもと》、緑滴る縁側《ベランダ》に安楽椅子を並べて往来を眺めながら、楽し気に語り合うている若い夫婦、牧場から野の花を摘んで、鉄の垣根道を帰って来る若い恋人同士、手を引合い唱歌を歌って走廻っている小娘の幾群、花園を前にした門《かど》の戸口にその友を訪れる美少年の幾組、到る処愉快な笑い声と話声、口笛とピアノの響。

ああ、この晴渡った明い夏の日、爽快な海の風吹く水村《すいそん》は世の夢を見尽した老人の隠《かくれ》場《ば》ではなく、青春の男女が、青春の娯楽、青春の安逸、青春の紅夢に酔い狂すべき極楽郷である。

自分は走行《はしりゆ》く電車の上から幾人と数え尽されぬほど、多くの美人多くの美男子を見た。自分は美人美男子を見る時ほど、現世に対する愛着の念と、我《われ》と我《わが》存在を嬉しく思う事はない。科学者ならぬ無邪気の少女《おとめ》は、野に咲く花をただ美しいとばかり、毒艸《どくそう》なるや否やを知らぬと等しく、道学者、警察官ならぬ自分は、幸にして肉体の奥に隠された人の心の善悪《よしあし》を洞察する力を持っていないので美しい男、美しい女の歩む処、笑う処、楽しむ処は、すべて理想の天国であるが如く思われる。ましてや、この夏の海辺は、冬の都の劇場舞踏場の如く、衣服と宝石の花咲く暖室ではなく、赤裸々たる雪の肌の香る里であるをや。

男は身軽なジャケットに藁帽子、女は真白な日傘に帽子も冠《かぶ》らず、渦巻く金髪《ブロンド》や黒髪《ブルネット》の光沢《つや》を誇り、短い袴《スカート》の裾から、皺一ツ無い絹の靴足袋《くつたび》に愛らしい小形の靴を見せ、胸さえ透見《すきみ》えるような薄い上衣の袖は二の腕までも巻上げ腰《ウエースト》を振り肩で調子を取りながら、輝く日光《ひかげ》の中を歩む様、あたかも空飛ぶ鳥のようである。

自分は西洋婦人の肉体美を賞讃する第一人で、その曲線美の著しい腰、表情に富んだ眼、彫像のような滑《なめらか》な肩、豊な腕、広い胸から、踵の高い小な靴を穿いた足までを愛するるばかりか、彼らの化粧法の巧妙なる、流行の撰択の機敏なのに、無上の敬意を払っている第一人である。彼らはその毛髪《かみのけ》の色合、顔立、身体付によって、各《おのおの》巧《たくみ》に衣服の色合と形を撰び、十人並の容貌《きりょう》も、よくその以上に男の眼を引くようにするけれど、翻《ひるがえ》って日本の児女《じじょ》の態《さま》を見れば、彼らは全くこの般《はん》の能力を欠いているように見えるではないか。尤も日本人といえば非難と干渉の国民であるから、この社会に養成された繊弱《かよわ》い女性は恐れ縮って、思うようにその天賦の姿を飾り得ないのかもしれない。

電車はアシベリパークの海辺に臨む町の四辻に停った。

茫々たる大西洋を前に四、五軒並んでいる高い木造りの旅館の縁側《ベランダ》、辻の角の薬《ドラッ》屋《ストアー》、波の上に築き出した散歩場、いずれも男や女で一杯になっているが、その真白な衣服《きもの》と日傘が、青い空と海の色とに相映じて、見る人の眼にいわれぬ快感を与えるのである。

自分は素川子と共に、散歩場の階段から海辺の砂地に下り、極東の太陽に生育《おいた》った五尺の身を、始めて大西洋の潮《うしお》に浸して見ようと思いながら、どこか近くに水着を貸す小家があるまいかと、その辺を見廻わすと、不思議や多くの人々は波際を散歩しているから、遊泳するものは一人もなく、衣服《きもの》を脱ぐべき小家は皆な戸を閉している。

「別に海が荒れている訳でもないのに、どうしたのであろう？」

訊くと、素川子も暫くの間は不審そうに四辺《あたり》の様子を眺めていたが、忽ち思付いて、

「日曜日だからです。」と答える。

米国では土地によると、宗教上の関係から日曜日にはすべての遊戯を禁制する所がある。アシベリパークもかかる例の一ツであったのだ。

ああ、禁制、規定！　殊に宗教上の形式的法則ほど、愚に見えるものはない。日曜日には寺院に赴き、讃美歌を歌い、祈禱を挙げさえするならば、それで宗教上の意義は足れりとするのであろうか。人生の疑問は解決されると思うのであろうか。

この州の或町に行くと、日曜日には一切舟遊びを禁じながら馬車や自働車《オートモビル》を馳《はし》らす事を許している滑稽な矛盾を見た事もあると、素川子は自分に話した。

二人は少時《しばし》、砂の上に腰を下し、雲のみ浮ぶ無限の大洋に対していたが、やがて再び散歩場に出で、レモン水の一杯に喝いた咽喉《のど》を湿《うるお》した後、先刻上陸したプレザントベーの公園に戻り、帰りの汽船《ふね》の出帆するまで、一睡を試《こころみ》る事に決議して、走《は》せ来る電車に飛び乗った。

公園の入口に下車すると、直様《すぐさま》二人は水辺の木陰に歩み寄り、柔《やわらか》い青草の上に腰を下す。見渡す眼の前の景色は、白い夏雲の影を映した平かな入江を隔てて、低く茂る夏木立の間から、農家の屋根や風車《かざぐるま》、平和な和蘭画《おらんだえ》を見るとしか思われぬ。

自分はむやみと幸福の念に打たれ、半《なかば》は身を草の上に横えながら、衣嚢《かくし》から取り出した巻煙草を一喫し、更に眼を静な水の上に注ぐと、いつの間に浮出《うかびい》でたのであろう、湖水に等しい入江のただ中に、一葉の真白な小舟《ボート》。飄然として中空《なかぞら》から舞下りたローヘングリンの白鳥かとも怪しまれた。しかし乗手は若い女と男の二人ぎりらしく、男はその強い腕に力を籠めて漕ぎ行くと見え、舟は進む事早く、見る見る中《うち》に一方に突出た蘆の洲の茂りの陰に隠れてしまった。それと共に、自分も眺めやった首をば、ハタと草の上に投倒し、全く寝床の上に臥《ね》るように身を伏せると自分の眼の高さは、ちょうど水の面《おもて》と並行するようになるので、満々たる潮《うしお》は忽ち身を浸すように思われ、青い楓《もみじ》の葉越に見える夏の空は、平常よりも更に高く、更に広く見えながら、懶《ものう》く動く白雲《しらくも》はそれに反して、次第次第に我身を包むべく下りて来るようなので、それをば今か今かと待設けている心持の愉快な事、ああ何に例えようか、やがて四辺《あたり》は模糊として霧の中《うち》に隠れるが如く、ただ折々水面を渡って来る微風《そよかぜ》の、静に面《おもて》を撫て行くのを感ずるばかり、身体中は骨も肉も皆溶けて気体となり、残るものはただ絹のような、何事も、感じやすい繊細な皮膚ばかりとなって、遂に満々たる水と悠々たる雲の間に自分は魚《うお》よりも鳥よりも軽くふわふわ浮び出した……ああ白日《ひる》の夢！

故郷に在る頃には、自分は紅《べに》の花咲く小庭を前にして、簾外の風鈴の音《ね》動く夏の小座敷、さては絃歌の遠く聞ゆる水楼の午睡をば、風流の最上であるが如くに愛していたがしかし一度《ひとたび》旅に出て、この広漠たる異郷の空の下繁茂した野草《のぐさ》の中に横わる時の情味の弥《いや》深き、全く言葉にいい尽し難きものがある。

ミシガン州の片田舎に滞在していた頃、ちょうど五月の末であった、楓《もみじ》、楡《エルム》、樫なぞの大樹の若葉は、鬱蒼として村落を包み、野草は萋々《せいせい》として牧場《まきば》を蔽い、林檎、桃、桜の花は小丘《おか》を攀《よ》づる果樹園に、紫色のライラック、真白の雪球花《スノーボール》、紅《くれない》の薔薇は人家の小庭に咲き乱るる北国の春の半《なかば》。南方から春夏をここに集い来る駒鳥《ロビン》と黒鳥《ブラックバード》は、庭といわず墓場といわず、街といわず村といわず、樹のある処、花咲く処には、声を限りに長閑《のどか》な歌を歌い続ける。しかし大陸の常として日和《ひより》続きの日中は、日本ならばもう七月の暑《あつさ》かとも思われる強い日の光に、自分は狭い居室の気を晴すため、村はずれから、起伏する小丘《おか》の間を、鉄道の線路に添い、次第次第に人無き深い樫《オーク》の林に迷い入り、白い雛菊《デージー》や黄金色なすバタカップスの咲き乱るる野草の中に身を投入れると、幾多の木鼠《りす》は物音に驚いて、草の中を四方に逃げ散り、逸早《いちはや》く樫の梢から梢を渡ってキキと鳴く。

一巻の詩集は例の如く衣嚢《かくし》の中に携えて来たものの、奇《く》しき自然の前に対しては、如何なる美術も如何なる詩篇も、要するに怪異《グロテスク》と誇張と時には全く虚偽としか見えぬので、もうそんな人工的のものには手を触るる気もせぬ。思うがままに身を延して、高い梢越の空を仰ぎ、湿った土と草の香《かおり》を嗅ぎつつ、鳥の歌、木鼠《りす》の叫びに耳を澄ましていると、自分は全く世間を見捨てた、あるいは見捨てられたような気になる。日本であると、随分遠い山里に行っても、土地は多く開拓され尽しているので、何となく浮世の風の通うている気がするけれども、さすがは米大陸の広漠たる、町から二哩《まいる》を出るならば、いずこへ行ってもこういう無人の境《さかい》が現れ、これに異郷の寂寞という主観的の情趣を加味して見るので、樹木の茂り、水の流、空行く雲の有様は、すべて自分には一種いい難い悲愀《ひしゅう》の美を感じさせる、空想は泉の如く湧起り、自分は放浪の生活の冷い快味を思うにつけ、一層の事アラビヤの女と駱駝《らくだ》を並べて砂漠を遊《あゆ》み、天幕の下に眠って見たらばどうであろう、かと思うと、忽ち旅で病にかかり、日光の照さぬ裏町の宿屋に倒れるような運命に出逢ったら……と今度は覚えず慄然《ぞっ》として、明日にも日本に帰りたいような、極端から極端の事に思を走《は》せ、遂には気疲れしてそのまま混惑の夢に落ちてしまうのである。

ああ！　異郷の昼の夢！　単調な我が生涯に嘗て経験した事のない、尽せぬ情味を添えてくれたものは、実にこの昼の夢である。今日もまた端《はし》無《な》く、大西洋の潮《うしお》流れ入る、プレザントベーの辺《ほとり》に伏して、自分は夢の中《うち》に忽ち美妙の音楽を聞つけ、ハッと目覚めた、公園の端《はずれ》の料理屋で楽隊《オーケストラ》が何やら静かなクラシックの一曲を奏し出したのである。

しかし、自分はなお暫くは、睡後の意識の朦朧としているところから、眼前の入江から森、雲までを、もう十年も過ぎた曾遊《そうゆう》の地を望む心持で、何とはなしにしげしげ眺め入ったが、やがて、後《うしろ》の方《かた》に近く足音を聞き付けたので振向くと素川子であった。了も今方《いまがた》目覚めて、帰りの汽船の時間を聞きに波止場まで行って来たのだという。

二人は木蔭を出で、音楽を奏している公園の料理屋に入り、冷した果物と薑酒《しょうがしゅ》に咽喉を潤した後、夕の五時過に船に乗った。

途中で日は西に落ちたので、大西洋上に燃《もゆ》る夕炎《ゆうばえ》の美しさを見尽し、徐《おもむ》ろに紐育《ニューヨーク》の港口に近《ちかづ》く頃には、逸早くかの自由の女神像《じょしんぞう》の高く差上げた手先に、一点の燈明の輝き初めるのを認めた。続いて、夕波高く漲る彼方《かなた》に、山脈のように空を限る紐育《ニューヨーク》の建物、ブルックリーンの橋上無数の碇泊船、引つづく波止場波止場の燈火《ともしび》の、一斉に煌き渡るさま日の中《うち》に眺めた景色よりも、更に美しく更に意味深く見えるのである。

汽船の波止場についた時はちょうど八時、自分は素川子と二人、晩餐を準《ととの》えるため、夜は殊に賑わう十四丁目通りのとある仏蘭西《フランス》の料理屋《カッフェー》に這入った。

（紐育三十八年七月）

夜半《よわ》の酒場

紐育市役所《ニューヨークシテーホール》の広場を前にして、いつも人馬の雑沓するブルックリン大橋《だいきょう》の入口から、高架鉄道の通っている第三大通《サードアベニュー》を四、五丁ほども行くと、チャタム、スクエヤーといって、ここから左へ這入《はい》れば猶太街《ジューまち》、右手に曲れば支那街《しなまち》から、続いて伊太利亜街《いたりやまち》へと下りられる広い汚い四辻に出る。

一口にポアリーと称して、この界隈は、各国の移住民や、労働者の群集する貧民窟で、同じ紐育《ニューヨーク》の市内ではありながら、新世界の大都会を代表すべき「西側《ウエストサイド》」からは、自と一劃の別天地、彼方《かなた》は成功者の安息地であるならば、この「東側《イーストサイド》」の別天地は、未成功者もしくは、失敗者の隠れ場所であろう。

されば路行く人も、地下鉄道《サブエー》の車中で互《たがい》に衣服の美を争う「西側《ウエスト》」とは事変り、女は帽子も戴かず、汚れた肩掛《シオール》を頭から被り、口一杯に物を冠張《ほおば》りながら歩く。男は雨曝しの帽子に襟《カラー》もなく、破けた下襯衣《したしゃつ》から胸毛を見せ、ズボンのポケットには焼酎《ウイスキー》の小壜を突込んで、処嫌わず、黄い《きいろ》嚙煙草の唾を吐き捨てて行く。

で、人道の面《おもて》は、これらの人々の啖唾でぬるぬるしている上に、本体《えたい》の知れぬ怪し気な紙屑やら、襤褸片《ぼろきれ》やら、時としては破けた女の靴足袋が、腐った蛇の死骸見たようにだらりと横《よこた》わっている事さえある。車道はいずこも石を敷いてあるが、重い荷車《ワゴン》の車輪

で散々に曳き崩され、乾く間のない荷馬の小便は、その凹《くぼ》み凹みを選んで、蒼黒く濁り滞んでいる。

街の両側に物売る店の種々《さまざま》ある中に、西洋にもこんなものが有るかと驚かれるのは、電気仕掛にて痛みなく文身仕《ほりものつかまつ》り候《そろ》――と硝子戸に看板を掛けた、文身師の店で、其処《そこ》此処《ここ》と、殆ど門並《かどなみ》らしく目に付くのは、如何様《いかさま》の宝石屋と古衣屋《ふるぎや》とで、その薄暗い帳場の陰から、背の屈《まが》った猶太《ジュー》の爺《おやじ》が、キョロキョロ眼《まなこ》で世間を眺めているかと思えば、大道の食物店《くいものみせ》に、伊太利亜《イタリヤ》の婆《ばば》が、青蠅のぶんぶんいう中を、慾徳なさそうに居眠りしている。

こんな具合に、いずこを眺めても、引続く家屋から人の衣服から、目に入るものは一《いっ》斉《さい》に暗鬱な色彩《いろ》ばかりで、空気はいつも、露店で煮る肉の臭、人の汗、その他いわれぬ汚物の臭いを帯びて、重く濁って、人の胸を圧迫する。で、一度《ひとたび》この界隈へ足を踏入れると、人生の栄華とか歓楽とかいう感念は全く消滅してしまって、胸はただ重苦しい悪夢にでも襲れているような心地になるのである。

或時――冬の夜の事である。自分は猶太町《ジューまち》に在る猶太《ジュー》の芝居を見物した帰りぶらぶらこの辺《あたり》を歩いて見た。もう十二時過ぎと見えて、例の古衣屋も宝石屋も、その他の店も、皆な燈《ひ》を消していて、街の角々にある酒場《サルーン》ばかりが、今こそといわぬばかり、時を得顔に電燈を輝かしている。

自分はつと戸を押して這入ると、カウンターに身を寄せながら労働者の一群が、各《おのおの》コップを片手に、高声で話合っていたが、ふと自分の耳に付いたのは、奥深い彼方《あなた》から幽《かすか》に聞える、破れピアノに女の騒ぐ声々。で、そのまま、突当りの戸を押試みると、身は流るる如く、扉と共に真暗な廊下へと滑り入った。

女の笑う声は、更に五、六歩先なる戸の中と覚しいので、自分は臆せずに進んでこの二番目の戸口へ近寄ると、足音を聞き付けてか、この度は内《なか》から戸を開けてくれたものがある。鍵穴から見張をしていた番人で、自分が這入ると、再び戸をばったり閉めた。

ああ！　外部《おもて》からこんな処にこんな広いホールが有ろうとは、誰あって思い付こう!!　室《へや》の周囲の、壁に近寄せて、数多《あまた》の食卓《テーブル》と椅子を据え、その一隅《ひとすみ》には古い大きなピアノが一脚。胴着《チヨツキ》一枚になって、汚れた襯衣《シヤツ》から腕を見せた大男が折々片手で汗を拭きながら、このピアノを鳴していると、その傍に坐っている痩せた背虫の男が、青白い横顔を見せながら、バイオリンを弾く、食卓《テーブル》の男女は、一組二組と立って室中《へやじゆう》を迂《う》曲《ね》り迂曲り舞歩いているではないか!!

どれを見ても、これはと思う風采《みなり》のものは一人もない。太いズボンの水兵連中に交って、中にはせいぜい美装《めか》したつもりで、汚れぬ襟《カラー》に襟飾を付けているものもあるが、小供の腕よりも太そうなその指と、馬の蹄見たような厚底の靴とで、日中は道普請《みちぶしん》をしたり、煉瓦を運んだりしている輩《てあい》である事が直ぐ分る。

女はと見れば、人らしいところは少く、年齢《とし》の多少も分り兼るものばかり。白粉をばいいいいいい顔中こてこて塗立てた上に、頬へ朱をさしたばかりか、中には下睫《したまぶち》へ墨を入れているのもある。もう着古して皺だらけになったスカートに、洗晒しの夏物を着ていながらも、なお都の華奢《きゃしゃ》を学ぶ心か、舞台にでも出そうな踵の高い細い靴を、穿き、鬘《かつら》を冠ったようにに入毛をした髪の間や、頸《くび》、腕、指なぞには、無暗《むやみ》と硝子《がらす》製のダイヤモンドを輝《ひか》している。

ピアノとバイオリンの奏楽進むにつれて、これらの女と抱き合いながら、水兵や労働者の入りつ乱れつ、床の塵と煙草の煙と、酒の香とで、電燈の光も黄《きいろ》く朦朧となっている中を狂するように舞い踊るさま、自分は已に浅間《あさま》しいという嫌悪の境を飛越してしまって、何ともいいがたい一種の悲痛——嘗て故郷で、暗い根岸《ねぎし》の里あたりから遠い遊廓の絃歌を聞いた時のような、その悲痛を感ずるのであった。

舞踏《ダンス》の曲は止んだ、男女は各《おのおの》元のテーブルに帰ると、白いジャケットを着た給仕人が、注文を聞いて廻る、もう腰も立たぬほどに、酔っていながら、なおウイスキーを煽る水兵もあれば、女ながらもそれに劣らず、強いポンチをがぶがぶやりながら、時にはテーブルを叩いて大声にいい罵るのを聞けば、およそ英語で劣等な中にも劣等なスエヤーの数々。

自分は片隅のテーブルに一人ビーヤを傾けつつ、この奇異なる四辺《あたり》の光景から、やがて、汚れた板張りの壁に掛けてある額なぞを眺め廻した。

他分、フートボールを営業にしている女の一組と覚しく、逞しい筋肉をそのまま見せた肉襦袢の四、五人が、手を取り合って立っている一枚の写真に続いては、鬼のような顔をした拳闘家《ボッサー》が、両手を前にいざと身構えしている肖像画があり、向側《むかいがわ》の壁には、察するところ、この近辺を縄張内《なわばりうち》にしているものであろうか、制服を着けた消防夫の写真が、二、三枚も続けて掛けてある。

忽然、二人連の女が自分の占めているテーブルの空椅子に腰を掛けた。自分は好奇心の誘《いざな》うままに、この社会に限って通用する、合図の目瞬《めばた》きをして見せると、金にさえ成ると見れば、人種の差別なぞは一向に頓着しない連中《れんじゅう》と見えて、早速椅子を自分の方へ

ぴったり引寄せたばかりか、その片手を自分の肩の上に肱杖《ひじつえ》をして、

「巻煙草《シガレット》はなくッて？」という。

自分は一本の巻煙草を渡した後、通過る《とおりすぎ》給仕人《ウエーター》を呼ぶと、女はコックテールをと命じたが、自分はそういう強い酒には堪えられぬところから、更にビーヤの一碗を新しくして、さて、いろいろと冗談話の中から、この人達の身の上を聞出そうと、絶えず注意したが、一向に要領を得ない……

「名前も何にも有りゃアしない。ただキッチー……黒髪《ブルネット》のキッチーていえば、それで通っているんですよ。」

「家《うち》はどこだい？」

「家ですか……紐育《ニューヨーク》でも、ブルックリンでも、旅籠屋《はたごや》という旅籠屋は皆な私の家でさ。」……

「色男はあるのかね。」と聞くと、

「ほほほほほ。」と笑い出して、

「お金のある奴は皆な色男……。」といいながら、突然《いきなり》、自分の頰に接吻《キッス》した後《のち》頭から肩を左右に揺《ゆすぶ》りながら――will you love me in December, as you do in May――と

鼻歌を歌い出した。

折から、またもや、ピアノとバイオリン、連中《れんじゅう》は以前の如くに踊り出す。

女はつと握っている私の手を引寄せ、

「今夜……いいんでしょう？」

「何が……？」と態《わざ》と不審そうに聞返すと、女は甚《ひど》く不興な顔付になって、

「分ってるじゃないか……ホテルさ。」

自分は微笑んだまま答えなかった。

「いけないんですか。そう……。」といって、女はちょっと両肩を揺上《ゆすりあ》げて、横を向いたかと思うと、忽ち舞踏の音楽に合わせて、再び鼻歌を続ける。

自分は呆れて少時《しばし》は、その様子を打目戍《うちまも》ったが、する中《うち》に、女は遠くのテーブルから瞬《めくば》せする水夫の連中《れんじゅう》を見付けて、自分の方には挨拶もせず、そのますすた立去って、またもウイスキーを煽っている。

自分もやがて席を立って帰ろうかと思い掛けた途端に、彼方《こなた》の戸口から、ホールへ這入って来たのは、二人連の音楽師である。

「おお、ジョージだ、イタリアン、ジョージだ！」と給仕人《ウェーター》の一人が、乞食の音楽師を

見て叫ぶと、その辺のテーブルにいた地廻りらしい男が、

「暫く姿を見せなかったじゃねえか？　いい儲口でもあッたのかね。」

「何さ、大した事もねえが、暫く田舎を歩いていた……。」とそのまま、ピアノの傍に進寄って、空椅子に腰を掛け、頸《くび》から襷掛《たすきがけ》にしたバンジョーという楽器を取下して壁に倚せ掛けると、他の一人は小形のマンドリンをば膝の上に抱えたままで、

「どうだね、親方……。」と此度《こんど》は此方《こなた》からピアノ弾《ひき》に挨拶をする。

「相変らずよ。」と胴着《ちょつき》一枚に腕巻《うでまく》りのピアノ弾は皺枯れた声で、「どうだ、まア一杯やりねえ。」

給仕人《ウエーター》がビールを近くのテーブルに持運ぶ。

「ありがたえ、頂こうよ。」と二人の伊太利亜人《イタリヤ》は早速飲干すと、洋琴弾《ピアノひき》は如何にも親方然と、

「お礼にゃ及ばねえ。いい塩梅にお客様も大勢だ……早速いつもの咽喉《のど》を聞かしねえ。」

伊太利亜《イタリヤ》人は、各《おのおの》バンジョーとマンドリンとを取り上げ、ピアノの横へ直立し、さて歌出すのは、我々には意味の分らぬ南欧の俗歌である。

しかし、歌の節は東洋風に極く緩かで、声は冴のある顫《ふる》いを帯た、どこにか一種の軽

い悲調を含んでいるところから、泥酔している水夫も女郎も、職人も、ちょうど廓で新内を聞くといったように、皆な恍惚として、少時《しばし》は場中水を打ったよう。

彼方此方《かなたこなた》から、五仙《せん》、十仙《せん》と、祝儀の銀貨が床の上に投出されるので、自分もポケットから廿五仙銀貨《せんだま》を奮発した。

いや、実際、自分は、四辺《あたり》の人目を牽く事さえ厭わなかったならば、五十仙《せん》、一弗位《ドル》は惜みはせなかったのだ。あの多く母音で終る伊太利亜《イタリヤ》語そのものが、自分の耳にはいいがたく風流なのに、乞食の音楽師が、ゆがんだ帽子に天鵞絨《びろうど》の破衣《やぶれぎぬ》、真赤な更紗模様のハンケチを頸《くび》に巻いた風体《ふうたい》から、房々と額へ垂れ掛っている縮れた黒い頭髪《かみのけ》、黒い睫毛、薄い口髯、それから、南欧の暖い太陽に焼かれたその顔色、絶えず思いを南国に馳せている自分には、何という訳もなく、深い詩興を呼起させたからである。

二人は歌いおわって、床の上を四方に投出された祝儀の銀貨を拾い集めて、やがて、自分のテーブル近くまで来たので、自分はいい機会と、

「お前さん、伊太利亜《イタリヤ》はどこから来たんだね。」

訊くと、彼は人種の異《ちが》っている自分の顔を見上げたが驚きもせず、破格の英語で、

「島から、シシリーの島からです。」

「何年ばかりになるんだね。」

「まだ、ヤッと九カ月にしかなりませんや。初めは金儲をするつもりで来たんですがね、生れついての道楽者なんで、酒と賭博の外には、バンジョーを抱えて歌うのが何よりも好きだ。北の欧羅巴《ヨーロッパ》から出稼ぎに来た奴らのように、地の底や火の中で、あんな手ひどい家業が出来るものか、怠惰者《なまけもの》はどこへ行っても同じ事、こうして処々方々《しょしょほうぼう》、鳥見たように歌って歩いているんでさ。でも、まア神様のお助けッていうんでしょう、どうにかこうにかその日のパンにゃ有り付きますア。」

舞踏の音楽がまた奏出される。男や女は再び夢の世の人の如くに煙草の烟の中を、あちこちと舞い歩く。

すっかり祝儀を拾集めた二人の伊太利亜人《イタリヤ》は、片隅のテーブルに引退《ひきしりぞ》いてまた二、三杯のビール。

自分は余り長く不良な空気の中に閉込められていたので、冷い深夜の風に吹かれようとて席を立った。

さらば、奇異なる夜半《よわ》の人々——Good night《グッドナイト》——

（三十九年七月）

おち葉

アメリカの木《こ》の葉《は》ほど秋にもろいものはあるまい。九月の午過ぎの堪えがたいほど暑く、人はまだ夏が去り切らぬのかと喞《かこ》っている中《うち》、その夜ふけ、露の重さに、槲《オーク》や楡《エルム》や、菩提樹《リンデン》や、殊に碧梧《あおぎり》のような楓樹《メープル》の大きな葉は、夏のままなるその色さえ変えずして、風もないのに、ぱたり、ぱたりと、重そうに、懶気《ものうげ》に落ち散る。

自分は、四辺《あたり》がすっかり秋らしくなって、朝夕の身にしむ風に、枯れ黄ばんで、雨の如く飛ぶ落葉を見るよりも、如何に深い物哀れに打たれるであろう。訳もなく、早熟した天才の滅びるのを見るような気がする。

自分は夕暮に一人、セントラル、パークの池のほとりのベンチに腰をかけた。日曜日の雑沓に引変えて、平常《ふだん》の日の静けさ。殊にちょうど今頃は、時間の正しい国の事とて、いずこの家でも晩餐を準《ととの》えている時分であろう。馬車、自働車は無論、散歩の人の足音も絶えて、最後の餌《え》をあさりおわった木鼠《りす》の鳴く声が木の梢から聞えるばかり。灰色に曇った空の、夜にならば雨か、夢見る如く、どんよりと重く暮れはてて行く。湖のような広々した水の面《おもて》が、黒く鉛のように輝き、岸辺一帯を蔽う繁りは、次第次第に朧ろになって、その間からは、黄いガス燈が瞬《また》きしはじめた。

絶えず、あたりの高い楡《エルム》の木の梢からは、細い木の葉が、三、四枚、五、六枚ずつ一団になって、落ちて来る。耳を澄ますと、木の葉が木の葉の間を滑り落ちて来るその響が聞きとれるように思われる。木の葉同志が、互《たがい》に落滅を誘《いざな》い囁《ささや》き合うのであろう。

或ものは、自分の帽子、肩、膝の上。あるものは、風が誘《さそ》うのでもないのに、遠く水の上に舞い落ち、流れと共に、猶も遠くへ、遠くへと行ってしまう。

ベンチの背に頰杖をついて、自分は何やら耽る物思いの、ふと心の中にベルレーンが、「秋の歌」というのを思い出した。

Les sanglots longs
　Des violons
　　De l'automne
Blessent mon cœur
　D'une langueur

Monotone.

Tout suffocant
Et blême, quand

Sonne l'heure,
Je me souviens
Des jours anciens
Et je pleure ;

Et je m'en vais
Au vent mauvais
Qui m'emporte
Deçà, delà,
Pareil à la
Feuille morte.

「秋の胡弓《こきゆう》の咽《むせ》び泣く、物憂き響き、わが胸を破る。時鳴れば、われ色青く、吐《つ》く息重く、過し昔を思出でて泣く。悪命の風に運ばれて、ここかしこ、われは落葉の如く彷徨《さまよ》う。」と、人の身を落葉に比《くらぶ》る例《たとえ》は、新しからぬだけ、いつも身にしむ思いである。

殊に今、旅の身の上を思出《おもいいず》れば……………ああ、自分はもう、いずこに、いくたび、異郷の地に埋《うず》もるる落葉を眺めたであろう。

上陸したその年の秋を、太平洋の岸辺に、その翌年はミゾリの野、ミシガンの湖辺、ワシントンの街頭に、やがて、このニューヨークの落葉も今がちょうど二度目である。去年、始めてこの都の落葉を見た頃には、自分は如何に、傲慢で、得意で、幸福であったろう。自分は新大陸の各地方の、異る社会、異る自然を、すっかり見尽してしまったつもりで、これからは、世界第二の大都会の生活を観察するのだと、無意味に自分を信用して、日曜日毎に、この池のほとりに来ては、散歩の人の雑沓を打ち眺めた。

やがて、木の葉は落尽した、寒い風が枝を吹き折った、雪が芝生を蔽い尽した——藝界社交の時節が到来した。

自分は、シェーキスピヤ、ラシーンから、イブセン、ズーデルマンに至る種々《さまざま》な舞台を見て、世界古今のドラマを鵜呑みにした気になった。ワグナーの理想も、ヴェルヂの技術も、尽く味わってその意を得たと信じたばかりか。自分は早くも将来日本の社会に起るべき新楽劇の基礎を作る一人である、あらねばならぬような心持がした。自分は管絃楽のシンフォニーを聴いて、クラシック音楽の織細美麗なところから、近代ロマンナックの自由なる熱情を味《あじわ》い、更に破天荒なるストラウスの音楽の不調和、無形式を讃賞した。なおこれのみには止まらず、折々は美術館の戸口を潜って、ローダンの彫刻、マネーの画を論じた事もあった。

自分の机は、プラグラムや、カタログや、切抜の新聞紙の山をなしたが、それをば整理して行く間もなく、季節は過ぎて、淋しい梢は、若芽と咲く花に飾られ、重い外套の人は軽い春着の粧《よそお》いに変じた。自分も世間の人と同じように新しい衣服《きもの》、新しい半靴、新しい中折帽を買った。しかし、アメリカの流行は商売国だけあって、形が俗である。自分は飽くまで、米国の実業主義には感化されないという事を見せたいばかりに、いろいろ苦心した結果は、「恋の詩《ラムルーズ》」を書いた時分の、若いドーデの肖像か、もしくは寧《いっ》そ、バイロンを模《ま》ねたいものだと、毎朝、頭髪《かみのけ》を縮《ちぢら》し、太い襟かざりをば、わざわざ無造作らしく結ぶのである。

人は定めし、自分の愚を笑うであろうが、自分独りは、決して愚とも狂とも思ってはおらぬ。自分はかのイブセンが世を去った当時、ボストンの或る新聞で見た事であるが……………イブセンは真白になった頭髪《かみのけ》をば、一度も櫛を入れた事がないというように、わざわざ掻乱し、国王から贈られた勲章を胸にさげて鏡に向って喜ぶ、という、意外の弱点があったとやら。

嘘か、真《まこと》か、問うところではない。よいも悪いも、泰西詩人の事といえば、随喜の涙に暮れるあまり、人真似せずにはいられない。自分は、わざと、これも無造作らしく帽子を斜《ななめ》に冠《かぶ》り、桜の枝の杖を片手に、詩集か何かを小脇にして、ややしばらく、已の佇む姿をば、じっと鏡に映して見入った後、漸く外に出て、春の午後《ひるすぎ》、人の出盛る公園に赴くのであるが、例の如く、池のほとりを一廻《ひとめぐ》り歩みおわれば、必ず、シェーキスピーヤ初め、スコットやバーンスなぞの銅像の並んでいる広い並木道に出で、ベンチに腰を下して、銅像と向合いに、悠然と煙草の煙を吹く。

すると、いつとなく、暖い春の日光《ひかげ》に照される身の、うっとり夢心地になるや否や、自分も已に、それら、不朽の詩聖の列に加られたような気になってしまう。自然と口の端《はた》の筋肉が緩んで来て、深い笑靨《えくぼ》がよる。遂には、自分ながら妙に気まりが悪くなって、そッと身のまわりを見廻わせば、道の両側に並ぶ大樹の若葉の美しさ。その梢から透き見える大空の青さ、晴れやかさ。道の左右に海の如く広がっている芝生の緑りの濃さ、爽快《さわやか》さ、いずこから流れて来るとも知れぬ花の香《かおり》の優しさ、懐しさ。恐らく、自分の一生涯、この時ほど幸福な事はなかろう。

眼の前には絶間なく、軽装した若い女が馬車を馭し、馬に乗って行過ぎるが、いずれも皆、自分の方を眺めては、微笑んで行くとしか思われぬ。

自分は若い中《うち》にもなお若く、美しい中にもなお美しい女の笑顔を眺むれば、訳もなく幸福な恋を空想するのだ………自分は麗しい英文で何か著作をする、それを読んだ女が、作者の面影を慕って訪ねて来る。人生を語る、詩を語る、遂には互の秘密をかたる。いつか、自分は結婚してしまって、ロングアイランドか、ニューゼルシーの海辺あたり、ニューヨークからは汽車で一、二時間位で往来《ゆきき》の出来る田舎に家庭を作る。小さいペンキ塗の板屋《カツテーヂ》で、そのまわりには、桜や林檎の果樹園があり、裏手の森を抜ければ、ひろびろした牧場《まきば》から、ずッと遥かに海が見える。自分は春や夏の午後、秋の日暮前、冬の真昼なぞ、窓際の長椅子に身を横《よこたえ》て、読書につかれたまま、居眠るともなく居眠りする、と、隣の室《へや》からは、極く緩かな、リッストのソナタのようなものがよい、妻の弾ずるピヤノの曲に、はっと目覚むれば………自分はここに初めて、夕暮の冷い風に面《おもて》を吹かれて、ベンチの上なる現実の我れに立返るのであった。

かような夢に耽った春の日も、一夏を過ぎて、ああ………今は秋、はらはら落ちる木の葉を見れば、さながら失える恋の昔を思うに等しい。

木葉《このは》もやがて落ち尽すであろう。寒い北風と共に、劇界、楽界の時節も、再び廻《めぐ》って来よう。街の辻々、停車場の壁は、到るところ、劇場の広告画、音楽者の肖像に飾られるであろう。しかし、自分は去年のように、大胆な、無法な、幸福な、藝壇の観察者として存在する事が出来るであろうか。また来ん春には、再びかかる烟のような夢に酔う事が出来るであろうか。

夢、酔《えい》、幻、これ、吾らの生命である。吾々は絶えず、恋を思い、成功を夢みているが、しかし、決してそれらの、現実される事を望んでいるのではない。ただ、現実されるらしく見える、空《あだ》なる影を追うて、その予想と予期とに酔うていたいのである。

ボードレールはいう。——酔う、これが唯一《ゆいいつ》の問題である。人の肩を圧《おさ》えて、地に屈《かが》ませようとする「時《とき》」という恐ろしい荷の重さを感じまいとすれば、人は躊躇する事なく酔っていねばならぬ。酒、詩、徳、何でもよい。もし、宮殿の階段、谷間の草の上、或は淋しい室の中、時として、酔が覚めてわれに返る事があったら、風、波、星、鳥、また時計、およそ飛び、動き、廻り、歌い、語るあらゆるものに向って、今は如何なる時かと問うがよい。風は、波は、星は、鳥は、時計は答えるであろう、酔うべき時だ、酒でも、詩でも、美徳でも、何でもよい、もし「時」というものの痛《いたま》しい奴隷になるまいとすれば、絶ゆる間なく酔うていねばならない…………。

＊　＊　＊

四辺《あたり》は早や夜である。森は暗く、空は暗く、水は暗い。自分はなおもベンチを去らず、木間に輝く電燈の火影《ほかげ》に、頻りと飛び散る木の葉の影を眺めていた。

（ニューヨーク三十九年十月）

支那街《しなまち》の記

どうかすると、私は単に晴渡った青空の色を見ただけでも、自分ながら可笑しいほど、無量の幸福を感ずる事があるが、その反動としては、何の理由、何の原因もないのに、忽如《こつじょ》として、暗《やみ》のような絶望に打沈む事がある。

たとえば、薄寒い雨の夕暮なぞ、ふと壁越に聞える人の話声、猫の鳴く声なぞが耳につくと、もう歯を喰い縛って泣きたいような心地になり、突如《いきなり》、錐《きり》で心臓を突破って自殺がして見たくなったり、あるいはこの身をば、何ともいえぬ恐しい悪徳、堕落の淵に投捨て見たいような、さまざまな暗黒極る空想に悩まされる。

こうなると、もう何も彼も顚倒《てんどう》ししまって、今まで世間も自分も美しいと信じていたものが、全く無意義に見えるばかりか、厭わしく、憎くなり、醜といい悪といわるるものが、花や詩よりも更に美しく且つ神秘らしく思われて来る。すべての罪業《ざいごう》、悪行《あっこう》が、一切の美徳よりも偉大に、有力に見え、真心からそれをば讃美したくなる。

で、ちょうど世間の人が劇場や音楽会へでも行くように、私は夜が来るといえばその夜も星なく月なく、真の闇夜を請願い、死人や、乞食や、行倒れや、何でもよい、そういう醜いもの、悲しいもの、恐しいもののあるらしく思われるところをば、止《や》みがたい熱情に迫られて夜を徹してでも彷徨《さまよ》い歩く。

されば、紐育《ニューヨーク》中の貧民窟という貧民窟、汚辱の土地という土地は大概歩き廻ったが、ああ！　この恐るべき慾望を満すには、人の最も厭《い》み恐れる支那街《しなまち》の裏屋ほど適当な処はないらしい。しかり、支那街――その裏面の長屋《テネメント》。ここは乃ち、人間がもうあれ以上には、堕落し得られぬ極点を見せた、悪徳、汚辱、疾病、死の展覧場である…………

私はいつも地下鉄道に乗って、ブルックリン大橋《ブリッヂ》へ出る手前の、小い停車場に下る、と、この四辺《あたり》は問屋だの倉庫続きの土地の事で、日中の喧《さわぎ》が済んだ後は人《ひと》一人通らず、辻々の街燈の光に照されて、漸く闇を逃れている夜の空には、窓も屋根もない箱のような建物が高く立っているばかり。中部ブロードウエーの賑かな夜ばかりを見た人の眼には、紐育《ニューヨーク》中にもこんな淋しい処があるかと驚かれよう。路傍《みちばた》には貨物《かぶつ》を取出した空箱《からばこ》が山をなし、馬を引放した荷馬車が幾輛となく置き捨ててある、その間を行き尽すと、そこがもう貧民窟の一部たる伊太利亜《イタリヤ》の移民街《いみんまち》で、左手にベンチの並んでいる広い空地を望み、右手は屋根の歪んだ小家続き、凸凹《でこぼこ》した敷石道を歩み、だらだら坂を上れば、忽ちプンと厭な臭気《におい》のする処、乃ち支那街の本通りに出たのである。

街は彼方《かなた》に高架鉄道の線路の見える表通りから這入《はい》って、家続きに迂曲して二条に分れ、再び元の表通りへと出ている、誠に狭い一区劃ではあるが、初めて入った人の眼には、凸凹《でこぼこ》した狭い、敷石道の迂曲する具合が、行先き知れず、如何にも気味悪く見えるに違いない。家屋は皆な米風《べいふう》の煉瓦造りであるが、数多い料理屋、雑貨店、青物店など、その戸口毎に下げてある種々《さまざま》の金看板、提灯、燈籠、朱唐紙《べにとうし》の張札が、出入や高低《たかびく》の乱れた家並の汚なさ、古さと共に、暗然たる調和をなし、全体の光景をば、誠によく、憂鬱に支那化さしている。

夜になって、横町の端《はず》れから、支那芝居の喧《かしま》しい土鑼鐘《どらかね》の響が聞え、料理屋の燈籠には一斉に灯《ひ》がつくと、日中は遠く市中の各処に労働していた支那人も追々に寄集って来て、各自《てんで》に長煙草《ながぎせる》を啣《くわ》えながら、路傍で富籤や賭博《ばくち》の話に熱中している、その様子の外国人には如何にも不思議に思われると見えて、何事にも素早い山師が CHINA TOWN BY NIGHT――なぞと大袈裟な看板を立て、見物のオートモビルに好奇《ものずき》の男女を乗せて、遠い上町《うわまち》から案内して来るもあり、または立派な馬車でブロードウエー辺の女郎を引連れ、珍し半分、支那料理屋で夜を更かそうという連中もある……

しかし要するに、これは支那街の表面に過ぎぬ。一度《ひとたび》、料理屋なり商店なり、それらの建物の間を潜って裏へ抜けると、いずれも石を敷いた狭い空地《ヤード》を取囲んで、四、五階造りの建物が、その窓々には汚い洗濯物を下げたまま塀の如くに突立っているやら。私が夜晩《おそ》く、忍び行く所はこの建物――その内部は蜂の巣のように分れている裏長屋である。

ここへ這入込むには、厭やでも、前なる狭い空地《ヤード》を通過ぎねばならぬ、が、その敷石の上には、四方の窓から投捨てた紙屑や、襤褸片《ぼろきれ》が、蛇のように足へ纏付《からまりつ》くのみか、片隅に板囲いのしてある共同便所からは、流れ出す汚水が、時によると飛越し切れぬほどな、大《おお》きい池をなしている事さえあり、また、建物の壁際に添うては、ブリキ製の塵桶《ごみおけ》が幾個《いくつ》も並べてあって、その中からは盛《さかん》に物の腐敗する臭気《におい》が、ただささえ流通の路を絶《た》れた四辺《あたり》の空気をば、殆ど堪えがたいほどに重く濁らしている。で、一度《ひとたび》、ここに足を踏入れさえすれば、もう向うの建物の中を見ぬ先から、……ちょうど焚香《せんこう》の薫《におい》をかいで寺院内の森厳に襲われると同様、清濁の色別《いろわけ》こそあれ、遠く日常の生活を離れた別様の感に沈められるのである。

で、折に触れた一瞬間の光景が、往々にして、一生忘れまいと思うほどの、強い印象を与える事がある。……確か晴れた冬の夜の事、私は例の如く、帽子を眉深《まぶか》に、外套の襟を立て、世を忍ぶ罪人《つみびと》のように忍入ると、建物と建物の間から見える狭い冬の空に、大きな片割月《かたわれづき》の浮いているのを認めた。光沢《つや》のない赤いその色は、泣腫《なきはら》した女の眼にも例えようか。弱々しいその光は、汚れた建物の側面から滑って、遥か下なる空地《ヤード》の片隅に、いわれぬ陰惨な影を投げた。扉や帷幕《カーテン》を引いた窓の中《うち》には火影《ほかげ》の漏れながら、人声一ツ聞えぬ。すると、いずこから出て来たとも知れぬ大な黒猫が一匹、共同便所の板囲いの上をのぞくと、その背を円く高めながら、悲し気な落月の方に顔を向けて、一声、二声、三声ほども鳴続けて、それなり掻消すように姿を隠してしまった。私はこの夜ほど深い迷信に苦しめられた事はない……。

また、或時は夏の夜、一日太陽に照された四方の壁は、容易に熱気を冷《さま》さぬのみか、吹く風を遮って、この空地の中は油の鍋も同様である。流れ溢るる汚水からは、生暖かい臭気が、眼にも見える烟のように、人の呼吸を閉すかと思われたが、しかし、建物の内なる狭い室《へや》の苦しさはその以上と見えて、ことごとく明放《あけはな》した四方の窓々からは、いずれも半ば裸体になった女供が、逆さになるように身を外に突出している。明《あか》い燈影《ほかげ》がその肩を越して漏れ出ずるので、冬の夜とは全く違い、空地《ヤード》の上に落ちる夜の色は明く、光沢《つや》がある。向合せの窓と窓からは、罵るのやら、話すのやら、人の耳を裂くような女の声の響き渡るのを、高く、建物の屋根裏では、そんな物音には一向構わず、多分、支那人が弾くのであろう、歯の浮く胡琴《こきん》の響が、キイ、キイ……と単調な東洋的の律を休まずに繰返していた。四辺《あたり》の臭気と熱度に弱り果て、聞くともなしに佇めば、ああ！この調和、この一致、私はこれほど痛ましく、人の身の零落、破滅を歌った音楽を聞いた事はないと思った……。

空地《ヤード》を行尽すと、扉のない戸口がある。這入れば直様《すぐさま》狭い階段で、折々痰唾を吐き捨てあるのを、恐る恐る上って行くと、一階毎に狭い廊下の古びた壁には、薄暗い瓦斯《がす》の裸火が点いていて、米国中、他の場所では夢にも嗅《か》げぬ、煮込の豚汁や青葱《あおねぎ》の臭気《におい》、線香や阿片の香気《かおり》が、著るしく鼻を打つ。

見れば、ペンキ塗の戸口には、「李《り》」だとか、「羅《ら》」だとかいう名字やら、その他縁起を祝う種々な漢字を、筆太に書いた朱唐紙《べにどうし》が、ベタベタ張付けてあり、中では猿の叫ぶような支那語が聞える、が、然らざる戸口には、蝶結びにしたリボンなぞを目標《めじるし》にして、べったり白粉を塗立てた米国《あめりか》の女が、廊下に響く足音を聞付けさえすれば、扉を半開《はんびらき》に、聞覚えの支那語か日本語で、吾々を呼び止める。

哀れ、この女供は、米国の社会一般が劣等な人種とよりは、寧ろ動物視している支那人をば、唯一の目的にして――その中《うち》には或る階級の日本人も含んで――この裏長屋の中《うち》に集って来たものである。人間社会は、如何なる処にも成敗《せいはい》、上下の差別を免がれぬ。一度《ひとたび》、身を色慾の海に投捨てても、なおその海には清きあり濁れるあり、或者は女王の栄華に人を羨ますかと思えば、或者は尽きた手段の果が、かくまでに見じめを曝《さら》す。

彼らは、何《いず》れもその身相当の夢を見尽して、今はただ「女」という肉塊一ツを、この奈落の底に投げ込み、もう悲しいも嬉しいも忘れてしまった、慾も徳もなくなってしまった。その証拠には、戸口へ佇む男を呼び止めても、いきなりに最後の返事を迫《せ》め問うばかりで、世間普通の浮女《うかれめ》のように、媚を含む言葉使い、思《おもわ》せ振《ぶり》の様子から、次第に人を深みに引入れようとする、そのような面倒な技巧を用いはせぬ。もしや、男が、否《いや》とも応ともいわずに、素見《ひやかし》半分、戯《からか》いでもしたならば、それこそ大変、彼らは忽ち病犬《やまいぬ》の如くに吼《たけ》り狂い、あらゆる暴言雑語の火焔を吐く。

実際、彼らは、訳もないのにただもう、腹が立って、立って、堪えられぬのらしい。喧嘩をしたくも相手のない時には、幾杯となく煽った強い火酒《ウイスキー》に、腸《はらわた》を焼きただらせ、床の上に身を踠《もが》いて、大声に自分の身の上をいい罵り、或は器物を破し、己れの髪毛を引搔《ひきむし》っているなぞは珍しからぬ例である。しかし、或者に至っては、早やこの狂乱の時期さえ経過してしまって、折さえあれば鴉片の筒を恋人の如くに引抱え、すやすやと虚無の平安を楽しんでいるも少くはない。

ああ！　毒烟《どくえん》の天国——ある仏蘭西《フランス》の詩人はPARADIS ARTIFICIELS（人工の楽土）といった——この夢幻の郷《さと》に遊ぶまでには、人は世の常ならぬ絶望、苦痛、堕落の長途を経なければならぬ、が、一度、ここに至れば、全く煩悶、未練の俗縁を脱してしまう事が出来るのであろう。見よ、彼らの眠りながらに覚めたる眼の色を！　私は恐る恐る打目《うちま》戍《も》る度毎に、自分は僅ばかり残っている良心に引止められて、何故《なぜ》一思《ひとおもい》にここまで身を落す事が出来ないのかと、勇気と決心の乏しいのに、いわれぬ憤怒を感ずるのである。

裏長屋の中には、これら、悪の女王、罪の妃《きさき》、腐敗の姫のその外に、明い日の照るところには生息し得ず、罪と悪の日蔽《ひおい》の下に、やっとその安息地を見出しているものは、なお二、三に止まらぬ。

女供を上得意にして、盗品や贋造物《いかさまもの》のさまざまを売りに来る猶太《ジュー》の爺《おやじ》がある。肩にかけた小箱一ツを生命《いのち》に、一生涯を旅から旅にと彷徨《さまよ》う白髪の行商人がある。万引を渡世に、その品物《しろもの》を捨価売《すてねつり》にして歩く黒人《くろんぼ》の女がある。日本の遊廓あたりで、「使屋《つかいや》さん」というような、女郎の雑用をしている親なし宿なしの悪少年がある。しかし、その中《うち》にも、殊更哀れと恐しさを見せるのは、明日は愚か今日の夕《ゆうべ》の生命さえ推量《おしはか》られぬ無宿の老婆の一群である。

吾々はかの女郎の身の上をば、これが人間の堕ち沈み得られる果の果かと早断《そうだん》したが、そのまた下には下があった。ああ！　最後の破滅、最後の平和に行くまでに、人は幾度、如何に多く、悪命の手に弄ばれねばならぬのであろう！

彼らは、その捻曲《ねじまが》った身をば、やっと裸体《はだか》にせぬばかり、襤褸《ぼろ》を引纏い、腐った牡蠣のような眼には目脂《めやに》を流し、今はただ、虱《しらみ》のために保存してあるといわぬばかり、襤褸《ぼろ》綿《わた》に等しい白髪《しらが》を振乱して、裏長屋の廊下の隅、床下、共同便所の物陰なぞに、雨露《うろ》を凌いでいて、折々は頼まれもせぬのに、女郎の汚《けが》れ物を洗ったり、雑用をたしたりして、やっとその日の食にありついているのである。しかし彼らはこの方が、社会の慈善という束縛、養老院という牢獄に収められてしまうよりも、結句安楽で自由であると信じているのであろう、もしやこの穴倉へ巡査の靴音の響く恐れでもあると予知すれば、不思議なほど敏活に、その姿を隠してしまう、が、しからざる時は、往々にして、天下を横《おう》行《ぎょう》せんず勢を見せ、夜陰に乗じて彼方此方《かなたこなた》と、女郎の室々《へやべや》を巡り歩いて物乞をする。これには流石《さすが》の女供も敵し得ない。もし腹立ちまぎれに打つか蹴るかしたならば、直ぐとその場で死んでしまうかと思われるので、僅かに戸の外へ突出せば終夜大声を出して泣き叫んだり、または悪たれてその場に行倒れたまま鼾《いびき》をかいたりする。或時、私はこんな厭がらせをいっているのを聞いた。

「いいよ、そう因業《いんごう》な事をいうんなら、もうお情は受けますまい。その代り、お前さんも、もうじきだ、みじめを見た暁に思知るだけの事……。お前さんはまだ若くって、いくらでも商売が出来るつもりだろうが、瞬く中《うち》だよ。じき乃公《おら》見たようになっちまう。鏡なんぞ見る心配はいらねえ、いつ背負《せお》い込んだとも知らねえ毒が、何時か一度は吹出さずにゃいぬえ。顔の皺なんかよりゃ、頭の毛が御用心。鼻が塞《つま》る、手が曲らア、顫えて来らア。足が引ッつれて腰が曲らア。物は試し……乃公《おら》の手を見なせえ……。」

鏡に向って夜の化粧をしていた女は、覚えずアッと叫んで両手に顔を蔽い、そのまま寝床の上に突伏した。乞食老婆《ばばあ》は気味悪く「ヒヒヒヒヒ」と笑ってよろしくと女の室《へや》から廊下へ出て来たので、戸口から内《なか》の様子を覗いていた私も、急に物恐しくなって、慌《あわ》ててその場を逃げ去った事がある。

思出すのは、ボードレールが、Ruines! ma famille! ô cerveaux congénères!（荒廃わが家族！　同種の脳髄！）と叫んでユーゴーに贈ったLES PETITES VIEILLES（少老婆）の一篇である。

ああ、私は支那街を愛する。支那街は、「悪の花」の詩材の宝庫である。私はいわゆる、人道、慈善なるものが、遂には社会の一隅からこの別天地を一掃しはせぬかという事ばかりを案じている。

夜あるき

余は都会の夜を愛し候《そろ》。燦爛たる燈火の巷《ちまた》を愛し候。

余が箱根の月、大磯の波よりも、銀座の夕暮、吉原の夜半《よわ》を愛して、避暑の時節にも独り東京の家に止《とま》り居《い》たる事は、君のよく知らるるところに候。

されば一度び、ニューヨークに着して以来、到る処燈火《とうか》ならざるなきこの新大陸の大都の夜が、如何に余を喜ばし候うかは、今更申上るまでもなき事と存じ候。ああ！紐育《ニューヨーク》は実に驚くべき不夜城に御座候《ござそろ》。日本にては到底想像すべからざるほど、明《あかる》く眩き、電燈の魔界に御座候。

余は日沈みて夜来《きた》るといえば、殆ど無意識に家を出で候。街といわず、辻といわず、劇場、料理店、停車場、ホテル、舞踏場、如何なる所にてもよし、かの燦爛たる燈火の光明世界を見ざる時は、余は寂寥に堪えず、悲哀に堪えず、あたかも生存《せいそん》より隔離されたるが如き絶望を感じ申候。燈火の色彩は遂に余が生活上の必要と相成《あいな》り申候。

夜あるき

Times Building
Metropolitan Opera House
Hotel Knickerbocker
Astor Hotel
New York Herald
Broadway

余は本能性に加えて、また知識的に、この燈火の色彩を愛し候。血の如くに赤く、黄金《こがね》の如くに清く、時には水晶の如くに蒼き、その色、その光沢の、如何に美妙なる感興を誘《いざな》い候《そうろ》うか！　碧《みどり》深き美人の眼の潤いも、滴るが如き宝石の光沢も、到底これには及び申さず候。

余が夢多き青春の眼には、燈火は地上に於ける人間が一切の慾望、幸福、快楽の表象なるが如く映じ申候。同時に、これ人間が神の意志に戻り、自然の法則に反抗する力ある事を示すものと思われ候。人間を夜の暗さより救い、死の眠りより覚すものは、この燈火に候。燈火は人の造りたる太陽ならずや、神を嘲けりて、知識に誇る罪の花に候《そうら》わずや。

ああ、されば、この光を得、この光に照されたる世界は魔の世界に候。醜行の婦女もこの光によりて貞操の妻、徳行の処女よりも美しく見え、盗賊の面《おもて》も救世主《すくいぬし》の如く悲壮に、放蕩児の姿も王侯の如くに気高く相成り候。神の栄え、霊魂の不滅を歌い得ざる堕落の詩人は、この光によりて初めて、罪と暗黒の美を見出し候。ボードレールが一句、

Voici le soir charmant, ami du criminel;
Il vient comme un complice, à pas de loup ; le ciel

Se ferme lentement comme une grande alcôve,
Et l'homme impatient se change en bête fauve.

「罪の友なる懐しき夜は、悪事の共謀人《かとうど》の如く、狼の歩み静《しずか》に進み来りぬ。いと広き寝屋《ねや》の如《ごと》に、空徐《おもむろ》に閉さるれば、心煩《なや》める人も愚なる獣の如くにぞなる……」と。余は昨夜も例の如く、街に灯《ひ》の見ゆるや否や、直《ただち》に家を出で、人多く集り、音楽湧出《わきいず》るあたりに晩餐を準《ととの》えて後、とある劇場に入り候。劇を見るためには非ず、金色《こんじき》に彩りたる高き円天井、広き舞台、四方の桟敷に輝き渡る燈火の光、酔わんがためなれば、余は舞姫多く出でて、喧《かしま》しく流行歌《はやりうた》など歌う、趣味低きミュージカル、コメデーを選び申候。

ここに半夜を費し、やがて閉場のワルツに送られて、群集と共に外に出《いず》れば、冷き風、颯然《さつぜん》として面《おもて》を打つ…………余は常に劇場を出でたるこの瞬間の情味を忘れ得ず候。見廻す街の光景は、初夜の頃、入場したる時の賑さには引変えて、静《しずま》り行く夜の影深く四辺《あたり》を罩《こ》めたれば、身は忽然、見も知らぬ街頭に迷出でたるが如く、朧気《おぼろげ》なる不安と、それに伴う好奇の念に誘《いざな》われて、行手を定めず歩みたき心地に相成り候。

然り、夜更の街の趣味は、乃ちこの不安と、懐疑と好奇の念より呼び起さるる神秘に有之候《これありそろ》。

既に灯《ひ》を消し、戸を閉したる商店の物陰に人佇めば、よし盗人《ぬすびと》の疑いは起さずとも、何者の何事をなせるやとて伺い知らんとし、横町の曲角に制服いかめしき巡査の立って見れば、訳もなく犯罪を連想致し候。帽子を眉深《まぶか》に、両手を衣嚢《かくし》に突込《つきこ》みて歩み行く男は、皆賭博に失敗して自殺を空想しつつ行くものの如く見え、闇より出でて、闇の中《うち》に馳過《はせすぐ》る馬車あれば、その中《うち》には必ず不義の恋、道ならぬ交際《まじわり》の潜めるが如き心地して、胸は訳もなく波立ち、気頻《しき》りに焦立つ折から、遥か彼方に、ホテルやサルーンの燈火、更けたる夜を得顔《えがお》に赤々と輝くを望み候《そうろう》て。浮世の限りの楽みはここにのみ宿るといわぬばかり。入りつ出でつ動《うご》めく男女の影は、放蕩の花園に戯れ舞う蝶にして、折々流れ来るそれらの人の笑う声、語る声は、いい難き甘味を含む誘惑の音楽に候《そうら》わずや。

恐しき「定め」の時にて候。この時、この瞬間、宛《さなが》ら風の如き裾の音高く、化粧の香を夜気に放ち、忽如として街頭の火影《ほかげ》に立現るる女は、これ夜の魂。罪過と醜悪の化身に候。少女マルグリットの家の戸口に、悪魔《メフィスト》が呼出《よびいだ》す魔界の天使に御座候。彼女らは夜に彷徨《さまよ》う若き男の、過去未来を通じて、その運命、その感想のすべてを洞察し尽せる神女に候。

されば男はここにその呼び止《とむ》る声を聞き、その寄添う姿を見る時は、過ぎて昔の前兆を、今また目前《めのまえ》に見る心地して、その宿命に満足し、犠牲に甘じて、冷き汚辱の手を握り申候。

余は劇場を出でてより、更け渡りたるブロードウエーを歩み歩みて、かのマヂソン広小路に、石柱の如く聳立つ二十余階の建物をば、夢の楼閣と見て過ぎやがて行手にユニオン広小路とも覚しき樹の繁り、その間を漏るる燈火《ともしび》を望み候、近《ちかづ》けば、木陰の噴水より水の滴る響、静《しずけ》き夜に、あたかも人の啜り泣くが如くなるを聞き付けて、そのほとりのベンチに腰掛け、水の面《おもて》に燈影の動き砕くるさまを見入りて、独り湧出《わきいず》る空想に耽り候。

余は何者か、余《われ》に近く歩み寄る足音、続いて何事か囁《ささや》く声を聞き申候うが、少時《しばらく》にして再び歩み出《いだ》せば、………ああ何処《いずこ》にて捕えられし、余はかの夜の悪女と相並びて、手を引るるままに、見も知らぬ裏街を歩み居《お》り候。

見廻せば、両側に立続く長屋は、塵に汚れし赤煉瓦の色黒くなりて、扉傾きし窓々には灯《ひ》も見えず、低き石段を前にしたる戸口の中《うち》は、闇立ち迷いて、その縁下《ベーズメント》よりは悪臭を帯びたる湿気流れ出でて、人の鼻を打つ。女は突然立止まりて、近くの街燈をたよりに、少時《しばし》余が風采《みなり》を打眺め候《そうろ》うが、忽ち朱《べに》したる唇より白き歯を見せて微笑み候。

余は覚えず身を顫《ふる》わし申候。しかも取られし手を振払いて、逃去《のがれさ》る決断もなく、否、寧ろ進んで闇の中《うち》に陥りたき熱望に駆られ候。

不思議なるは悪に対する趣味にて候。何故《なにゆえ》に禁じられたる果物は味美《うるわ》しく候《そうろ》うや。禁制は甘味を添え、犯戻は香気を増す。谷川の流れを見候て、岩石なければ水は激せず、良心なく、道念なければ、人は罪の冒険、悪の楽しみを見出し得ず候。

余は導かるるままに、闇の戸口に入り、闇の梯子段を上《のぼ》り行き候。梯子段には敷物なければ、あたかも氷を踏砕くが如き物音、人気なき家中《かちゅう》に響き、何処《いずこ》より湧き出《いず》るとも知れぬ冷き湿気、死人の髪の如くに、余が襟元を撫ぜ申候。

二階三階、遂に五階目かとも覚しき処まで上り行き候《そうろ》う時、女はかちかちと鍵の音させて、戸を開き、余をその中《うち》に突き入れ候。

濃き闇はここをも立籠《たてこ》め候《そうろ》うが、女の点ずる瓦斯《がす》の灯《ひ》に、秘密の雲破れて、余が目の前には忽如として、破れたる長椅子、古びし寝台《ねだい》、曇りし姿見、水溜れる手洗鉢《てあらいばち》なぞ、種々《さまざま》の家具雑然たる一室の様、魔術の如くに現われ候。室《へや》は屋根裏と覚しく、天井低くして壁は黒ずみたれど、彼方此方《かなたこなた》に脱捨てたる汚れし寝衣《ねまき》、股引《ももひき》、古靴足袋なぞに、思いしよりは居心好《いごころよ》き住家と見え候。されど、そは諸君が、寝藁打乱れたる犬小屋、もしくは糞にまみれし鳥の巣を覗見たる時感じ給う心地好さに御座候。

眺め廻す中《うち》に、女は早や帽子を脱《と》り、上衣を脱ぎ、白き短き下衣《シエミーズ》一ツになりて、余が傍《かたえ》なる椅子に腰掛け、巻煙草を喫し初め候。

余は深く腕を組みて、古学者が沙漠に立つ埃及《えじぷと》の怪像《スフィンクス》を打仰ぐが如く、黙然としてその姿を打目《うちま》戍《も》り候。

見よ。彼女が靴足袋したる両足をば膝の上までも現し、その片足を片膝の上に組み載せ、下衣《したぎ》の胸をひろく、乳を見せたる半身を後《うしろ》に反《そら》し、あらわなる腕を上げて両手に後頭部を支え、顔を仰向けて煙を天井に吹く様、ああ！　これ神を恐れず、人を恐れず、あらゆる世の美徳を罵り尽せし、惨酷なる、将《は》た、勇敢なる、反抗と汚辱の石像に非ずして何ぞ。彼女が白粉と朱《べに》と入毛と擬造《まがい》の宝石とを以《も》て、破壊の「時」と戦えるその面《おもて》は、孤城落日の悲壮美を示さずや。そが重き瞼の下に、眠れるとも見えず、覚めたるとも見えぬ眼の色は、硝烟毒霧《しょうえんどくむ》を吐く大沢《だいたく》の水の面《おも》に例うべきか。デカダンス派の父なるボードレールが、

Quand vers toi mes désirs partent en caravan,
Tes yeux sont la citerne où boivent mes ennuis.

「わが望み、隊商《カラバン》の如く汝《な》が方《かた》に向う時、汝《なれ》が眼は病める我が心を潤す雨桶の水なり。」といい、また、

Tes yeux, où rien ne se révèle
De doux ni d'amer,
Sont deux bijoux froids où se mêle
L'or avec le fer.

「嬉し、悲しの色さえ見せぬ汝《なれ》が眼は、鉄と黄金《こがね》を混合《まじえ》たる冷き宝石の如し。」といいたるも、この種の女の眼にはあらざるか。

余は已に小春の可憐、椿姫マルグリットの幽愁のみには満足致し得ず候。彼らは余りに弱し。彼らは習慣と道徳の雨に散りたる一片の花にして、刑罰と懲戒の暴風に萎れず、死と破滅の空に向いて、悪の蔓を延し、罪の葉を広ぐる毒草の気概を欠き居り候。ああ！　悪の女王よ。余はその冷き血、暗き酒倉の底に滴るが如く、鳴りひびく胸の上に、わが煩《なや》める額を押当《おしあっ》る時は、恋人の愛にはあらで、姉妹の親《したし》み、慈母の庇護を感じ申候。

放縦《ほうじゅう》と死とは連《つらな》る鎖に候。いつも変りなき余が愚をお笑い下されたく候。余は昨夜一

夜を、この娼婦と共に、「屍《しかばね》の屍に添いて横《よこたわ》る」が如く眠り申候《まおしそろ》。

（紐育四十年四月）

六月の夜の夢

放浪《さすらい》の身の余《われ》を今、北アメリカの地よりヨーロッパの岸辺に運去ろうとするフランスの汽船ブルタンユ号は定めの時間にハドソン河口の波止場を離れた。

七月の空高く、怪しき雲の峯かとばかり聳立つニューヨークの建物、虹よりも大きく、天空に横わるブルックリンの大橋《たいきょう》、水の真中《まんなか》に直立する自由の女神像《にょしんぞう》――この年月、見馴れ見馴れし一湾の光景は、次第次第に、空と波との間に隠れて行く……と、船はやがて、緑の色深きスタトン、アイランドの岸辺に添い、サンデーフックの瀬戸口から、今や渺茫《びょうぼう》たる大西洋の海原に浮び出ようとしている………

ああ！　アメリカの山も水も、いよいよこの瞬間が一生の見納めではあるまいか！一度去っては、またいつの日、いずれの時、再遊の機に接し得よう!!

自分は甲板の欄干《てすり》に身を倚《よ》せかけ、名残は尽きぬスタトン、アイランドの浜辺の森なり、村の屋根なりと、今一度、見納めに見て置きたいものと焦り立った――ああこの島

の浜辺にこそ、自分は船に上《のぼ》る昨日の夜半《よわ》まで、まだ過ぎ去らぬ夏一月あまりを暮していたのである——さるを憎くや、七月午前の烈《はげ》しい炎暑は、鉛色した水蒸気に海をも空をも罩《こ》め尽し、森や人家は愚か、かの高い小山さえ、棚曳く村雲のように模糊としている。

名残、未練、執着——ああ、こんな無惨な、堪難い苦悶《くるしみ》がまたとあろうか！　たださえ心弱いこの身の、ましてや一人旅、もしや、今夜にも悲しい月の光の、静《しずか》に船窓を照しでもしたなら、自分は狂乱して、水に身を投ずるかも知れぬ………。泣きたい時には泣くより外にしようはない。悲しい時には、その悲しみを語るが、せめての心遣りであろう。自分は大西洋上、波に揺れながら筆を取る………。

思返せば、日本を去ったのは四年前。アメリカは今、わが第二の故郷となった。忘られぬ事、懐しい事の数ある中にも、殊更、忘れ兼ねるのは、ああ！　昨夜別れた小女《おとめ》の事である、愛らしきロザリンが身の上である。

＊　　＊　　＊

そは、此年《ことし》の夏の初め、果樹園に林檎の花の散尽した頃であった。自分はこの四年間、米国社会の見たい処、調べたい処も、先ず大概はなしおわったので、この秋の末頃には、国元から欧洲渡航の旅費の届くのを待つ間、ニューヨーク市中の夏を避けるため、自分は湾口に横《よこた》わる、かのスタトン、アイランドの浜辺に引移ったのであった。

スタトン、アイランドといえば、一夏をニューヨークに滞在していた人は誰も知っていよう。サウスビーチだの、ミッドランドビーチだのと、其処彼処《そこかしこ》に、海辺《かいへん》の見世物場、涼み場、遊泳場《およぎば》などのある島で。しかし、自分が静養すべく撰んだ処は、(同じ島の中《うち》ではありながら)土曜日曜位に、市中から極く釣好きの連中《れんじゅう》が来るばかり、その他のものは恐くその地名さえも知らない位な、極く辺鄙な、不便な海辺《かいへん》の一小村であった。

屋形船のような、扁平な、楕円形の大きい蒸汽船で水を横《よこぎ》り、彼方《かなた》の岸に達すると、直ぐ汽車で三十分ばかりの距離《みちのり》である。日頃、青いものを見る事の出来ぬニューヨークの市中から、突然この島に這入《はい》れば、四辺《あたり》の空気の香《かんば》しさ、野の色の美しさ、その変化の烈しさに、人はただ夢かとばかり驚くであろう。殊更に、白分を驚喜せしめたのは、米国の田園といっても例の大陸的の漠とした単調な景色に倦《あ》み果てていた暁、この島の景色が、全くその反対で、如何にも小《ちい》さく愛らしく、且変化に乏しからぬ事であった。汽車道を境にして、片側には、小い林や小流《こながれ》のある青い野を越して、一帯に静な内海《うちうみ》が見え、片側には緑の濃い雑木林を戴いた小山が、高く低く、起伏している様子、何となく逗子鎌倉あたりの景色を思出させるような処がある、かと思えば、また、平地一体を眼の達《とど》く限り、黄白《こうはく》の野菊が咲き乱れている絵のような牧場《まきば》や、蘆《あし》、葦《よし》、がま、河骨《こうほね》なぞ諸々《さまざま》な水草の萋々《せいせい》と繁茂している気味の悪い沼地なぞもある。

飽《あか》ずに、こういう景色を見送りながら、小い木造のステーション四、五カ所も通り過すと、此度《こんど》が自分の下るべき村のステーションに着するので、板敷のプラットフォームを下りると直ぐ、往来の両側には、向合せに独逸《どいつ》人の居酒屋が二軒、その前には、いつも浜辺の宿屋から、案内の乗合馬車が出張している。で、この近所は人家もやや立て込んでいて、荒物屋、八百屋、肉屋、靴屋なぞ、村中の日常品を売捌《うりさば》く小店も見え、赤子や小供の叫ぶ声、女房達の罵る高声も聞えるが、ここから一本道を右なり左へなりと、繁った楓《もみじ》の並木の下を二、三町も行けば、両側ともに、斧を入れた事もないらしい雑木林や、野の花美しく、青草の茫々と生茂っている岡の影なぞに、ちらばらと汚れた屋根が見えるばかり。四辺《あたり》一面、絶え間もなく囀る小鳥の歌につれて、折々、犬の吠る声、雞《にわとり》の鳴く声が、遠くの遠くの方へと反響する。

自分が下宿した家というのは、更でも静なこの本道から、凸凹《でこぼこ》した小山を越えて、遂には遥か彼方《かなた》の海辺へと通じている、曲りくねった小路のほとり。縁側附の二階家で、前方《まえ》には高い雑草や雑木が、風も通さぬような繁った藪をなし、後《うしろ》一帯はこんもりした槲《オーク》の林で囲われている。縁先には、屋根を蔽う桜の老木が二本、少し離れた芝生の上には、これも二株、大きな林檎の樹が低く枝を広げている。

主人《あるじ》は五十ばかりの、頭髪《かみのけ》の赤い小男で、この島の鉄道会社に、かれこれ二十年近くも雇われており、毎朝汽車で本局の事務所へ通っている。アメリカ人としては、割合に口数をきかぬ静かな男であったが、自分が或人の周旋で下宿する約束を済し、初めて市中から引越して来た時には、まるで十年会わなかった親類を迎えるような調子で、容貌《きりよう》の悪い、歯の汚いその妻と共に、家内は残らず、裏の菜園から雞小屋《とりごや》までも案内し、スポートと呼ぶ飼犬までに自分を紹介してくれるやら、この島、スタトン、アイランド全体の地理を説明するやら、さて最後には、客間に飾ってある二十年ほども以前の、ウェブスターの大辞書を取出《とりいだ》して来て、英語で分らぬ事があったら、この字引を使うがよいと注意してくれた。

自分は裏手の槲の森に面した二階の一室を借り、午前の中《うち》だけは、この年月、シカゴ、ワシントン、セントルイスなど、米国の彼方此方《かなたこなた》を通過ぎた度々、取集めたままにしてあった種々《さまざま》の目録やら書類やら、そんなものの整理をなした後、午後《ひるすぎ》は、縁先の桜の木陰で、海の方から小山越に吹いて来る涼風を浴びながら、読書と午睡に、移り行く日影の、やがて散歩すべき夕方の来るのを待つのであった。

家族と共に晩餐を済すと、ちょうど七時半頃で、自分は杖を片手に、いつも、家の前の雑木と雑草の間を通ずる小径を辿り、小高い岡を越えて、海辺の方へと下りて行く。と、波打際一帯は湿《し》けた牧場《まきば》で、ニューヨーク本州の海辺のように怒濤の激する岩や石なぞは一ツもなく、沼か沢のように葦《よし》が生えている一条の長い浮洲が、緑の色鮮《あざやか》に、濃い藍色の海原に突出ている、その輪廓の愉快で、曲線の緩かな事は、最初一目見た時、自分は何という訳もなく、歓楽の夢に疲れた裸美人《らびじん》が、如何にも物懶《ものう》げに横わっているようだと思った。

この浮洲の影には、日頃内海《うちうみ》の穏かな上にも潮《うしお》の流の急ならぬを幸い、近村の釣舟や、小形のヤットや、自働船《モトーボート》などが、幾艘となく繋いであるが、それらは何《いず》れも皆、真白に塗り立ててあるので、ちょうど公園の池に白鳥《スワン》の浮いているよう。日の落ちた黄昏《たそがれ》の頃には、夕照《ゆうやけ》の紅色《くれない》、暮れ行く水の青さ、浮洲一帯の緑の色と相対して、実に形容の出来ない美しい色彩を示すのである。

最早や、島中の、他の勝地妙景《しょうちみょうけい》を探り歩く野心も予裕もなくなった。自分は、毎日、同じ処に佇んで、同じ入江と浮洲ばかりを飽ずに打眺めるのであったが、やがて、四辺《あたり》は次第に暗くなって、最後に残るかの真白な小舟の色さえ、黒ずむ水と共に見えなくなると、アメリカの黄昏《たそがれ》は消え去る事早く、いつのほどにか、静《しずか》で明《あかる》い六月の夏の夜となる――。

ああ、六月の夏の夜！　何たる空想、夢幻《まぼろし》の世界であろう。日増しの暑さに四辺《あたり》は夥しい蚊であるが、同時に、野一面、森一面、無数の蛍が雨のように飛び交《ち》う。夕潮が生茂る葦《あし》の根に啜泣く、水楊《みずやなぎ》や楓《もみじ》の葉が夜風に私語《ささめ》く。蟀《こおろぎ》と蛙《かわず》の歌の絶えざる中《うち》には、何とも知れぬ小鳥が鳴く。空気は一夜中に伸びるだけ伸びようとする野草《のぐさ》の香《か》に満ちている。自分は放浪の身の、よしや一度は、詩人という詩人が夢に見る、スイスの夏、イタリヤの冬の夜に逢う事があるとしても、しかしこのスタートン、アイランドの夏の夜のさまばかりは、如何なる時とても忘れる事は出来まいと思った。何故なれば、自分は今、眠れる海を前にし、息《いこ》える林を後《うしろ》にし、高き野草《のぐさ》の中に半身を埋《うず》め、無限の大空に無数の星を打仰ぎ、あらゆる自然の私語《ささやき》を盗み聴き、殊には、蒼然として物凄《ものすさま》じい蛍の火の雨を打見遣っていれば、この身はいつともなく、冬の来《きた》るべき北アメリカの大陸にいるような心地はせず、いわゆる、デカダンス派の詩人の歌う夢の郷《さと》、「東の国《オリアン》」の空の下にでも彷徨《さまよ》うような、一種の強い神秘と恍惚に打れるからである……。

この島に引移ってから、ちょうど一週間目の夜の事である。自分は例の如く、黄昏《たそがれ》の浮洲を眺め飽した後、家の方へ帰行《かえりゆ》くとも心付かず、足の導くがままに、元と来た草道《くさみち》を辿って、岡の麓まで来た。

他分気候のせいであったろう。蛍の火は常よりも蒼く輝き、星の光もまた明《あきらか》で、野草《のぐさ》の香《かおり》も一際高く匂い渡るので、自分は日頃よりも一倍深く、ああ！　これこそ真個《ほんとう》の、愉快な夏の夜だ。地上には花の枯萎《かれしぼ》む冬も嵐も、死も失望も、何にもなく、身は魂と共に、ただ夏という感覚の快味に酔うばかりだ、と感じた……同時に自分は、兎か狐のように、四辺《あたり》を蔽う雑草の中に眠れるだけ安楽に眠ってしまいたいような気が起り、杖にすがって、今更の如く、星降る空を遠く打仰ぐ……その時、突然、前なる小山の上の一軒家から、ピアノの音《ね》につれて、若い女の歌う声が聞えた………。

自分はこの場合、如何に強く感動したか、誰でも直《すぐ》に想像し得られよう。ハットばかり耳を立てたが、ピアノの音は露の雫の落ちて消ゆるが如く、歌もまた、ほんの一節《ひとふし》、つれづれの余《あまり》に低唱したものと見えて、途絶えたなりに、はたと止み、後は元の明く蕭然《しめやか》な夏の夜であった。虫の声ばかり、蛙《かわず》の声ばかり。

自分は群れ集る蚊をも忘れて、久しい間、草の上に佇んだ末は、遂に腰まで下して、じッと岡の上なる家をば眺めていた。

歌はもう、いくら待っていても、二度聞える望はない。木蔭を洩れる窓の灯《ひ》が不意と消えた、かと見れば、二声ばかり犬の吠る声、つづいて垣根の小門をばカタリと開《あけ》る音がした。

自分は初めて夢から覚めると、何となく深い疲労を感じ、ああ、今夜はもう、急いで家へ帰って何にもせずに寝てしまおうと、そのまま、早足に岡を越え、曲りくねる草道を辿って行ったが、すると、突然、四、五間先に動いて行く真白な物の影……小作な女の後姿である。夏の夜の空の明り、星の輝き、蛍の火に、自分は彼《か》の女《じょ》が、蚊を追うために折々日本製の団扇《うちわ》を動かす細い手先と、真白な衣服《きもの》につれて白い布《きれ》の半靴まで、薄暗いながらに、はっきりと見分ける事が出来た。幽暗、朦朧の中《うち》にはかえって微細なものの見分けられる事がある。

女の姿は一度、草道の曲る処で、その身丈《せい》よりも高い雑草の中に隠れたが、同時に何か口の中で歌う調子が聞えて、遂にその行き尽した処は、意外にも、自分の宿《とま》っている家の前であった。

自分は驚いて、四、五間彼方《かなた》に立止る。それとも知らぬ女は、家の外から若い甲高い声で、ホ、ホ――と冗談らしく呼び掛けると、何事にも礼式のない、無造作なところが、米国生活の特徴で、内からは、女房が大声で――Come in――と叫んだ。しかし女は室内《なか》へは入らず、少し位蚊はいても、夏は外がよいといって、香《かん》しい《ば》ハニーサックルの蔓草咲く縁側の上口《あがりぐち》で腰を下した。

この女こそ彼《か》の歌の主《ぬし》、この女こそ、自分が今、忘れようとしても忘れられぬロザリンである。

ああ、しかし、初めて宿の妻から紹介された時には、自分は夢にも、こんなことになろうとは思っていなかった――いや、単に、懇意な友達になり得ようとも思わなかった位である。何故なれば、自分はこの年月の経験で、米国の婦人とはどうしても、自分の趣味性に適するような談話をする事が出来ない。彼《か》の女《じょ》らは極端な芸術論や、激しい人生問題の相手とするには、余《あまり》に快活で、余に思想が健全過る事を知っているので、自分は折々新しい場所で、新しい婦人に紹介されても、その後は単に、語学の練習と人情観察の目的以外には、決して純粋の座談、笑話《しょうわ》の愉快は予期しない事にしているのであった。

されば、その夜、初対面のロザリンに対しても、自分は例によって例の如く、若い婦人に対する若い男の義務として、嫌いなオートモビルの話でも、または教会《チャーチ》の話でも、何でもして見るつもりでいた処が、劈頭《へきとう》第一に、自分はオペラが好きかどうかという意外な質問に会い、つづいて、プッチニの「マダム・バターフライ」の事、今年四、五年目で再び米国の楽壇を狂気せしめたマダム、メルバが事、それから、今年の春初めてアメリカで演奏されたストラウスの「シンフォニヤ、ドメスチカ」の事など、意外な上にも意外な問題に、自分は今までの覚悟は愚か、宛《さなが》ら百年の知己を得たような心地で、殆ど嬉し涙が溢れて来そうであった。

自分は、白状するが、実際西洋の女が好きである。自分は、西洋の女と、英語であれ、フランス語であれ、西洋の言語で、西洋の空の下、西洋の水のほとりに、ギリシャ以来の西洋の芸術を論ずる事が、何よりも好きである。つまり、自分が妙に米国の婦人を解釈してしまったのも、最初あまりに予期する事の多かった結果に外ならぬのであろう。

宿の妻は、余《あまり》に話が高尚なのと、また一ツには、この国の習慣として、若いもの同志の談話が興に入ると見れば、母親でも教師でも、なりたけその興味の妨げをせぬようにと、坐をはずすが常とて、何かの物音を幸に裏手の雞小屋《にわとりごや》の方へと出て行った。

話はいつか、日本の婦人の生活、流行、結婚の事などに移っていたので、自分は、極く無頓着に、ロザリン嬢は米国婦人の例としてやはり独身論者ではあるまいかと質問して見た。

すると、彼《か》の女《じょ》は「一般」という平凡な例の中に入れられたのをば、非常に憤慨したらしい様子で、ちょっと、ドラマチックな手振をなし、「私は決して独身主義ではない、けれども、きっと独身でおわらなければならないと思っている。それも決して消極的の結果ではないから、絶望した悲惨な憂鬱、フランスの寡婦《やもめ》のようなものにもならず、そうかといって、米国の、偏狭な、冷酷な老嬢《オールドメイド》にもなりはしない。私はアメリカの教育は受けたが、五歳《いつつ》の年まではイギリスに育って、両親ともに昔から純粋のイギリス人です。イギリス人は斃《たお》れるまでも笑って戦う。だから、もしや一生独身で暮すような事になっても、私は死ぬまでこの通り、いつまでもこの通りのお転婆娘です。」

いい切ったその言葉には、英語に特有の強い調子が含まれていると共に、なるほど動《うごか》しがたい英人の決断が宿っているらしく聞えたが、しかし、自分にはロザリンの弱々しい小作りの姿を見ると、その語調の強烈なるだけ深く、何とも知れぬ一味の悲哀を感ずるのであった。夏とはいいながら、余りに美しく静な夜のせいであったかも知れぬ。

自分は、やがて彼女に問返さるるまま、此度《こんど》は己れの主義を述べる事になった。しかしそれは、主義、主張、意見なぞいうよりは、まるで夢、囈語《うわこと》のような空想であろう――自分の胸には夢より外に何もない。

自分は結婚を非常に厭《い》み恐れる、と答えた。これはすべての現実に絶望しているからである。現実は自分の大敵である。自分は恋を欲する、が、その恋の成就するよりは、むしろ、失敗せん事を願っている。恋は成ると共に烟の如く消えてしまうものであれば、自分は、得がたい恋、失える恋によって、わずかに一生涯をば、まことの恋の夢に明《あか》してしまいたい――これが自分の望みである。ロザリン嬢よ。レオナルド、ダ、ヴィンチとジオコンダの物語を御存じかと自分は尋ねた。

宿の妻が、裏の井戸から冷い水をコップに入れて、再び坐に戻ったので、自分もロザリンも、いい合したように話を他に転じたが、間もなく機会を見て、ロザリンは時間を訊きながら椅子から立った。夜は早や十一時を過ぎたという事である。

しかし宿の主人《あるじ》は、村人の催すポカという骨牌《かるた》の会にと、宵の口に出て行ったなりまだ帰って来ない。家中に男は自分一人の事とて、義務としても、彼の女《かのじょ》をその家まで送って行くべき場合である。自分は宿の妻が点《とも》してくれた、小な提灯《ランターン》を片手に、軽くロザリンの腕を扶《たす》けて、かの海辺にと通ずる草道を辿って行く…………。

ああ。舞台ならぬ現実の生活に、このような美しい役目《ロール》がまたとあろうか！　自分はアメリカに来た後とても、夜の道、花の陰をば、若い女と歩いた事は幾度もあるが、今夜に限って、どうしたものか、最初《はじめ》の経験の如くに、無暗《むやみ》と心が乱れて来てならぬ。

ただささえ静な島の夜は、小夜《さよ》更《ふ》けて、余りに静なせいであろうか？　折々驟雨《ゆうだち》の来るように打戦《うちそよ》ぐ木の葉、草の葉の響の、妙に物凄く聞ゆるせいであったろうか？　虫の声、蛙《かわず》の声の、いうにいわれず鮮《あざやか》に、星降る空に反響して、天地には今や全く、自分とロザリンと、この二人しか覚めておらぬという意識の、余《あまり》に強く我が心を打つためであったろうか？　自分は何ともその理由を知る事が出来ない。自分はただ一心に、この何とも知れぬ心の乱れをば、相手に悟られまいとのみ焦り立っていた。で、己れが片手に下げた提灯《ランターン》の火が、凹凸《でこぼこ》した足元を照す光に、もしや自分の顔までを見られはせぬかと、自分は事更《ことさら》らしく天を仰いで歩いたのである。

ロザリンも黙って、いずれかといえば、早足に歩みながら、次第に坂道を上る。高く生茂った草の上に彼《か》の女《じょ》が住居《すまい》の屋根が見えたが……やがて小山の頂に達すると、忽ち、二人の前には大空が一際《ひときわ》広く打広がり、海面《うなじ》は黒くて見えなかったけれど、瀬戸内の彼方此方《かなたこなた》には燈台の火が幾個《いくつ》となく数えられ、また遠く、大西洋の出口サンデーフックの方《かた》に当っては、終夜、危険なる内海《うちうみ》一帯の航路を照すサーチライトの反射が望まれた。我が後と、直ぐ目の下には、夏の村の木立が真黒に横わっている。

自分は覚えず立止ると、彼《か》の女《じょ》は夢に物いう如く、――Beautiful night, isn't it? I love to watch the lights on the sea. といったが、自分にはこの語《ことば》が、非常に快い韻を踏んだ詩の句としか聞えなかった。

何と答えようか？　自分はただ領付いたなり首《こうべ》を垂れた、が、その時、彼女はあわただしく、自分の袖を引いて――鳥が鳴いている。何だろう、駒鳥じゃないかしら？　という。

なるほど、細くて高い、笛のような優しい声が、一度途切れてまた続いた。自分はこの度は躊躇《ためら》わず、――ロメオが忍び会《あい》の夜に聞いた「夜の鶯《うぐいす》」であろう。アメリカにはNightingaleといい、Rossignoleというような夜に歌う小鳥はいないと聞いていたが、現在あの優しい鳴音《なくね》を聞いては、どうしても詩に歌われたそれに違いはない。と断定した。

実際、この国に育ったロザリンも、たしかには鳥の名を知らなかったのだ。二人は別に異論もなく、「ロメオの聴いた鳥」という事にしてしまい、さて改めて、もう一声なり、二声なり、その鳴く声を聴こうとしたが、早やいずこへやら飛び去ってしまったらしい。

自分は小山の頂から、ほんの一、二歩下りかけた道の右側にある彼《か》の女《じょ》の家まで送って行き、広い芝生《ローン》と花園を囲んだ垣根越に、最後の握手と、good nightの一語《ひとこと》。かくして、この夜は別れて帰ったのであった。

自分は次の日に、目覚めると、前夜の事がどうしても夢としか思われない。現実にあった事としては、余りに詩的過る、余りに美し過ぎるからで、同時に自分の生涯にはもう二度と、あのような事は起るまいと、妙に果敢ない気もした。

午飯《ひるめし》の時に宿の妻が、問いもせぬのに、いろいろとロザリンの事を話してくれた。父親はイギリスの商人で、一度家族をつれて亜米利加《あめりか》へ来た後、ロザリンをば宗教学校の寄宿舎に預けて、更に南アフリカのケープタウンあたりへ赴き、その地でかなりの財産を作って、七、八年前に帰って来た。して、今の処に別荘を構えて隠居してしまった。で、ロザリンは全く親の手を放れて育ったも同様で、そのためか、極く気の勝った淋しい性質らしく、今日までこれといって親しい友達も作らず、また、何につけ、物事をば両親《ふたおや》はじめ誰にも相談なぞする事はなく、いつもいつも、已れ独りきりで、決断分別をつけ、然も別に淋しい顔付、悲しい様子なぞ見せた事もないという事である。

食事を済すと、自分は例の通り桜の木陰に赴き、二、三日前から読み掛けたマラルメの散文詩を開いたが、すると、その興味に引入れられるまま、次第に、昨夜《ゆうべ》の事も、世の中の事も、自分の身の上も、皆な忘れてしまって、芝生の上に横わる木の影、道の上に落《お》つる眩《まばゆ》い日の光のみ目に映じて、ああ、夏は美しい、と思うばかりであった。夕方になって、いざ散歩の折、自分は初めて、今宵浮洲を見に行くには、一本道の是非にもロザリンの家の前を行き過るのだと心付いた。

自分は会いたいような、また会いたくないような、極めて朦朧とした考えで、いつもの草道を歩んで行ったが、まだ小山の頂まで達せぬ中《うち》、ぼッと烟のような暮れかかる野草の陰から、――Hallow! here I am!――という雲雀《ひばり》のようなロザリンの声を聞き付けた。彼《か》の女《じょ》は、今宵も(自分とは明かにいわなかったが、)自分の宿の妻を訪ねに行くところだと話した。

で、その夜も晩《おそ》くまで話して、前夜の通りに夜道をば、提灯《ちょうちん》を片手に、再び名の知れぬ夜の鳥の歌を聞き、彼の女が家の垣根まで見送って行ったが、さてまた、その次の日の午前には、計《はから》ずも、村の本道で、彼の女が郵便局へ行くとやらいう途中に出会い、そのさしかざす日傘の下に歩調《あしなみ》を揃えて歩んだ。

何しろ、狭い村の事、道は多からず、散歩する時間も大抵はきまっているので、その後は、殆ど毎日のように、自分は一日の中《うち》、どこかで一度、顔を見ぬ事はないようになったのである。その結果として、或日二日間ばかり雨が降通して、どこへも出られず、従って、ロザリンの姿を見る事の出来ない場合に遭遇したが、すると、自分は寂しくて寂しくて、燈下にただ一人、田舎家の屋根を打つ雨の音をば、聞澄《ききすま》しているには忍びられぬような心地になった。――尤もこれは、ニューヨークにいた二年間、静な雨の音なぞ聞いた事がなかったせいでもあろうが――遂に自分は毎晩、夜寝る時には、窓から空の星を仰ぎ見て、どうか明日も人が散歩に出られるような天気になるようにと、心ひそかに念ずるのであった。

旱《ひでり》の夏は、自分の願った通り、時々日の中《うち》に驟雨《ゆうだち》の過ぎるだけで、毎日の天気つづき。殊に、夜は月が出るようになった。自分は、この年、この夏ほど、毎夜正しく、三日月の一夜一夜に大きくなって行くのを見定めた事はない。

ああ！　今となっては、かえってこの月の光が恨《うらみ》である。月の光さえなくば、夜の鳥、虫の声、草の香《かおり》、木の葉の囁《ささめ》きに、夏六月の夜は如何に美しくとも、自分は……ロザリンは……二人はかくも軽々しく互《たがい》の唇《くち》をば接するには至らなかったであろう！

自分はこの島の青葉が、黄《きいろ》くなり、紅《あか》くなりおわらぬ中《うち》に、多分アメリカを去らねばなるまい。という事は、前から已に、ロザリンには打明けていた。また、或時には、自分は四年もアメリカの生活をした紀念に、せめては長く手紙のやりとりをするような、ブロンドの友達が欲いものだ……といえば、ロザリンも笑って、読みにくい、ルーズベルト新式の綴字《スペルリング》で、手紙を書いて送ろうと答えた位であった。されば、二人は、ただ愉快にこの美しい夏の夜を遊んで暮そうと、初めから、明《あきらか》に互の地位境遇を知り抜いていたといわねばならぬ。

ああ！　しかし、夏の夜は、若いものが、ただ遊んで暮そうというには、余りに美し過ぎた。月は糸のようなその頃から、一夜も欠《かか》さず、静なその光を以《も》て、二人が語る肩を照し、自然自然、知らぬ間に、われらが魂を遠い遠い夢の郷《さと》に誘《おび》き入れてしまったのだ。

自分は、どうしても、自分の意志をば弱いものであったとはいいたくない。最後まで、自分はロザリンを愛する事は出来ぬ、例え心の底はどうあっても、それをば若い娘に打明けべきではない、と意識していたからである。

ちょうど十五夜の満月をば、夜半《よなか》過ぎまで眺め明し、アメリカでは、月の面《おもて》に人の顔があるとロザリンがいえば、日本では兎が起《た》っているのだと答えて、いずれが正しいかと、他《た》愛《あい》もない議論をした、その翌日の事で、自分は意外にも早く、故郷からの音信に接し、秋を待つ間もなく、この二週間以内に、是非ともヨーロッパに向わねばならぬ事情に至った――その事実をも自分は殆ど何の躊躇もする事なく、ちょっとニューヨークの市中へでも遊びに行くように、極く冷淡に無造作に打明けてしまったが…………。

するとロザリンも同じく、さほどに驚いた様子もせず、行先《ゆくさき》はフランスかイタリヤか、いつ頃に出発するかなぞと質問して、宿の夫婦とともども、客間の中で平日通りに雑談していたではないか。

しかし、十時を過ぎた後、毎夜の如く自分は彼《か》の女《じょ》を送って外に出れば、今宵は即ち十六夜《いざよい》の、昨日にも勝る月の光。夜毎眺め飽す身にも余りの美しさに、二人は何とも言交す話さえなく、草道を岡の近くまで歩いて来る中《うち》、自分は忽然、何とも知れず物哀れさが身に浸み渡って来るような気がしたので、ハッと心を取直そうとする刹那、ロザリンは道傍《みちばた》の石に躓いたらしく、突如《いきなり》、自分の方に倚《よ》り掛った……自分は驚いてその手を取るとそのまま、彼の女はひしとばかり自分の胸の上に顔を押当ててしまった。

半時間あまりも、夜露に衣服《きもの》の重くなるまでも、二人は何の語《ことば》もなく相抱いたまま月《げつ》中《ちゅう》に立竦《たちすく》んでいたのだ。実際何ともいい出す言葉はない。二人とも、いかほど恋しと思ったところで、自分は旅人、彼の女は親も家もある娘、永く幸福の夢に酔う事の出来ぬ事情は、已にいわず語《かたら》ず知り合うていたからで。されば、この上に申出《もうしいだ》すべき事はただ二つ有るのみである。自分は故郷の関係をすっかり立ってしまって、独力で生活の道を、永遠にこの国に求めようか。あるいは、ロザリンをして両親《ふたおや》の家と、これまで育てたアメリカの国土を出奔せしめるか。この二つだけで。しかし、自分は如何に切ない情とても、到底そこまでは進んでいい出し兼る。ロザリンとてもまた、男の身に恋のため、浮世のすべてを打捨ててくれよとは、どうしていい切れよう。

ああ、二人は遂に常識の人であったかしら？　アメリカという周囲の力が知らず知らずかくせしめたのであろうか。あるいは吾々の恋が、未だそれまでに至らなかったのであろうか。否！　否！　自分ら二人の恋は、生命《いのち》を捨てたロメオやパウロや、ジュリエットやフランチェスカのそれにも劣らぬものと信じて疑わない。二人は、今ここで、一度《たび》別れては何日また逢うか分らぬ身と知りながら、——一瞬間の美しい夢は一生《ひと》の涙、互に生残って永遠《とこしえ》に失える恋を歌わんがため、その次の日からは毎日の午後《ひるすぎ》をば、村はずれの人なき森に、深い接吻を交わしたのであったものを…………。

ああ、あわれ！　船は早や大西洋を横切り尽して、ほどなくフランスのアーブル港に着くという事だ。今朝方アイルランドの山が見えたと、人が話している。

もう、長く筆を取っている暇《いとま》はない。僅か一週間という日数の中《うち》に、我が身は今、如何に遠く彼《か》の女《じょ》から離れてしまったであろう。

遠く離れれば、離れるほど、彼の女の面影はありありと目に浮ぶ。彼の女はやや黒みを帯びた金髪《ブロンド》であった。西洋人には稀に見らるるほど長く濃いその金髪《ブロンド》をば、いつも無造作らしく束ねて、額に垂れる後毛《おくれげ》をば絶えず指先で、掻上げる様子の如何にも情味が深い。並んで立つと、ちょうど自分の頤《おとがい》ほどしかない――アメリカの女としては極く小作りの方であったけれど、しかし肉付がよいのと、いつも極端に直立の姿勢を取っているので、どうかすると、非常に丈《た》け高く、大きく見える事もあった。潮水《みずうみ》のような青く深い眼と、細くてやや尖ったその容貌《おもざし》は、熱心に話でもする折には、どうしても神経過敏を示すだけ、じッと沈着《おちつ》いている時には、いうにいわれない威厳と、強くて勇しい憂鬱を現す。――即わち、明《あかる》い、鮮《あざやか》な輪廓の、絵にもしたいような、妖艶な南欧の美人とは全く反対で、どこか鋭い処に、一種の悲哀があり、その悲哀の中《うち》に、女性特有の優しさが含まれている、北方のアングロサキソン人種によく見られる類型《タイプ》の一ツであった……………。

突然上甲板の方に人の喧《さわ》ぐ声が聞える。アーブル港の燈火が見えるのだという。船室《へや》の外の廊下をば、誰《たれ》やらが、――Nous voilà en France――といって馳《か》け出して行く。甲板の方では男や女が一緒になって、

Allons enfants de la patrie
Le jour de gloire est arrivé
………………

と歌う「マルセイエーズ」が聞え出した。

自分は遂にフランスに着したのだ。

ああ、しかし、この止みがたき心の痛みを如何にせん。自分は思い出るともなく、ミュッセがモザルトの音楽に寄せて歌った一詩――

Rappelle-toi, lorsque les destinées
M'auront de toi pour jamais séparé,
………………
………………
Songe à mon triste amour, songe à

L'adieu suprême !

……………………………………………………

Tant que mon cœur battra,

Toujours il te dira:

Rappelle-toi.

思《おも》い出《いで》よ。もし運命の永遠《とこしえ》に、我を君より別ちなば、我が悲しき恋を思い出よ。別れし折を思い出よ。我が心の響く中《うち》は、我が心君に語らん、「思い出よ」と。

心の中《うち》に口ずさみつつ、初めて見るフランスの山に、自分は敬意を表するためにと、一足一足、甲板の方に歩いて行った。

Rappelle-toi, quand sous la froide terre
Mon cœur brisé pour toujours dormira;
Rappelle-toi, quand la fleur solitaire
Sur mon tombeau doucement s'ouvrira.
Tu ne me verra plus ; mais mon âme immortelle
Reviendra près de toi comme une sœur fidèle.

Ecoute dans la nuit,
Une voix qui gémit:
Rappelle-toi.

思《おも》い出《いで》よ。冷き地の下に永遠《とこしえ》に、わが破れし心眠りなば、思い出でよ。淋しき花の徐《おもむろ》に、わが墓の上に開きなば、君は再びわれを見じ。されど死なざるわが魂《たま》は、親しき妹《いも》が如くに、君が傍《かたえ》に返り来ん。心澄して夜に聞け。ささやく声あり、「思い出でよ」と。

ああ。ああ。

Rappelle-toi——Rappelle-toi——

(船中四十年七月)

『あめりか物語』余篇

舎路《シアトル》港の一夜

舎路《シアトル》の日本人街《にほんじんまち》を見物しようと思って、或る土曜日の夜、こッそりその方へ歩いて行った。

こッそりというのは全く理由《わけ》のない事ではない。上陸する時に、航海中懇意になった船員の一人から、舎路《シアトル》へ行っても日本人の沢山いる下町《ダウンタウン》の方へは出掛けぬ方が好い。聊《いささ》かでも体面を重んじる人の足の入れべき所でないと、厳しく注意されていたのである。しかし、何事によらず、こういう忠告はかえって好奇の念を烈《はげ》しくするもので、私はまず人知れず第二通《セコンドアベニュー》から第一通《ファストアベニュー》へと賑かな坂道を下りて行った。

この辺は舎路《シアトル》第一の繁華《はんが》な場所なので、一概に新開の街とはいうものの、高い石造りの商店、美しい色電気の看板の立ち連なる有様は、なかなか銀座通りの比ではない。殊に土曜日の宵の口、散歩の人の出盛る頃なので、無数の男女は燦爛たる燈火の中を笑いさざめきつつ、互《たがい》に肩を摩《す》り合して行過ぎる。四辻には人一ぱいの電車が、幾輛とも知れず縦横に馳違《はせちが》っているとその間々を縫うて馬車が走る。まず眼も眩むほどである。

　私はしばしば人に突当りながら、漸く第一通りを下り、左へ折れて邪苦損街《ジャクソンまち》というのへ出たが、すると四辺《あたり》の様は忽ち一変してしまった。街幅は広いけれど、商店なぞは次第に少くなって、板を敷詰めた往来の上には、所々に馬糞が堆高《うずたか》く、いずこからとも知れぬ激しい煤煙の臭気は、正しく人の呼吸を妨げるほどに立漲っている。第一通り第二通りの繁華《はんが》に驚いた者は、更に急変したこの街の暗鬱に、一層の驚きを重ねなければなるまい。私は足に任せて三、四町も行ったかと思うと、道の片側《かたかわ》に浅草のパノラマを見るような不思議な建物が、城の如く半空に聳えているのに出遇った。心地悪い臭気は一段烈しくなるのみならず、四辺は漸く暗黒を極め、街の左側を通る高い鉄道の架橋は、灰色した空の光をも遮ろうとしている。

　とても五分と佇んでいられべき所でない。しかし、私はこの不思議な形の建物が、瓦斯《がす》のタンクである事を知ると共に、いよいよこれから先が日本人街である事を思い得た。人の話で、邪苦損街《ジャクソンまち》の瓦斯溜《がすだ》めが日本人街の境である事はしばしば私の聞いていたところなので。私は手帕《ハンケチ》で口の端《はた》を蔽いながら、息を凝して漸《やっ》と、この不愉快な臭い瓦《が》斯溜《すだ》めの下を通り過ぎたが、すると、向うの方に暗い燈火《あかり》がちらちら見えるようになった。

近付けば両側の建物は、繁華《はんが》を誇る第一通りなぞとは違い、場末の街の常として、尽《ことごと》く低い木造ばかり。ふとそれらの或る二階家の窓を見ると、何やら日本字で書いた燈火《あかり》が出してあるので、私はひた走りに走寄《はしりよ》ると、「御料理　日本亭」としてあった。以前から話に聞いて承知はしていたものの、さて実際の有様に接すると、いうにいわれぬ奇異な感じが先に立って、少時《しばし》はただ訳もなく看板を見上げるばかり。すると二階の窓からはやがて、三味線《さみせん》の音《ね》が聞え出した。

窓を閉切った西洋造りの事なので、無論聞取りにくいほど、幽《かすか》にしか漏れ聞えぬけれど、確かに女の声で歌う一節《ひとふし》。それは嘗て東京なぞでは耳にした事のない調子なので、何となく田舎へ旅して、遠く宿場の騒唄《ざれうた》でも聞くような心持がする可笑さに、私は余念なく佇んでいたが、突然背後に起った人声に驚かされて、その方を振返ると、

「畜生！　今夜も騒いでいやがらア。」

「お春坊だろう、三味線《さみせん》弾いてるなア。亜米利加《アメリカ》にゃ惜しい玉だア。」

いい合いながら立止って二階を見上げた三人連の日本人。いずれも中折の帽子に、黒い脊広を着ているが、胴長の足が短く、しかも弓なりに曲っている様子は、白人の眼に

はさぞ可笑しい事であろうと思われた。どこか地方訛りのする声で、

「乃公《おら》、まだ見た事がねえんだが、そんなに別嬪なのかね。」

「いつ来たんだ。まだ近頃のようじゃねえか。」と二人が聞出すと、

「この前の信濃(船名)で入ったんだ。聞けばやっぱり広島在のもんだとよ。」

私は熱心にこの人達の会話を聞こうとしたが、その中《うち》の一人が怪しむ如く、可怖《こわ》い眼をして私の顔を睨んだので、私は彼《か》の日本人街を徘徊するという無頼漢《ごろつき》の類ではなかろうかと、急に心付いたところから、残念ながらそのままここを立去った。

しかし今はもう目に入る看板、尽くこれ日本の文字《もんじ》ばかりとなった。嘗て船中で聞いた話のその通り、豆腐屋、汁粉屋、寿司屋、蕎麦屋、何から何まで、日本の町を見ると少しも変った事のない有様に、少時《しばし》は呆れてきょろきょろするばかり。いつの程か大分賑かになった人の往来《ゆきき》も、その大半は、足の曲った胴長の我が同胞で、白人といえば大きなパイプを啣えている労働者らしい手合である。

私は何もかも話の種と、まず手近の生蕎麦《きそば》と書いた掛行燈《かけあんどん》の方へ歩み寄った。店というのは、大きな家の椽《えん》の下にあるので、往来際の階段から地面の下へと降りて往《ゆ》くのだ。煤《すす》けた開放《あけばな》しの戸口を這入《はい》ると、板敷の広い一室を、ペンキ塗の板で幾個《いくつ》にも小く劃《しき》っ

てその入口には各《おのおの》古びたリネンの引幕を目かくしに引いてある。中には食卓《ていぶる》を取巻いて椅子四、五脚、陰気な瓦斯《がす》が点いている。腰を掛けると直様《すぐさま》、

「おいでなさい。」と四十近《ぢか》い太い声が顔を出した。色の黒い八の字髯の大男で、上着を脱いだ洋袴《ずぼん》の上に汚れた前垂《エプロン》を掛けている。

「何が出来るね。」というと、この男八字髯を捻《ひね》って、天ぷら、おかめ、なんばんなどといい立てた後、

「御酒《ごしゅ》は如何です。」

私はその中《うち》の一ツを命じて、椅子に凭れながら、煙草を喫んでいると、間もなく三、四人と覚しい靴音がして、板一枚隔てた隣りの室へドヤドヤ人込んだ連中《れんじゅう》がある。八字髯の亭主が出て行くと、連中《れんじゅう》の一人は、

「ハロー、良　夜《グッドイヴニング》。」

「例《いつも》の天ぷら。それから正宗正宗！」と大《おお》きな声で他の一人が誂えた。少時《しばらく》は椅子を動す音。床板をコトコトいわせる。靴の裏でマッチを磨《す》る音なぞが聞えて、やがて一人が、

「一杯飲《や》ったら、素見《ひやかし》に行って見んか。」

「彼所《あすこ》か、止し給え。亜米利加《アメリカ》の女郎買ばかりは止し給え。」と反対すると、他の一人が、

「いやなのか、何故だい。」

「何故だって、つまらないじゃないか。甘《うま》みもそッけも有りゃしない。全くのお勤め、元金《げんきん》引替のオーライトだろう。馬鹿馬鹿しいにも程があらアね。」

私は覚えず笑い掛けたが、折から亭主がお誂いを持って来た。続いて隣りの方へも銚子と盃を置いて行ったらしく、元気付いた声で、

「さア一杯、日本酒の味は忘れられないなア。」

「女の味はどうだい。」

「うっかりするともう忘れる時分だ。今の中《うち》に復習《おさらい》が肝腎だ。」

「はははははは。」と一同大声に笑い始めた。

「時にどうだい。君の家は？　相変らず急しいのか。」

「お話にならないね。毎日毎日毛唐の嬶《かかア》に追使われて台所仕事のお手助《てつだ》い。スクールボーイも大抵じゃないや。」

「まアお互様だから仕方がないさ。宜しく未来の成功を期すべしだ。」

「その成功も実は心細いよ。君はいくらか話が出来るようになったかね。」

「駄目。さっぱり分らんね。堂々たる男子が、十か十一の子供と一緒に、毎日小学校へ通ってさ。もう半年ばかりになるんだが、ちっとも進歩せんからね。」

「僕は最初、三月位スクールボーイでもして白人等《やつら》の話を聞いていたら、一通りの会話位分るだろうと思っていたんだが、予想と実際はまるで反対だ。」

「しかし、お互に絶望しちゃいかんぜ。絶望の後が自暴自棄、それからが堕落だからね。全く誡《いまし》むべしだぜ。その実例は君、いくらも有る。初めは確乎たる苦学の目的を以って渡米しながら、遂に堕落して、三十になっても四十になっても、白人の家に労働している失敗者が前車の覆轍《ふくてつ》だ。急《あ》せるとかえって失敗するから悠々と勉学するに限るんだ。」

「うむ、そうだね。」

と答えたが忽ち、

「話が理に落ちると酒がまずい。今夜は土曜日《サタデー》だ、何でも愉快にならなくちゃいかん。」

「しかりしかり！　浩然《こうぜん》の気《き》を養うべしだ。」

談話《はなし》は再び元へ帰ってしまった。以前には反対していた一人も、今は酒に酔うたためか、一同がどやどや戸外《おもて》へ出掛る時にはもう別に異議を唱えもしなかったらしい。

私はこの連中《れんじゅう》の後へ尾《つ》いて行ったなら、必ず意外な話の種を見付ける事が出来ようと思ったので、早速一杯十仙《せん》の勘定をすまして、大急ぎに続いて外へ出た。彼らの行くがままに、真直な表通りを右手へ曲ると、道はやや狭く、しかし人の往来《ゆきき》は次第に繁くなって、片側《かたかわ》には、臭い油で豚や牛肉を焼ている屋台店《やたいみせ》が見えた。こうした場末の街や悪所場の近くに、屋台店の有るのは敢て東京の浅草ばかりには限らぬと見える。

さて、彼の三人の連中《れんじゅう》は、と見ると、とある小な煙草屋——亭主は日本人——その店口から奥の方へ通じている、暗く細い梯子段を足早に上って行くのである。

〔一九〇四(明治三七)年五月一日「文藝倶楽部」〕

夜の霧

十月も末近き或る夜の事なり。シアトルを発する電気鉄道にてタコマの街に帰り来ぬ。街の時計は已に十一時を打ちたる後ならん。電車を下りたる時、太平洋大通《ぱしふいっくあべにゅー》には已に人影少かりき。

打仰げば、風《かぜ》死したる太空《おおぞら》は夜毎の闇に閉され、顧みれば、朦々たる狭霧地上を罩《こ》めんとす。これ、珍しからぬこの頃の天候なり。涼しき秋去りぬれば、太平洋沿岸の地は連日雨降るべき、陰鬱なる冬に入るなりとぞ。

極めて近き、街の建物も五層六層と聳えたる頂きは、全く狭霧に包まれて見え分《わか》ず、窓々に映ずる美しき火影《ほかげ》、看板に輝く色電気の光も一町と隔りたる彼方《かなた》のものは、ただ朧ろげなる提灯《らんたーん》の火を見るが如く、常の夜なれば空の一方を五色に彩る市役所の塔のイリミネーションさえ、今宵は哀れにも幻燈画の光を眺むるよりなお暗し、霧深き彼方《かなた》より馳せ来れる電車一、二輛あり。されど明《あか》る車内には何《いず》れも人影なく、嵐の如き車輪の響は、空しく坂道を降り街の方《かた》に消え失せぬ。

余は一望黯淡《あんたん》たるこの大通りを家に帰るべく、独りセメント敷詰めたる人道を歩みたり。連《つらな》る商店は已に戸に鍵掛けたれど、家の内なる電燈の光は、白日の如く、硝子戸の中に陳列したる種々《さまざま》の商品を照したり。これらの前には幾個の路行く人歩みを止《とど》めて佇めるを見る。貧しき家の妻と覚しき女の、寒《さ》む気《げ》に身を縮めつつも、なお茫然として宝石売る店の前に見取れたるがあれば、破れたる上衣《こーと》の上には外套をも着ず、形ゆがみたる帽冠りたる男、凹《くぼ》みたる眼《まなこ》して、美しく並べたる菓子店のパンを眺めつつあるあり。人は甚《い》と容易《たやす》く彼らの心を読み得べきを。彼らは更に恥らう色もなきが如く見ゆ。

とある曲角に近付けば、喧《かしま》しき鳴物の響聞え来たれり。続いて多くの人声も耳に入るなり。酒売る家にして、入口には色硝子の扉開けたるままなれど、内側には屏風《へいたて》ようのもの立てたれば、奥深き様子は全く遮られたり。されど酒の臭と烟草の烟《けぶり》に汚《けが》されたる空気、生暖くなりて流れ出でつつあるその隙間よりは、壁の上に高く掲げたる幾種の裸体画の、明き電燈の光に照されたるが伺い得らるるなり。大《だい》なるパイプを啣《くわ》え、両手を洋袴《ずぼん》の衣嚢《かくし》に差入れつつ、夜の街を彷徨《さまよ》い歩く労働者の群は、入れ替り立替りこの戸口に押合えり。室内はいと広きと覚しく、靴の音、椅子の音、盃の音、あらゆる室内の物音は尽く高き天井に反響し、単調なる鳴物は時に暴風《あらし》の洞窟に突入るが如き響をなせり。

余は少時《しばし》がほどは、興ある事に思いて立ち止《とど》まりてありしが、やがて出入りする人々の風俗《みなり》、顔色なぞ眺むるに至りて、怖しき心地胸の底に湧出でぬ。彼らは皆怪し気に眼《まなこ》を光らせ、折々俯向けたる首を振動《ふりうごか》すのみか、牡牛の如き己が身体をいとど重げに、底厚き靴を引摺りつつ歩み行く時、その懶《ものう》げなる後姿は忽ち朦朧として影の如く、狭霧の中に消え去るなり。その様、あだかも瑕《きず》付ける野獣の馳《か》け走る気力だに失《うせ》たるに似たらずや。余はしばしば泰西の作家の描きつる、労働者の怖しき生活……殊更にゾラのラッソンモワルを思い浮べざるべからざりき。

かかりし時、突然余の前に立止まりし一個《ひとり》の男あり。疑いもなく酒屋の戸口より出で来りしなり。余は酔いたるこの国の労働者の、余に戯れするならんと思いて、驚き立ち去らんとしぬ。

最も低き賃銀にて、一日の労働を売り、次第に彼らの領地を侵略し行くもの、これ日本人と支那人なれば、彼らの身に取りて、日本人《じゃっぷ》は最も憎むべき敵の一ツなり。余はこの地の人々の遍く、日本人をば快く思わざる事を知りたれば、かくは恐るるが如く立ち去らんとはしつるなり。

「君よ! 待ち給え。」と後《うしろ》より呼び掛けたるは、これ意外にも濁りたる日本語なりき。

余は更に驚きて振向きぬ。

「君よ。君は我が同胞《どうぼう》の人ならずや。余は是非にも少時《しばし》の間、君の手を取らざるべからず。」

いいつつ、彼はよろめくが如く、余の身近に進み寄れり。

「何事にや。」余は静に口を開きぬ。

彼は答えずして、鋭く余の顔を打目戍《うちまも》らんとす。年の頃は三十歳《さんじゅう》を越えたるべし。身《み》の丈《たけ》はさほどに低からざれど、両の脚は日本人特有の彎曲をなし、頬骨尖りたる面《おもて》の皮膚は粗く褐色《とびいろ》をなせる、同じ国の人の眼にも決して美しとは見えざるなり。雨と塵埃《ほこり》に汚《け》がされたる古き中折帽を冠り、処々《ところどころ》破れて皺のみ多き背広の下には白襯衣《ほわいとしゃつ》もなく、垢染みたるフラネルの肌衣に歪みたる襟飾《ねきたい》掛けたり。思うにこれ、鉄道工事に雇われつつある人夫か、さらずば白人の家の台所に使役せらるる奉公人、その以上《うえ》の人にては非ざるべし。

「御身は何ぞ余に問うべき事あるや。」

余は重ねて問い出《いだ》せし時、彼は更に鋭く余の面《おもて》を眺めしが、忽ち厚き唇を開きて、

「問うべき事あらずして、猥《みだり》に人を呼び止むるものありや。君は余と同じ国の人ならずや。同胞《どうほう》の民ならずや。止《や》めよ！　同じ国の人に向って、かかる冷酷の語を発するを。止めよ。止めよ。」と荒々しく呼続けぬ。

「何事にや。御身は余が語《ことば》を聞誤れるなり。御身は何事にか甚《いた》く激昂せるには非ざるか。」

余は驚きつつも、極めて沈着なる声音をつくりたり。

「いうまでもなき事よ。余は激昂せり。余は自らこの胸を引き裂かんばかり、余自らの身を憤りつつあるなり。余は今リイスキーの幾盃を傾けて、止み難き心の悶えを忘れんとしぬ。余は同胞《どうぼう》の人なる君を捕えて言わざるべからざる事あるなり。」

彼は余が着たる上衣の袖を捕えぬ。余は頗る狼狽せざるを得ざりしかど、早や逃るるに道なし。力なく余は商店の壁に倚掛《よりかか》りて佇めり。

「君よ。余は無智なる出稼人夫なり。余はアメリカの語《ことば》を知らず。否、多く日本の文《もん》字《じ》をすら知らざるなり。されど、余はこの両腕に力を有せり。この両腕の力に因りて余は能う限りの弗《どる》を得んとしたり。否《いな》已に若干《いくばく》かを得たりしなり。然《さ》るを、然るを……。」

彼は恐しく眼を睜《みは》りて、再び余の袖を捕えぬ。

「如何《いかが》せし？　されど余り高声に語り給うな。路行く人の我らを怪しまんに。」

「怪しまば、思うがままに怪しましめよ。余が彼らの語《ことば》を解せざるが如く、彼らもまた余の語《ことば》を解せざるべし。気遣う事かは。」

彼は一層《ひとしお》叫び狂わんとす、その後《うしろ》には早や二、三の人、常に日本人を目戍《みまも》る時の忌き目容《まなざし》して佇みつつありき、余は全く当惑の中《うち》に、面《おもて》を赤めつつ沈黙せり。

「気遣う事かは。君はヤンキーを怖しと思えるか、我らの胸の底に日本魂《やまとだましい》あるを忘れ給えるか。」

彼は黄《きいろ》き歯を出し、気味悪く微笑みつつ、四辺《あたり》を見廻せしが、忽ち充血せるその眼《まなこ》は、鋭く何物にか注がれたり、彼の後《うしろ》に立ちたる人立《ひとだち》の中には、男の腕に身を倚せたる一個《ひとり》の若き婦人《おんな》ありしなり。夜の空気を恐るるにや、眉深《まぶか》に頭巾冠りたる、その間よりは、黄き頭髪を薄紅《うすあか》き頬の上に振り乱せり、彼はこの姿艶《なまめか》しき女が、男の胸の上に頭《こうべ》を倚せ掛けつつ、如何にも忌しというように彼の面を打見遣りて、何事をか囁くを見るや、叢《むら》り起《が》る憤怒の情を禁じ得ざるが如く、

「女郎奴《じょろうめ》！」一喝すると共に、彼は彼方《かなた》に向って唾を吐き付けぬ。

唾は婦人《おんな》の靴の上に附着せり、婦人は声を上げたり。連なる男は拳を握りて進み出で

ぬ。

余はかかる夜更に街を歩める婦人の、果して如何なる階級のものたるやを知らざるなり。されど、今この眼前に現われたる光景は、尽くこの婦人の受けたる恥辱を雪《そそ》がんがためにいと騒然たるものとなれり。激語は人々の口より響き出《いだ》せり、余は逃ぐべき路を失いて茫然たるのみ。

忽然、仁王の如き巨大の腕《かいな》あり。衆人の頭上より延び来って、あだかも鷲の犠牲《いけにえ》を攫《つか》むが如く、無礼なるこの日本労働者の肩を捕えぬ。驚き仰げば、これ雲を突くばかり身丈《せい》高き、この国の巡査《ぼりす》なりき。

彼は不必要なる何らの一語をも発せず、ただ象の如き悠然たる歩調を以《も》て、矮少なる日本労働者が力の限り打踠《うちもが》ける体軀を軽々と引摺り行けり。その様、街の滑稽劇を見るよりもなお可笑しといわぬばかりに、人々は互に打笑みつつ思い思いに立去りぬ。

街を蔽い尽せる夜半の霧は、増々深く、今は殆ど寸尺《すんせき》を辨ぜざるほどとなれり。多くの嘲笑者と、その犠牲《いけにえ》たりし我が同胞《どうぼう》と、怖しき巡査《ぼりす》と、それらの人影は等しくこれ不明の中《うち》に葬り去られたり。余は少時《しばらく》して、僅に余の身が茫然としてなお商店の冷き壁に倚掛りつつあるを自覚し得たれども、未だ全く怖しき夢心地より脱する能わざりき。余は如何なる暗き道を辿りて家に帰りしにや。

＊　＊　＊

数日を経たる後、余は長くこの地に在留せる日本人より、左の如き物語を聞きぬ。

出稼の鉄道人夫なにがしといえるもの、十年に近き労働によりて五百弗《どる》を得、これを或る一派の日本人によりて組織せられたる、貯金取扱所に預けたりき。しかしてこの貯金取扱所は去る日故ありて破産したるなり。十年の辛苦を水泡となしたる絶望は、殆ど彼を殺さんとしたりし時、貯金の半額二百五十弗《どる》は、突然、破産後の整理取調の結果意外にも彼の手に返り来《きた》れり。死の絶望に引続きて、忽然として襲来りし絶大の歓喜は、哀れ、単純なる労働者の心を狂乱せしめたりき。思うに彼は賭博場の梯子を上り行きしならん。貯金の残金《のこり》を受取り得たる翌日、彼は無一文の乞食《こつじき》としてその身を路上に彷徨せしむるに至りしなり。

彼は今、街端《まちはずれ》なる癲狂院《てんきょういん》の鉄柵中に投入れられたり。君はいまだ知り給わざるべけれど、一度《ひとたび》この国の癲狂院に投ぜらるれば、十の九までは生きて再び世に出《いず》る事なきが例なれば、彼は冷き壁に向いて、終日己れが胸を掻破るべしなぞ叫びつつ、不完全なる治療の下にやがて死の客となるならん。

その病院はいずことや？　然り、そは電車に乗りて行けばいと近し。されば日曜日にても君は行きて見給え。彼のみにはあらず、日本の労働者にして失望のために発狂したるものなお二、三人捕えられてある由なれば……。

余はただ黙然《もくねん》として、頷付きたるのみ。俄に胸迫るが如き心地したればなり。

（北米の旅舎にて三十六年十一月稿）

〔一九〇四（明治三七）年七月一日「文藝界」〕

解　説

川本皓嗣

『あめりか物語』は、永井荷風がほぼ五年にわたるアメリカ・フランス滞在を終えて明治四一(一九〇八)年七月に帰国した、その翌月に博文館から出版されて、彼の文名を一気に高めた短篇小説集である。一般に『あめりか物語』と並び称せられる『ふらんす物語』が当時、前者のような評判を呼ばなかったのは、その初版が明治四二年三月、出版直前に発禁処分の憂き目に会ったからである。その後の同書の成り行きについては、今回同時に岩波文庫から出る新版『ふらんす物語』の巻末に譲るとして、いまこうして『あめりか』『ふらんす』の二書を、どちらも初版を底本とする現代表記のテクストで、手軽にまとめて読むことができることの意義や面白さを、まず強調したい。

この二冊の本は、フランスの文学と文化に強い憧れを抱く作家志望の青年が、フィクションの形を借りて、アメリカとフランスでの見聞や感懐を、ほとんどリアルタイムで書き留めていった「聖地巡礼」の記である。実は、荷風が宿願の聖地パリ滞在を果たしたのは、洋行最後のわずか二か月にすぎない。とはいえ、そもそもアメリカ大陸を西から東へ、北西岸ワシントン州のタコマから、中西部ミシガン州のカラマズー、大西洋岸中部に近い首都ワシントン、北東岸ニューヨーク州のニューヨークに至り、さらにフランス中東部のリヨンを経るという彼の足跡は、まさに一路パリをめざしての巡礼行そのものである。

これはそうなるのが当然であって、駆け出し作家・ジャーナリストの荷風が暁星学校の夜学に通い、タコマのハイスクールやカラマズー・カレッジに籍を置いたのは、ひたすらフランス語を学ぶためであり、ワシントンの日本大使館小使いや、正金銀行のニューヨーク支店・リヨン支店の行員という気に染まない勤めに耐えたのも、ただただ聖地パリに「住む」資金を蓄えるためだった。だが言うまでもなく、聖地に行き着くまでの長い困難な道のりは、すべて至福の体験に向けて巡礼者の魂を鍛え、準備するための試練の過程である。英語嫌いの荷風は、拝金主義的で文化の洗練を欠くアメリカに心服することはなかったが、オペラへの洗礼、白人女性との初めての交わり、上達したフランス語による文学書の耽読など、彼にとって、「西洋入門」の地としてのアメリカ滞在の意味は大きい。

したがって、『あめりか物語』と『ふらんす物語』を読む者には、幾通りもの楽しみかたが許される。まず明治末期の日本知識人（あるいは時代はともかく、一般に書物など間接資料だけを通じて知る西洋の地に、はじめて足を踏み入れた日本人）のみずみずしい、そしてきわめて個人的な西洋体験記として。ことに荷風が欧米で味わう日本との「空気の違い」の感覚――自然の風景、町の通りや建物、人々の顔つき・体つきや挙措動作、話しぶり、そしてその背後に読み取られる強力な文化の伝統に対する新鮮な違和感――は、本や映画やテレビや新聞の情報があふれている今日でさえ、その場に身を置いてみなければ決して実感することのできない性質のものである。荷風はたびたび自作に手を入れ続けた作家だが、先に雑誌に発表された数篇をも含め、彼が最初に単行本として世に問うた初版のテクストは、のちの推敲を経ていないだけに、当初の生々しい印象をより忠実に伝えている。

次には、作家荷風の成長のあとを、ほぼ時系列に沿ってたどるという楽しみがある。ただし初版では、作品の配列順序が必ずしも執筆や雑誌発表の時期に従っているわけではないが、両書を順に読み進むことによって、西遊時代の五年間で作家荷風に何が起こったか、ことにその文体にどのような変化が生じたかを追体験することができる。そして最後に、当然ながら、それぞれのテクストを独立した短篇小説として、荷風初期のすぐれた創作として、読み味わうという楽しみがある。

ここでは、主として荷風の文体の成熟という観点から、『あめりか物語』を考えてみよう。なお本書では、初版に含まれる作品のうち、フランス滞在に材料を得た「附録フランスより」の三篇が省かれ(『ふらんす物語』に収録)、アメリカ滞在から生まれながら初版に入っていない「舎路港《シアトル》の一夜」と「夜の霧」が、「「あめりか物語」余篇」として末尾に収められている。なお個々の作品のタイトルも、すべて初版に従っていることに留意されたい。

永井荷風の洋行の動機をひとことで言えば、日本への嫌悪と西洋への憧れということに尽きる。彼の西遊はその意味で、明治の末期に現われた新しい洋行者のタイプを示している。例えば鷗外には日本の社会からのはみ出し者という意識は全くなかったし、漱石にはヨーロッパに対する手放しの心酔といったものは、どこにも見られない。自己のおかれた現実を憎み、まだ見ぬ美しいものに憧れるというロマンチックな洋行者、あるいは「祖国亡命者」の型がこれほど純粋な形であらわれたことは、それまでの日本にはなかったといってよい。「文明開化」の歴史もすでに四十年を数え、西洋に関する知識も、日本文化の現状に対する認識も、そうした強烈な憧れや嫌悪を生むだけの度合に達していたのである。

二書を通読すると、西遊時代の荷風は、大きな転機を二度迎えていることがわかる。一度目はアメリカに渡って三年目をすぎた明治四〇(一九〇七)年の初め頃、そして二度目はフランスで約半年の滞在を終えて日本へ帰る明治四一年の夏頃のことである。これらの転機の特徴は、ロマンチックな亡命者としての荷風が、一度目は憧れの西洋に対する、そして二度目はそれまでひたすら忌み嫌ってきた日本に対する安直な先入見を捨て、確かな眼で現実を見すえる力を得たということであって、それぞれ認識の対象こそ異なっていても、地に足のついた物の見方を身につけるという意味では、同じ性質のものである。

作品としての『あめりか物語』の出来については、これを高く買う者と買わない者とがある。買う者は、永年の夢をついに果たして西洋に渡った荷風の若々しい情熱、みずみずしい感性の発露を尊ぶのであるが、少なくともこの本の前半部には、読む者が作者と同様に若く、彼の発する嘆声にいちいち共鳴し、ひたすら彼の感激に同調するのでない限り、読んでいて気恥ずかしくなるような、一種の浮わついた調子がある。ある秋の夕暮れ、ひとり首都ワシントンを遠望した折の感慨を、彼は「林間」で次のように述べる。

ああ、これが西半球の大陸を統轄する唯一《ゆいっ》の首都であるか、と意識して、夕陽影裏《せきようえいり》、水を隔てて彼方《かなた》遥かに眺めやれば、何とはなく、人類、人道、国家、政権、野心、名望、歴史、というようなさまざまな抽象的の感想が、夏の日の雲のように重り重って胸中を往来し始める。というものの、自分は何一つ纏《まとま》って、人に話すような考えはなかった。

これは彼が目の前のアメリカを見ず、出来合いの観念で頭を一杯にしていたということであり、日本で書物その他から手に入れた「さまざまな抽象的の感想」を、そのままアメリカまで引きずってきて、それを現地でひとり「演じて」いることを意味する。こうした机上の西洋観は、やはり同様に観念的な彼の日本観と正確に対応している。

私はやがて中学校に進み、円満な家庭のさまや無邪気な子供の生活を描《うつ》した英語の読本、それから当時の雑誌や何やらを読んで行くと愛《ラブ》だとか家庭《ホーム》だとかいう文字《もんじ》の多く見られる西洋の思想が、実に激しく私の心を突いたのです。同時に我が父の口にせられる孔子の教《おしえ》だの武士道だのというものは、人生幸福の敵である、という極端な反抗の精神が、いつとはなしに堅く胸中に基礎を築き上げてしまった。(「一月一日」)

したがって「市俄古《シカゴ》の二日」に描かれた、恋人同士を囲んでの絵に描いたように幸福そうな米人家庭団欒の図は、荷風が幼い頃から大切に育ててきた夢の結晶なのであって、彼にはその背後に横たわる現実が見えない、というよりも、彼みずから眼を閉じて、その先を見ようとしないのである。「私には例え表面の形式、偽善であっても何でもよい、良人《おっと》が食卓で妻のために肉を切って皿に取って遣れば、妻はその返しとして良人のために茶をつぎ菓子を切る、その有様を見るだけでも、私は非常な愉快を感じ、強いてその裏面を覗って、折角の美しい感想を破るに忍びない」(「一月一日」)。絵に描いたようなというのは、この頃の作品すべてについて言えることで、都会やそこに住む人間は、あまりにも型どおりに描かれているために、ほとんど江戸の芝居か人情本の人物や背景の相貌を帯びる。荷風自身の自己陶酔的な詩人ぶりについては、すでに指摘が行われているので詳しくは述べないが、吉田健一はこういう種類の人間をフランス語で fat と呼んでいる(『東西文学論』)。

荷風の文体、そして彼のものを見る眼に変化が現われはじめるのは、すでに述べたように明治四〇年の初め頃である。その傾向が特に著しいのは「支那街《しなまち》の記」(正確な執筆時期は不詳)と「夜あるき」(同年四月)であり、それがそのまま『ふらんす物語』の文体につながるのだが、すでに「おち葉」(三九年十月)にはそのきざしが見えている。たまたまこの小品は、彼のきざな詩人気取りがことに目立つ箇所を含んでいるが、それは回想の中の彼自身の姿にすぎず、現実の語り手は、アメリカ生活もようやく三年になろうとする今、そうした青春の夢に耽ることのできた幸福な時代を、やや淋しげな眼付きで懐かしんでいる。

去年、始めてこの都の落葉を見た頃には、自分は如何に、傲慢で、得意で、幸福であったろう。(……)／かような夢に耽った春の日も、一夏を過ぎて、ああ……今は秋、はらはら落ちる木の葉を見れば、さながら失える恋の昔を思うに等しい。

そして、きわめて象徴的な事実として目を引くのは、こうした荷風の「目覚め」と符合して、この小品に初めて、ヴェルレーヌと並んでボードレールからの引用(散文詩「陶酔せよ」の自由訳)が現われることである。そればかりではない。いま引用した「春の日も、一夏を過ぎて、ああ……今は秋」という一節の呼吸には、有名なボードレール「秋の歌」の一行、Pour qui？—C'était hier l'été；voici l'automne！のひびきが明らかに聴き取られる。（モーパッサンに加えて）ボードレールの味読と試訳、そしてその活用を通じて、文章を磨き、感覚を養うというこれ以後の傾向が、ここにはすでにはっきりと読み取れる。

「訳詩について」という短文で荷風は、彼が一時フランス詩の翻訳を試みたのは、「西詩の余香をわが文壇に移し伝え」るというよりも、むしろ「自家の感情と文辞とを洗練せしむる助けに」するためだったと言う。ボードレールらの詩、モーパッサンや鷗外らの小説を読む時、彼は作家としての自己の鍛錬・教化という目的を一時も忘れることはなかった。

なかでも、ボードレールへの傾倒のあとが明白な渡米末期と滞仏時代のいくつかの小品は、単にこの詩人への言及を数多く含むだけでなく、その発想から語彙に至るまで、まさにボードレール的文体の練習帖のような外観を呈している。そして何より重要なのは、彼がこの時期にボードレール的なものの見方と表現法に習熟することで、かえって彼独自の眼でものを見る力を蓄えたということであり、以後の作品にはもはや、出来合いの観念を烈しい好悪の感情で色分けし、その助けを借りて文章の統一をはかるといった、安易な態度は見られなくなる。

これについては、実例を挙げた方が早い。いま問題にしている時期の少し前、明治三九年の七月に書かれた「夜半《よわ》の酒場」に、うらぶれたニューヨークの裏街の描写がある。

街の両側に物売る店の種々《さまざま》ある中に、(……)其処此処《そこここ》と、殆ど門並《かどなみ》らしく目に付くのは、如何様《いかさま》の宝石屋と古衣屋《ふるぎや》とで、その薄暗い帳場の陰から、背の屈《まが》った猶太《ジュー》の爺《おやじ》が、キョロキョロ眼《まなこ》で世間を眺めているかと思えば、大道の食物店《くいものみせ》に、伊太利《イタリ》亜《ヤ》の婆《ばば》が、青蠅のぶんぶんいう中を、慾徳なさそうに居眠りしている。／(……)で、一度《ひとたび》この界隈へ足を踏入れると、人生の栄華とか歓楽とかいう感念は全く消滅してしまって、胸はただ重苦しい悪夢にでも襲れているような心地になるのである。

これはまさに江戸の戯作を思わせるような、型通りの陋巷《ろうこう》描写である。ここで荷風は都会の裏街のもつ特殊な詩情を感じ取っているのだが、まだその適切な表現のしかたを知らない。そこで「キョロキョロ眼」や「慾徳なさそうに」といった常套句や、栄華と没落、歓楽と悲哀といった陳腐な対立概念で、事を処理せざるを得ないのである。

ところが、それからわずか半年ばかり後に書かれた「支那街の記」では、同じような裏街の描写がかなり異なった様相を帯びてくる。

ここへ這入込むには、厭やでも、前なる狭い空地《ヤード》を通過ぎねばならぬ、が、その敷石の上には、四方の窓から投捨てた紙屑や、襤褸片《ぼろきれ》が、蛇のように足へ纏付《からまりつ》くのみか、片隅に板囲いのしてある共同便所からは、流れ出す汚水が、時によると飛越し切れぬほどな、大い《おおき》池をなしている事さえあり、また、建物の壁際に添うては、ブリキ製の塵桶《ごみおけ》が幾個《いくつ》も並べてあって、その中からは盛《さかん》に物の腐敗する臭気《におい》が、ただされ流通の路を絶《たた》れた四辺《あたり》の空気をば、殆ど堪えがたいほどに重く濁らしている。で、一度《ひとたび》、ここに足を踏入れさえすれば、もう向うの建物の中を見ぬ先から、……ちょうど焚香《せんこう》の薫《におい》をかいで寺院内の森厳に襲われると同様、清濁の色別《いろわけ》こそあれ、遠く日常の生活を離れた別様の感に沈められるのである。

このあとに続く、『で、折に触れた一瞬間の光景が、往々にして、一生忘れまいと思うほどの、強い印象を与える事がある」に始まり「私はこの夜ほど深い迷信に苦しめられた事はない」に終わる一節ともども、ここに展開されているのは、まぎれもないボードレールの世界であり、これらの描写は、近代的な感性をもって都会の憂鬱を描き出した初めての日本語の散文として、特筆に価する。「支那街の記」を読み進むと、荷風がボードレールを通じて身につけた豊かな感性が、恰好の題材をとらえて更に躍動するのが感じられる。もっとも時折「絶望、苦痛、堕落」とか「人道、慈善」あるいは「悪の女王、罪の妃《きさき》、腐敗の姫」といった「抽象的の感想」も見られるが、多少の割り引きをもってすれば、これらはすでに文脈の中で相当の重みを獲得し、「感情に裏付けられた思想」(T・S・エリオットが「形而上派詩人たち」にいうfelt thought)の域に近づいていると言えるだろう。

荷風は自分の感覚に触れたものを、自分のことばで語っているにすぎない。それにもかかわらず、彼のあらゆる感覚が同時に働いて、眼前の光景の中に遍在する「場の魂」といったものを捉えている点において、汚穢《おわい》にみちた風景の中にも、寺院内と同様の陶酔と精神の高揚の可能性がひそんでいるという事実が鋭く見透かされている点において、また描写そのものが同時に感情・思考の表現となり、近代人の一心象風景となり得ている点において、彼がボードレールから学んだものがここにあざやかに定着されているのは明らかだろう。それ故に、それらの作品は十分読むに耐えるのである。

〔編集付記〕

一、底本には、岩波書店版『荷風全集』第四巻(一九九二年七月刊)を用いた。

一、解説は、川本皓嗣「荷風の散文とボードレール」(阿部良雄編『ボードレールの世界』、青土社、一九七六年刊)を大幅に加筆・改稿したものである。

一、本文中、差別的ととられかねない表現が見られるが、作品の歴史性を鑑み、原文通りとした。

一、左記の要項に従って表記がえをおこなった。

岩波文庫(緑帯)の表記について

近代日本文学の鑑賞が若い読者にとって少しでも容易となるよう、旧字・旧仮名で書かれた作品の表記の現代化をはかった。そのさい、原文の趣をできるだけ損なうことがないように配慮しながら、次の方針にのっとって表記がえをおこなった。

(一) 旧仮名づかいを現代仮名づかいに改める。

(二) 「常用漢字表」に掲げられている漢字は新字体に改める。

(三) 漢字語のうち代名詞・副詞・接続詞など、使用頻度の高いものを一定の枠内で平仮名に改める。

(四) 平仮名を漢字に、あるいは漢字を別の漢字にかえることは、原則としておこなわない。

(五) 振り仮名を次のように使用する。

(イ) 読みにくい語、読み誤りやすい語には現代仮名づかいで振り仮名を付す。

(ロ) 送り仮名は原文どおりとし、その過不足は振り仮名によって処理する。

例、明に→明《あきらか》に

(岩波文庫編集部)

あめりか物語《ものがたり》

1952年11月25日 第1刷発行
2002年11月15日 改版第1刷発行
2024年11月25日 第16刷発行

作　者　永井荷風《ながいかふう》

発行者　坂本政謙

発行所　株式会社 岩波書店
〒101-8002 東京都千代田区一ツ橋2-5-5

案内 03-5210-4000　営業部 03-5210-4111
文庫編集部 03-5210-4051
https://www.iwanami.co.jp/

印刷・精興社　製本・牧製本

ISBN 978-4-00-310426-2　Printed in Japan

読書子に寄す

——岩波文庫発刊に際して——

岩波茂雄

真理は万人によって求められることを自ら欲し、芸術は万人によって愛されることを自ら望む。かつては民を愚昧ならしめるために学芸が最も狭き堂宇に閉鎖されたことがあった。今や知識と美とを特権階級の独占より奪い返すことはつねに進取的なる民衆の切実なる要求である。岩波文庫はこの要求に応じそれに励まされて生まれた。それは生命ある不朽の書を少数者の書斎と研究室とより解放して街頭にくまなく立たしめ民衆に伍せしめるであろう。近時大量生産予約出版の流行を見る。その広告宣伝の狂態はしばらくおくも、後代にのこすと誇称する全集がその編集に万全の用意をなしたるか。千古の典籍の翻訳企図に敬虔の態度を欠かざりしか。さらに分売を許さず読者を繋縛して数十冊を強うるがごとき、はたしてその揚言する学芸解放のゆえんなりや。吾人は天下の名士の声に和してこれを推挙するに躊躇するものである。このときにあたって、岩波書店は自己の責務のいよいよ重大なるを思い、従来の方針の徹底を期するため、すでに十数年以前より志して来た計画を慎重審議この際断然実行することにした。吾人は範をかのレクラム文庫にとり、古今東西にわたって文芸・哲学・社会科学・自然科学等種類のいかんを問わず、いやしくも万人の必読すべき真に古典的価値ある書をきわめて簡易なる形式において逐次刊行し、あらゆる人間に須要なる生活向上の資料、生活批判の原理を提供せんと欲する。この文庫は予約出版の方法を排したるがゆえに、読者は自己の欲する時に自己の欲する書物を各個に自由に選択することができる。携帯に便にして価格の低きを最主とするがゆえに、外観を顧みざるも内容に至っては厳選最も力を尽くし、従来の岩波出版物の特色をますます発揮せしめようとする。この計画たるや世間の一時の投機的なるものと異なり、永遠の事業として吾人は微力を傾倒し、あらゆる犠牲を忍んで今後永久に継続発展せしめ、もって文庫の使命を遺憾なく果たさしめることを期する。芸術を愛し知識を求むる士の自ら進んでこの挙に参加し、希望と忠言とを寄せられることは吾人の熱望するところである。その性質上経済的には最も困難多きこの事業にあえて当たらんとする吾人の志を諒として、その達成のため世の読書子とのうるわしき共同を期待する。

昭和二年七月

岩波文庫の最新刊

デリダ著／藤本一勇訳

アデュー
―エマニュエル・レヴィナスへ―

レヴィナスから受け継いだ「アーデュー」という言葉。デリダの応答は、その遺産を存在論や政治の彼方にある倫理、歓待の哲学へと導く。

〔青N六〇五-二〕　定価一二一〇円

ヘリオドロス作／下田立行訳

エティオピア物語（上）

ナイル河口の殺戮現場に横たわる、手負いの凜々しい若者と、女神の如き美貌の娘――映画さながらに波瀾万丈、古代ギリシアの恋愛冒険小説巨編。（全二冊）

〔赤一二七-一〕　定価一〇〇一円

永井荷風著／中島国彦・多田蔵人校注

断腸亭日乗（二）大正十五―昭和三年

永井荷風（一八七九―一九五九）の四十一年間の日記。（二）は、大正十五年より昭和三年まで。大正から昭和の時代の変動を見つめる。（注解・解説＝中島国彦）（全九冊）

〔緑四二-一五〕　定価一一八八円

ゲルツェン著／金子幸彦・長縄光男訳

過去と思索（四）

一八四八年六月、臨時政府がパリ民衆に加えた大弾圧は、ゲルツェンの思想を新しい境位に導いた。専制支配はここにもある。西欧への幻想は消えた。（全七冊）

〔青N六一〇-五〕　定価一六五〇円

……今月の重版再開……

ディオゲネス・ラエルティオス著／加来彰俊訳

ギリシア哲学者列伝（上）（中）（下）

〔青六六三-一～三〕　定価各一二七六円

岩波文庫の最新刊

カール・シュミット著／権左武志訳
政治的神学
―主権論四章―

例外状態や決断主義、世俗化など、シュミットの主要な政治思想が初めて提示された一九二二年の代表作。初版と第二版との異同を示し、詳細な解説を付す。
〔白三〇-三〕　定価七九二円

ジョン・スタインベック作／青山南訳
チャーリーとの旅
―アメリカを探して―

一九六〇年。激動の一〇年の始まりの年。老プードルを相棒に全国をめぐる旅に出た作家は、アメリカのどんな真相を見たのか？　路上を行く旅の記録。
〔赤三二七-四〕　定価一三六四円

大曾根章介・小峯和明校注
日本往生極楽記・続本朝往生伝

平安時代の浄土信仰を伝える代表的な往生伝二篇。慶滋保胤の『日本往生極楽記』、大江匡房の『続本朝往生伝』。あらたに詳細な注解を付した。
〔黄四四-二〕　定価一〇〇一円

ヘッベル作／香田芳樹訳
戯曲 ニーベルンゲン

運命のいたずらか、王たちの嫁取り騒動は、英雄の暗殺、骨肉相食む復讐に至る。中世英雄叙事詩をリアリズムの悲劇へ昇華させた、ヘッベルの傑作。
〔赤四二〇-五〕　定価一一五五円

ヘリオドロス作／下田立行訳
エティオピア物語(下)

神々に導かれるかのように苦難の旅を続ける二人。死者の蘇り、都市の水攻め、暴れ牛との格闘など、語りの妙技で読者を引きこむ、古代小説の最高峰。（全二冊）
〔赤一二七-二〕　定価一〇〇一円

……今月の重版再開……

リョンロット編／小泉保訳
フィンランド叙事詩 カレワラ(上)
〔赤七四五-一〕　定価一五〇七円

リョンロット編／小泉保訳
フィンランド叙事詩 カレワラ(下)
〔赤七四五-二〕　定価一五〇七円